# Where
## we
### *begin*

## WEITERE TITEL VON KRISTEN ZIMMER

In Deutscher Sprache

*When I Fell for You*

*Where We Begin*

In englischer Sprache

*The Gravity Between Us*

*When Sparks Fly*

KRISTEN ZIMMER

# Where we begin

Übersetzt von Milena Schilasky

bookouture

Die Originalausgabe erschien 2021 unter dem Titel
„When Sparks Fly"
bei Storyfire Ltd. trading as Bookouture.

Deutsche Erstausgabe herausgegeben von Bookouture, 2022
1. Auflage Februar 2023

Ein Imprint von Storyfire Ltd.
Carmelite House
50 Victoria Embankment
London EC4Y 0DZ

www.bookouture.com

ISBN: 978-1-83790-267-5
eBook ISBN: 978-1-83790-265-1

*Für Elizabeth, mein Zuhause.*
*Und für meine Schwester Breanna, die jeden Tag zu einem*
*Abenteuer macht.*

# PROLOG

Es ist alles etwas unscharf, aber daran erinnere ich mich: Wir waren beide angetrunken – sie mehr als ich, glaube ich, aber das spielt eigentlich keine Rolle. Von den Straßenlaternen schien Licht durch die Jalousien, sonst war es dunkel im Zimmer. Ich konnte sie kaum erkennen, aber ich konnte sie spüren – sie schob mich gegen die Wand, drückte sich an mich und wir küssten uns heftiger als sonst. Ihre Hände glitten unter mein T-Shirt ... Ich knöpfte ihre Hose auf, ganz hektisch und unbeholfen. Ich wollte sie. Ich habe so lange darauf gewartet, dass es passiert, und jetzt war es endlich so weit.

Dann flog die Schlafzimmertür auf. Die Musik der Party war plötzlich nicht mehr nur gedämpft und das Licht aus dem Flur schien viel zu hell. Irgendjemand rief ihren Namen ...

1

Beverly High School, Tag eins – Schule Nummer sieben für
mich. Man könnte meinen, ich hätte mich inzwischen daran
gewöhnt, ständig die Schule zu wechseln, aber direkt am
Anfang meines Abschlussjahrs neu anzufangen, ist wirklich
Next Level Shit. Die Cahills, die Pflegefamilie, in die mich der
Staat Massachusetts gesteckt hat, wohnen meilenweit außerhalb des Einzugsgebiets der Boston Public School. Offensichtlich, sonst würde ich jetzt wohl kaum auf dem Gehweg stehen
und zur Beverly High hinüberstarren, oder?

Die meisten Mädchen hier sehen aus, als müssten sie gleich
einen Laufsteg entlangstolzieren. In meinen alten Vans, der
zerschlissenen, tiefsitzenden Jeans und dem schwarzen oversized
Nirvana-T-Shirt passe ich nicht so recht in das Klischee. Nachdem
ich schon viel zu spät aus dem Bett gekommen bin, habe ich meine
welligen blonden Haare nur zu einem unordentlichen Dutt zusammengebunden. Ein Fehler. Wie ein obdachloses Straßenkind
auszusehen, ist nicht gerade ideal für einen guten ersten Eindruck.

Ich atme aus, puste mir dabei den zotteligen Pony aus der
Stirn, rücke den Gurt meiner schäbigen braunen Umhängeta-

sche zurecht und bereite mich innerlich darauf vor, auf das Gebäude mit dem riesigen Pfotenabdruck in schwarz und orange und dem Schriftzug HOME OF THE PANTHERS zuzugehen. Genau in dem Moment höre ich jemanden hinter mir rufen: »Hey, Britton!«

Es ist nicht so, als hätte ich irgendwelche Freunde hier in der Stadt, deswegen kann ich mir denken, wer da meinen Namen ruft: Avery, die leibliche Tochter meiner Pflegeeltern. Sie ist im letzten Jahr, genau wie ich. Da hört es mit den Gemeinsamkeiten allerdings auch schon auf. Ansonsten ist sie das genaue Gegenteil von mir. Ich bin bettelarm und meistens eher ruhig. Ihre Familie ist reich - die Mutter Anwältin, der Vater CEO von irgendeiner Gaming-Firma. Sie ist Cheerleaderin, also schart sie wahrscheinlich *immer* eine Gruppe eifriger Fangirls um sich. Außerdem ist sie hübsch, und zwar auf diese aufwendige Hollywoodstar-Art.

Als ich mich umdrehe, drängelt sich Avery auch schon zu mir durch. Ihr rosafarbener karierter Rock und ihr kurzer weißer Pullover rutschen bei jedem Schritt weiter hoch. In ihrem Blick ist ein Hauch Frust zu erkennen. »Warum hast du nicht auf mich gewartet? Meine Mom meinte, ich soll dich mitnehmen.«

»Ich wollte lieber zu Fuß gehen.« Ich zucke mit den Schultern. »Außerdem hast du ewig gebraucht, um dich fertigzumachen. Ich wollte nicht gleich an meinem ersten Tag zu spät kommen.«

Sie fährt sich mit der Hand durch ihr langes, haselnussbraunes Haar und wirft es sich über die rechte Schulter. »Ich bin doch da, oder? Du wärst nicht zu spät gekommen.«

»Stimmt. Trotzdem danke.« Ich drehe mich wieder zur Schule um und steuere auf den Haupteingang zu. Sie lässt mich allerdings nicht entwischen – leider, denn mir ist wirklich nicht nach Smalltalk. Außerdem weiß ich, dass sie nur in meiner Nähe bleibt, weil ihre Eltern ihr aufgetragen haben, mich herumzuführen.

»Musst du dir deinen Stundenplan im Büro abholen?«

»Ja.«

»Okay, ich bringe dich hin.«


Im Sekretariat bekomme ich meinen Stundenplan, meine Schließfachnummer und einen Grundriss der Schule. »Block-unterricht.« Ich starre auf die Überschrift des Zettels. »Verstehe ich nicht.«

»Gib mal her.« Avery schnappt mir alle drei Blätter aus der Hand und überfliegt sie. »Was verstehst du daran nicht? Wir haben School-Pride-Tage und Panther-Tage. Immer abwech-selnd. An Pride-Tagen hast du Englisch-Leistungskurs, Alltags-kunde, Biologie, Mittagspause und danach Soziologie. An Panther-Tagen Informatik, Mathe, eine freie Arbeitsstunde, Mittagspause und ... Tennis? Gut, dass du dir gleich das lang-weiligste Sportfach überhaupt ausgesucht hast. Heute ist aber Pride-Tag, also hältst du dich an den Pride-Tag-Plan. Verstan-den?« Sie gibt mir die Zettel zurück.

»Danke, dass du mich direkt verurteilst wegen Tennis. Und ja, ich hab's verstanden.«

»Wie auch immer.« Sie machte eine abwinkende Handbe-wegung. »Ich muss zum Geisteswissenschaftsflügel. Komm, wir haben Englisch zusammen.«

»Du hast Englisch-Leistungskurs?«

Sie funkelt mich an. »Was? Weil ich Cheerleaderin bin, muss ich dumm sein, oder wie? Wer urteilt denn hier schnell?«

Ich merke, wie eine Welle an Scham in mir hochsteigt, und versuche, sie abzuschütteln. »Touché.«

Sie schmunzelt.

Wir wollen gerade die Treppe in den ersten Stock hoch, als sie von einer Gruppe Mädchen überfallen wird, deren nahezu inexistente Outfits die Grenzen des Dresscodes sicherlich mehr als ausreizen. Sie ignorieren mich komplett und reden alle durcheinander auf Avery ein, ohne dass sie zu Wort kommt. »Leute«, sagt sie ruhig. Das funktioniert aber nicht, also sagt sie noch einmal, diesmal lauter: »Leute!«

Alle verstummen und schauen sie an.

Sie wirft mir einen entschuldigenden Blick zu. »Ihr Lieben, das hier ist Britton. Britton, das sind Kylie, Amy, Liz und Tasha.« Sie zeigt dabei auf die einzelnen Mädchen.

Alle mustern mich von Kopf bis Fuß. Ich weiß, dass sie versuchen, meinen Coolness-Faktor einzuschätzen. Für mein Outfit verliere ich definitiv Punkte, aber dass ich mit Avery abhänge, reicht anscheinend aus. Sie sehen über meine Klamotten hinweg und sprechen mit mir.

»Britain, wie England?«, fragt Kylie. Dabei verzieht sie das Gesicht, als hätte sie gerade in eine Zitrone gebissen. Ich finde es irgendwie lustig, schaffe es aber mit viel Willenskraft, mir das Lachen zu verkneifen.

»Nein, nicht wie England. T-T-O-N«, antwortet Avery. »Sie wohnt für eine Weile bei uns, also seid ihr besser nett zu ihr.«

Sofort verändern sie ihre Haltungen. *Interessant.* Avery zieht die Fäden.

»Also, Brit – ich darf dich so nennen, oder?«, fängt Tasha an. Ich will gerade »Denke schon« erwidern, aber sie lässt mich nicht. »Bewirbst du dich auch bei den Cheerleadern?«

Will sie mich verarschen? Sehe ich etwa aus, als wollte ich mich der hirntoten Zombie-Brigade anschließen? »Ich habe eigentlich überlegt, es beim Fußball zu versuchen.«

Sie lächelt verächtlich. Tun sie alle – alle bis auf Avery.

»Nur, um dich vorzuwarnen, die Mädchen da sind alles Lesben.« Amy lässt das Wort »Lesben« klingen, als wäre es für sie das widerlichste Wort der Welt – schlimmer als »Exkremente«, »Made« oder »Eiter«.

Ob ich sie direkt schockieren sollte, oder lieber später? *Später ist besser.* Ich würde die ersten paar Tage gern unbeschadet überstehen. Vielleicht sogar ein paar Freunde finden, bevor ich mir Feinde mache. Das Problem ist nur, dass ich, wenn jemand es schafft, dass ich richtig angepisst bin – was selten genug vorkommt –, echt schlecht darin bin, den Mund zu halten, und echt gut in vernichtenden Comebacks. Oh Mann, hätte ich eine Erwiderung für diese Bitch. Zum Beispiel: *Wenn du deine Homophobie schon so raushängen lassen willst, dann wäre es mir lieber, du nennst mich ab jetzt »Dyke«. »Fotzenleckerin« ist sonst auch gut.*

Avery kommt ihrer Freundin zu Hilfe, ohne es überhaupt zu wissen: »Amy, echt. Pass auf, dass nicht zu viel Scheiße aus deinem Mund kommt, sonst ruinierst du noch meine Schuhe.«

*Brutal.*

Amys Gesicht läuft purpurrot an.

Die Glocke läutet: 8:10 Uhr. Wir haben fünf Minuten, um pünktlich zur ersten Stunde zu kommen. Avery setzt ein selbstsicheres Lächeln auf und sagt: »Wir sollten jetzt besser zum Kursraum. Bis zur Mittagspause.« Sie greift nach meinem Ellenbogen und führt mich die Treppe hoch. »Sorry. Die können echt Idioten sein«, sagt sie, als wir im ersten Stock ankommen.

»Habe ich gemerkt.«

»Fühlst du dich von Amy angegriffen?«

Ist es so offensichtlich? Na toll. Genau das habe ich gebraucht. Das Jahr bis zum Abschluss in einem Haus mit einem Mädchen zu verbringen, dem meine Nähe die ganze Zeit unangenehm ist – denn natürlich komme ich nicht weg, bis ich einen Abschluss habe oder die Schule ganz abbreche, solange ich im System nicht wirklich als »volljährig« gelte. Dabei war letzte Woche mein achtzehnter Geburtstag. *Ruf am besten direkt deine Sozialarbeiterin an.* Ob ich es jemals schaffe, nicht alles kaputtzumachen und aus den Pflegefamilien zu fliegen? »Habe ich etwa angegriffen gewirkt?«

»Nicht wirklich.«

»Wieso fragst du mich dann?«

»Der Regenbogenaufnäher auf der Tasche, die du beim Einzug dabeihattest.« Sie saugt an ihrer Unterlippe und beißt leicht darauf.

Das Teil hatte ich völlig vergessen. »Oh.«

»Hör mal, das ist okay. Es ist mir echt egal.« Sie klingt aufrichtig, aber man kann nie sicher sein.

»Wirklich? Ich kann die Sozialarbeiterin anrufen, wenn ... «

Sie lacht, was die unangemessenste Reaktion überhaupt sein muss. Ich starre sie an, als stünde sie unter Drogen, das ist mir klar, aber ich kann einfach nicht anders. Doch sie liest mich, noch bevor ich meine Gesichtszüge wieder unter Kontrolle habe. Ich bin verwirrt. *Du wirst verrückt, Mädchen.*

Sie fasst sich wieder und erklärt: »Die letzte Pflegetochter, die Freunde meiner Eltern aufgenommen haben, hat unsere Garage abgefackelt. Die war komplett gestört – ich hatte echt Schiss vor ihr. Wenn lesbisch zu sein, das Schlimmste an dir ist, bin ich erleichtert.« Dann reißt sie die Augen auf, aus Angst, sie hätte etwas Falsches gesagt. »Nicht, dass lesbisch zu sein, etwas Schlimmes wäre. Ist es nicht. Es ist normal. Ich ... «

»Avery, hör auf.« Ich halte meine Hände hoch, möchte nicht, dass sie einen Political-Correctness-Zusammenbruch erleidet. »Ich kann dir versprechen, dass ich keine Pyromanin bin, oder Kleptomanin oder irgendetwas anderes, das ›Manie‹ im Wort hat. Ich will, dass wir uns verstehen. Können wir das einfach versuchen?«

»Ja.« Sie lächelt. Zum ersten Mal ein ehrliches Lächeln. *Hübsch.*

»Super. Also, äh, zeigst du mir jetzt bitte, wo zur Hölle Raum 232 ist?«

»Hier entlang.«

»Dein Schließfach befindet sich auf dieser Etage. Den Gang runter und dann rechts«, zeigt Avery mir nach der Englischstunde. Mein Blick folgt ihrem Finger, bleibt dann aber an ihrem Gesicht hängen, als sie ihren Arm wieder fallen lässt. Ihre Augen sind beeindruckend, klar und fast glitzernd. Sie erinnern mich an Fotos aus der Karibik, die ich mal gesehen habe. Das unterscheidet uns auch voneinander. Meine Augen haben einen seltsamen Ockerton, der eher an Durchfall von einem Baby erinnert. »Ich habe als Nächstes Mathe«, fährt sie fort. »Das ist im Penthouse. Alltagskunde ist in der ersten Etage. Denkst du, du findest den Raum allein?«

Ich studiere den Grundriss. »Das schaffe ich schon.«

»Wir haben gleichzeitig Mittagspause. Wir treffen uns um zwölf vor der Cafeteria.«

*War das ein Befehl?* Ich sollte ihr wahrscheinlich klarmachen, dass ich nicht zulassen werde, dass sie auch bei *mir* die Fäden zieht. Das funktioniert vielleicht bei ihren hirnlosen Nachläufern, bei mir aber ganz sicher nicht. »War das gerade eine Frage oder ein Befehl?«

»Eine Frage. Wenn du lieber wie ein erbärmlicher Ersti auf der Suche nach einem Platz durch die Mensa laufen willst, dann tu das.«

Nein. Das klingt alles andere als verlockend. »Ich komme zum Eingang.«

»Bis später also.« Sie macht sich auf den Weg. »Ach, übrigens«, ruft sie noch über ihre Schulter, »die Anmeldung für Fußball startet heute um drei.«

Anscheinend erkennt sie keinen Sarkasmus. Das war nämlich nicht ernst gemeint. Ich habe es nur gesagt, weil der Gedanke, im Fußballteam zu sein, mir deutlich besser gefällt als der, eine Cheerleaderin zu werden. Allerdings versuche ich

eher, beides zu vermeiden. »Danke.« Ich beobachte noch, wie
sie weggeht, bis ich sie nicht mehr sehen kann.

―――――――

Zum Ende des ersten Tages muss ich feststellen, dass keine
einzige Person mit mir befreundet sein will. In keinem der
Kurse hat jemand auch nur ein Wort zu mir gesagt, ohne direkte
Aufforderung der Lehrer. In der Mittagspause war es auch
nicht anders, abgesehen von Avery, ihrem erstaunlich erträgli-
chen Kumpel Jason und ein paar anderen aus seinem Footballteam. Aber mir ist klar, dass die meisten der Typen nur mit mir
reden, weil sie mich für Frischfleisch halten. Die haben
eindeutig Raubtier-auf-Beutesuche-Vibes ausgestrahlt. Avery
hat dem allerdings ziemlich schnell ein Ende gesetzt: »Sie wird
mit keinem von euch ins Bett steigen. Sie hat Standards.« Es war
lustig und deutlich besser, als hätte sie meine Sexualität vor der
kompletten Schule verkündet. Das wäre schrecklich gewesen.
Ich hatte mein erstes Coming-out zwar schon mit vierzehn, aber
das ist eine Sache, die ich anderen definitiv lieber selbst erzähle.
Zu meiner eigenen Zeit und unter meinen Bedingungen.

Und als wäre der wahrscheinlich schlimmste erste Schultag
nicht schon genug, hatte ich zwischendurch keine Zeit, zu
meinem Schließfach zu gehen, und musste deswegen drei
verdammt fette Lehrbücher und einen immensen Stapel an
Taschenbüchern für den Englisch-Leistungskurs überallhin
mitschleppen. Es ist echt absurd, dass wir gerade mal fünf
Minuten zwischen den einzelnen Unterrichtsstunden haben,
um uns durch bestimmt zweitausend Schüler und vier Stock-
werke zu kämpfen. Was ist, wenn der Raum vom ersten Block
im Erdgeschoss, der vom nächsten Block dann im dritten Stock
ist – dem Penthouse –, wie bei mir an Pride-Tagen? Niemals
schaffe ich es da, einen Zwischenstopp bei meinem Spind

einzulegen. Also muss ich drei Tage die Woche alles, was ich den Tag über brauche, mit mir herumtragen, wenn ich nicht meine Mittagspause dafür opfern will.

Endlich finde ich mein Schließfach, Nummer 473, und inspiziere es erstmal. Über die Größe freue ich mich aber nicht gerade – genau groß und breit genug für einen Menschen. In meinem Kopf taucht sofort das Bild von mir auf, da reingestopft, kaum in der Lage, am Metall zu kratzen, und das Gesicht an die Schlitze gepresst, um Luft ringend und elendig verreckend. *Reiß dich zusammen.* Ich lege meine Tasche ab und fummle an dem Zahlenschloss an der Tür herum. »Dämliches Scheißteil.«

»Nur Erstis haben Probleme mit ihrem Spind. Dafür siehst du ein bisschen zu alt aus«, kommt von einer Stimme zu meiner Rechten. Der Spind neben meinem wird zugeknallt und ich sehe meine Beobachterin. Sie ist groß. Durchtrainiert. Ihre rotbraunen Haare sind zu einem hohen Pferdeschwanz gebunden. Sie dreht sich zu mir und ich sehe das Smaragdgrün ihrer Augen. Mit genau denen mustert sie mich jetzt und Belustigung blitzt darin auf. Ich merke, wie ich rot werde. »Nicht schlimm, wir mussten da alle durch. Ich helfe dir.«

Verlockend, aber ich weiß nicht, ob ich meine Kombination einer völlig Fremden verraten sollte. *Als ob da jemals etwas Stehlenswertes drin sein wird.* »Die Kombi ist 27-9-35.«

»Verstanden.« Sie tritt zwischen mich und die Tür und beugt sich zum Schloss hinunter. Mir fallen sofort die fette orangefarbene zweiundzwanzig und der Schriftzug »Spencer« auf dem Rücken ihres Hoodies auf.

Es sieht so einfach aus, wie sie das Schließfach öffnet, dass ich mir direkt doppelt so dumm vorkomme. Dann macht sie ein paar Schritte zurück und zeigt mit flacher Hand auf ihr Werk, im Sinne von »Voilà!«.

»Danke«, flüstere ich.

»Kein Ding.« Sie streckt mir ihre Hand entgegen. »Ich bin

Valerie Spencer. Meine Freunde nennen mich Spence. Ich bin im letzten Jahr.«

»Britton Walsh, ich bin auch im Abschlussjahrgang.« Ich schüttle ihre Hand, lasse sie aber etwas zu schnell wieder fallen, schnappe mir meine Tasche und fange an, die Bücher in meinen Spind zu räumen.

»Britton, süßer Name. Auf welcher Schule warst du vorher?«

»East Boston.«

»Du bist aus der Stadt? Wieso sind deine Eltern nach hier draußen gezogen?«

Dieser Moment ist immer der schlimmste. Wenn ich allen erklären muss, dass ich keine Eltern habe. Dass ich sie nie kennengelernt habe. Dass sie mich noch am Tag meiner Geburt weggegeben haben. Als täte es nicht so schon genug weh, zu wissen, dass sie mich nicht wollten. Allen noch davon erzählen zu müssen, ist grauenvoll. Natürlich habe ich auch eine Alternative zur Wahrheit. Eine gut recherchierte und aufwendige Lüge: Meine Eltern sind beide Klimaforscher, die für das »Antarktis-Programm« der Vereinigten Staaten arbeiten. Sie sind gerade auf Exkursion auf der Palmer-Station, deswegen wohne ich das letzte Schuljahr bei Freunden der Familie. Aus irgendeinem Grund kann ich mich aber nicht überwinden, sie anzulügen.

Sie sieht mich einen Moment an, offensichtlich verwirrt über mein Schweigen. »Ist das eine schwierige Frage?«

»Hmm …«

»Wir müssen nicht darüber reden«, sagt sie locker. An ihrem sanften Blick erkenne ich, dass sie es auch so meint.

*Komm schon, Idiotin.* »Die Nummer da auf deinem Pulli. Welchen Sport machst du?«

Sie drückt den Hoodie eng an ihren Körper. Auf der linken Seite, direkt unterhalb des Schlüsselbeins prangt ein Wappen mit einem Fußball und den Buchstaben »BHS« darauf.

»Fußball, cool.«

»Apropos, sorry, aber ich muss los. Das Training fängt gleich an.«

»Okay.«

»Wir sehen uns.« Sie geht los, hält aber nach ein paar Schritten inne und dreht sich um. »Hast du morgen Freistunde?«

»Ähm.« Ich versuche mich zu erinnern. »Ja. G-Block 1.«

»Ich auch. Danach direkt G2 Mittagspause.«

»Ich auch.«

»Ich liebe es. Anderthalb Stunden, in denen man machen kann, was man will. Ich hab schon richtig Bock, meine neuen Sonderrechte zu nutzen, ich darf nämlich das Gelände verlassen. Das ist der Vorteil, wenn man es drei Jahre lang in diesem Drecksloch aushält.«

Das hier ist kein Drecksloch. Roxbury High war ein Drecksloch. »Cool.«

»Willst du mitkommen?«

Ich zögere, wäge die Einladung ab. Und sie. Schon jetzt weiß ich, dass ich mich mit ihr besser verstehen werde als mit allen von Averys Freunden. Und wenn das, was man sich über die Frauenfußballmannschaft erzählt, stimmt, dann könnte Spence eine der Verbündeten sein, die ich dringend brauche. »Klar.«

»Dann komm morgen zum Parkplatz, so um zwanzig nach elf? Wir können mein Auto nehmen.«

Ich nicke.

»Super«, sagt sie und hüpft dann den Flur entlang zur nächstgelegenen Treppe.


»Was habt ihr gemacht?« Wie aus dem Nichts taucht Avery neben mir auf.

Rumgemacht natürlich, vor allen anderen. »Was denkst du denn? Wir haben geredet.«

Sie blinzelt mich an. »Sie bedeutet nur Stress.«

„Wirkte ganz nett auf mich.« Ich knalle meinen Spind zu, drehe mich zu Avery um und gucke sie herausfordernd an. »Ich treffe mich morgen in der Mittagspause mit ihr«, kontere ich und marschiere dann los.

Sie kommt mir hinterher. Als sie mich eingeholt hat, greift sie mich am Arm und hält mich fest. »Nein, tust du nicht.«

Ist es echt notwendig, dass sie mich berührt? »Doch, mache ich.« Ich reiße mich los.

Ihr Stöhnen ist fast nicht zu hören, aber ich bekomme es mit.

Völlig emotionslos frage ich: »Was?«

Ihr Gesicht ist ausdruckslos. »Ich will dir nur helfen. Du bist neu hier, also vertrau mir einfach. Dich von Spence fernzuhalten, wäre besser für dich.«

*Spence, ja?* »Wieso?«

Sie verschränkt ihre Arme vor der Brust und spitzt die Lippen – dann rührt sich nichts mehr.

»Ich lerne sie lieber selbst kennen und entscheide, ob sie ›Stress‹ bedeutet oder nicht, okay?«

»Schön.« Sie verdreht die Augen. »Aber wenn du nicht zum Fußball gehst, musst du zu Fuß nach Hause. Ich habe noch Cheerleading«, sagt sie und stolziert davon.

»Mir doch egal«, murmle ich noch und mache mich dann auf den langen Weg zurück zum Haus der Cahills.

2

Ich sitze gerade am Küchentisch und lese George Orwells *1984* für meinen Englischkurs, als Mrs Cahill von der Arbeit kommt. Ich schaue vom Buch auf und sehe sie mit ihrer Aktentasche und zwei großen braunen Einkaufstüten bepackt. Schnell knicke ich eine Ecke meiner Seite um und springe auf, um ihr zu helfen. »Mrs Cahill, lassen Sie mich das tragen.«

»Oh, danke, Britton.« Sie lädt die beiden Tüten in meinen Armen ab. »Und hör bitte auf, mich ›Mrs Cahill‹ zu nennen. Catelyn reicht vollkommen. Cate wäre noch besser.«

Ich hole tief Luft. Es ist mir immer etwas unangenehm, Erwachsene beim Vornamen anzusprechen. Vielleicht ist es dieses »Ältere mit Respekt behandeln«-Ding. Selbst meine leiblichen Eltern würde ich wahrscheinlich Mr Walsh und Ms Irgendetwas – was auch immer der Name meiner Mutter war – nennen. *Gott, das ist auf so vielen Ebenen so erbärmlich, verdammt.*

»Cate.« Ich probiere den Namen aus, lasse ihn in meinem Mund hin- und hergleiten, schmecke ihn in klitzekleinen Stücken, als wäre es ein mir vollkommen neues Essen. Ich stelle die Tüten ab und fange an, sie auszuräumen, dabei zwinge ich mich, an etwas anderes als mein komisches Gefühl zu denken.

»Wie war dein erster Schultag?«, fragt sie, während ich mit dem Rücken zu ihr Milch in den Kühlschrank stelle.

»War okay.«

»Nur ›okay‹?«

*Stimmt, ich sollte eigentlich Experte in ersten Schultagen sein.* »Okay ist besser als scheiße – äh, schlecht!« Ich wirble herum, um ihre Reaktion auf mein Fluchen abzuschätzen.

Mrs Cahill – Cate – wirkt gelassen. »Du bist alt genug, um ›scheiße‹ zu sagen. Von Tom wirst du noch deutlich Schlimmeres hören. Er flucht gern mal, besonders wenn er eine Vorabversion eines neuen Spiels testet.« Ein Lächeln breitet sich auf ihrem Gesicht aus.

Zu behaupten, ich wäre erleichtert, wäre eine ziemliche Untertreibung. Früher habe ich mir für Schimpfwörter direkt eine Ohrfeige eingehandelt. Das war jetzt zwei Pflegemütter her, oder drei?

»Hast du irgendwelche Wünsche für das Abendessen?«, möchte sie wissen und entweder ignoriert sie meine Reaktion oder sie fällt ihr gar nicht erst auf. »Ich dachte an Spaghetti mit Hackbällchen, Averys Lieblingsessen. Magst du Italienisch?«

»Ja, mag ich.« Sehr sogar. »Spaghetti mit Hackbällchen klingt super.«


Das Abendessen ist seltsam. Ich saß schon lange nicht mehr zu einem richtigen Familienessen mit irgendeiner Pflegefamilie an einem Tisch. Mr Cahill, äh, Tom, ist nett. Die ersten Tage habe ich nicht viel mit ihm geredet, weil er echt viel arbeitet. Aber er macht einen ziemlich entspannten Eindruck, genau wie ich mir jemanden vorgestellt habe, der mit dem Entwerfen von Videospielen reich geworden ist.

Cate und Tom sind gesprächig, erzählen von ihrer Arbeit:

Cate hatte Stress mit einem Klienten, der ihr wohl seine Neigung zum Ehebruch verheimlicht hat, was die Aussichten auf eine einvernehmliche Scheidung verdammt schlecht macht. Tom musste die Praktikantin der Grafikabteilung vor einem kleinen Zusammenbruch retten, nachdem der Chefdesigner sie mit den Worten »Verpiss dich« aus seinem Büro geschmissen hat. Danach musste er noch den Designer abmahnen, weil er so ein Arschloch zu der armen jungen Frau war.

Direkt gegenüber von mir schweigt Avery die ganze Zeit. Sie ist nicht gänzlich abwesend, aber auch nicht richtig interessiert. Zwischendurch erwische ich sie immer wieder dabei, wie sie mich ansieht. Mich beobachtet? Ich frage mich, was wohl in ihrem Kopf vorgeht. Aber sie wird es mir nicht erzählen und ich werde nicht fragen.

Zu Hause ist sie anders. Ruhiger. Fühlt sie sich zu Hause wohler als in der Schule oder weniger wohl?

»Hey«, sagt Tom zu seiner Tochter, »wie lief das Training heute?«

Avery dreht eine Strähne ihrer noch feuchten Haare um ihren Finger – anscheinend hatte sie nach der Dusche keine Lust auf Föhnen. »Es war Müll. Niemand hat über den Sommer die Choreo geprobt, alle sind aus der Übung. Ich hör auf.«

Cate lässt ihre Gabel fallen, die klirrend auf ihrem Teller landet. »Du machst was?«

Averys Schultern werden sofort steif, sie setzt sich aufrechter hin. *Weniger wohl. Komisch.* »Ich höre auf«, wiederholt sie absichtlich. Trotzig.

»Das klingt überhaupt nicht nach dir.«

»Oder es klingt genau nach mir.«

Cate zieht ihre Augenbrauen zusammen und atmet genervt aus.

*Das wurde gerade ziemlich schnell ziemlich unangenehm.*

»Wenn du da nicht mehr glücklich bist, solltest du aussteigen«, schaltet Tom sich sein. »Aber wenn du nur frustriert bist ...«

»Ich bin unglücklich und frustriert. Es macht keinen Spaß mehr. Es ist wie Arbeit.«

»Es kommt so plötzlich, das ist alles«, meint Cate.

»Plötzlich? Die ganze letzte Saison war schrecklich. Sowieso dachte ich nur, es würde Spaß machen, weil ... vergesst es. Es ist nicht mehr mein Ding, okay? Ich höre auf.«

Tom streckt die Hand nach Averys Schulter aus und drückt sie sanft. »Mach, was du für richtig hältst, Kleine.«

Sie entspannt sich wieder. Aha ... ein Papakind.

Cate ist auch beschwichtigt. »Du musst nicht im Team bleiben, aber irgendetwas musst du machen. Ein Club oder so. Wie wäre es mit dem Jahrbuch?«

Avery deutet daraufhin mit dem Kinn in meine Richtung. »Was willst du denn machen?«

»Ich, äh ...«

»Wir müssen mindestens einen Wahlkurs oder eine extrakurrikulare Aktivität belegen.« Sie wirft ihrer Mutter einen anschuldigenden Blick zu. »Hausregeln.«

Das ist mal was Neues. Meinen meisten bisherigen Pflegefamilien war es ziemlich egal, was ich mache, solange ich sie in Ruhe lasse und nichts tue, was die Bullen zu ihnen vor die Tür bringt. »Gibt es einen Fotoclub?«

Ihre Mundwinkel zucken ganz leicht. »Mmhmm. Ich glaube, das ist immer donnerstags nach der Schule. Ich weiß aber nicht, wo.«

Morgen ist Donnerstag. *Perfekt.* »Dann gucke ich mir den mal an, glaube ich.«

»Ich auch.«

Das überrascht mich. Sie merkt es sofort. »Du musst nicht mitkommen.«

»Es ist gut für sie, etwas Neues auszuprobieren!«, strahlt

Cate. »Und wäre es nicht toll, direkt eine Freundin im Club zu haben?«

»Ja, wäre das nicht toll?« Avery stützt ihren Kopf auf ihrer Faust ab und ihre Eltern sehen zum Glück nicht, wie sie dabei mit den Augenbrauen wackelt.


Ich kratze die Reste vom Abendessen in den Müll und Avery fängt an, das Geschirr zu spülen. Ich biete ihr an, zu helfen, aber sie schüttelt den Kopf. Ich zucke nur mit den Schultern und gehe in den Flur.

Es ist ein großes Haus im Stil eines Georgianischen Koloni-alhauses mit zwei Etagen – Wohnraum unten, oben drei Schlaf-zimmer und ein Arbeitszimmer. Ein Badezimmer in jedem Stockwerk. Die Querbalken aus Holz sind an den Decken überall freigelegt und die Wände in beruhigendem Pastellblau oder eierschalenfarben gestrichen. Mein Zimmer – so komisch, das zu denken, ich hatte noch nie ein Zimmer für mich allein – befindet sich direkt neben Averys. Am anderen Ende des Flurs liegt Tom und Cates Schlafzimmer. Insgesamt ist es ein schönes Haus – nicht nur die Größe und die helle Einrichtung, auch die Atmosphäre. Es ist mehr als ein Haus, es fühlt sich an wie ein Zuhause.

Die Wand, an der die breite Treppe nach oben führt, ist mit Bildern dekoriert. Vor allem Kunstdrucke, Van Goghs *Mandel-blüten* und sowas, aber hier und da sind auch ein paar Familien-fotos eingestreut. Es gibt ein neueres von Tom, Cate und Avery vor dem Weihnachtsbaum in der Faneuil Hall. Ich liebe diesen Baum. Er ist immer so wunderschön. Und beständig. In manchen Jahren war es der einzige Baum, den ich hatte.

Ich bleibe stehen, um ein Kinderfoto von Avery anzusehen. Sie muss sieben oder acht gewesen sein. Ihr fehlt ein Schneide-zahn und sie lächelt – nicht in die Kamera, aber irgendetwas anderes an, das nicht auf dem Bild ist. Sie war unglaublich süß. Helle Augen und ein zotteliger Pony. *Glücklich.*

In meiner Brust breitet sich ein überraschend beklemmendes Gefühl aus. Von mir gibt es keine Kinderfotos, abgesehen vom Jahrbuch aus der Middle School. Vor ein paar Umzügen habe ich überlegt, es wegzuwerfen, weil es nur Platz in meiner Tasche einnimmt. Am Ende habe ich aber entschieden, es doch zu behalten. Eine Erinnerung daran, dass auch ich Platz einnehmen darf.

»Alles in Ordnung?« Averys Stimme hinter mir reißt mich aus meinen Gedanken.

»Ja, alles okay.«

»Hast du vor, den ganzen Abend hier zu stehen? Also soll ich – äh, um dich herumgehen?«

»Sorry.« Ich stapfe die Treppe weiter hoch, sie direkt hinter mir. »Du musst wirklich nicht zum Fotoclub mitkommen«, rufe ich ihr hinterher, als sie an mir vorbei zu ihrem Zimmer geht. »Ich komme schon allein zurecht.«

»Ich möchte aber. Sonst hätte ich es nicht angeboten. Wir treffen uns da, ich muss vorher noch meine Uniform im Sportbüro abgeben.«

»Okay.«

»Gute Nacht.«

»Gute Nacht.«

## 3

Bis die Glocke zur Freistunde läutet, zieht sich der Tag. Dafür passiert alles danach wie in Zeitraffer. Ich habe mir schon ewig nicht mehr erlaubt, mich auf etwas zu freuen – wenn ich mir gar nicht erst irgendwelche Hoffnungen mache, kann ich auch nicht enttäuscht werden. Auch, wenn ich Spence gerade erst kennengelernt habe, hat sie etwas an sich, das mich dazu bewegt, ihr eine Chance zu geben. Ob das am Ende dumm ist, wird sich noch zeigen.

Der Parkplatz ist deutlich größer, als ich dachte. Es gibt unterschiedliche Bereiche für unterschiedliche Klassen, die Verteilung wirkt dabei ziemlich willkürlich. Ich beschließe, mich an einen der Laternenpfähle zu lehnen und den Eingang im Blick zu behalten, damit ich Spence nicht verpasse.

Ein ganzes Meer an Jugendlichen überschwemmt den Parkplatz. Allen voran Seniors, also aus meinem Jahrgang, die Mittagspause oder freie Arbeitsunden haben und das hart erkämpfte Privileg ausnutzen, donnerstags und freitags das Schulgelände zwischendurch verlassen zu dürfen. Alle wirken wie berauscht, weil sie raus dürfen. Für die meisten hier ist Schule wie ein Gefängnis; ich hingegen habe mich in der

Schule immer frei gefühlt, weil ich wusste, dass die Erwachsenen mich hier nicht prügeln dürfen und ich außerdem zwei richtige Mahlzeiten bekomme.

Spence kommt vergnügt durch die Tür. Sie bleibt einen Moment stehen, wirft ihren Kopf nach hinten. Ihre Augen sind geschlossen und sie genießt die Sonne auf ihrem Gesicht. *Sie lädt ihre Batterie auf.* Dann wird ihr anscheinend zu warm – sie schlüpft aus ihrer Collegejacke, legt sie sich über den Arm und zieht ihr T-Shirt wieder runter, das etwas hochgerutscht ist. Sie entdeckt mich. Sofort fängt sie an zu lächeln. »Hey!«, begrüßt sie mich, immer noch lächelnd.

»Hey.«

»Wo wollen wir hin?«

*Keine Ahnung.* »Ähm ...«

»Ach, stimmt.« Sie versteht es. »Worauf hast du Lust?«

»Ich bin offen für alles.«

»Okay, okay, okay«, tönt sie und bedeutet mir, ihr zu folgen.

Der silberne Dodge Charger passt zu ihr: ein Muscle-Car, aber nicht zu auffällig. Vier Türen, lang und schlank. Die Fenster sind heruntergelassen und die Musik ist aufgedreht – nicht so laut, dass wir uns nicht verstehen könnten, aber gerade hören wir lieber einfach nur Musik.

Sie sucht das Restaurant aus, Flip the Bird, etwa fünf Minuten von der Schule entfernt. Das Logo ist ein wütender Hahn, der finster vorn übergebeugt durch seine Beine nach hinten auf die Straße blickt. Ich mag's. Er weiß genau, dass man kommt, um ihn zu verspeisen, und deswegen verurteilt er einen hart.

Spence hält mir die Tür auf und führt mich ins Innere. Sie hat Manieren. Das haben die Wenigsten. »Danke.«

Sie nickt.

Es ist nicht voll, aber vor uns warten noch zwei Leute auf

ihr Essen. Das verschafft mir die Gelegenheit, mir etwas auszusuchen.

»Was nimmst du?«, überlegt sie.

»Hmm. Das *Ya' Basic!* mit einem *Flip the Bird.*« Fried Chicken auf Brot mit einem Ei. »Und du?«

*»The Cry Bird.«*

Ich lese die Beschreibung vor: »Frittiertes Hühnchen in Bhut-Jolokia- und Habanero-Teig mit Salat und Paprika-Chutney. Allein vom Lesen brennt mir schon der Mund.«

»Ich mag es scharf.«

Ich mag es mild. Je langweiliger, desto besser.

Sie gibt dem Typen am Tresen unsere Bestellungen durch. »Und eine Cola. Willst du auch was trinken?«, fragt sie.

»Eine Flasche Wasser, bitte«, sage ich ihm. Er tippt alles ein. »Äh, sorry, wir zahlen getrennt.«

»Ich übernehme das schon.« Ich kann gar nicht widersprechen, da hat Spence schon ihre Karte durch das Lesegerät gezogen.

*Aber zum Rotwerden ist Zeit genug.* »Das nächste Mal zahle ich.«

»Das klingt fair.«

Als wir sitzen und zu essen anfangen, lautet ihre erste Frage an mich: »Was ist deine Lieblingsfarbe?«

Eine einfache Kennenlernfrage und trotzdem habe ich Probleme damit. Es gibt so viel Auswahl. »Ich glaube Grau, auch wenn das theoretisch nur ein Farbton ist. Aber ich mag es, weil es weder Schwarz noch Weiß ist. Es ist beides gleichzeitig.«

»Eine Balance zwischen hell und dunkel. Wie das Leben«, sagt sie.

Ihr Verständnis überrascht mich – verdammt tiefgründig für unser Alter. »Und deine?«

»Rot. Aber nicht so ein Knallrot. Eher Blutrot.«

Das passt zu ihr. *Scharf.*

Dann reden wir ewig, vor allem über belanglosen Kram. Bis sie wieder nach meinen Eltern fragt. Sie will nicht herumschnüffeln, sie ist nur neugierig, weil ich so geheimnisvoll war. Um zu lügen, brauche ich meine Instinkte nicht zu unterdrücken, aber um die Wahrheit zu sagen, muss ich all meine Kraft zusammensammeln. Manchmal sind die Leute komisch zu mir, wenn sie alles wissen. Ich denke eigentlich nicht, dass es bei ihr so sein wird, aber es könnte passieren. »Ich habe keine Eltern. Ich lebe bei einer Pflegefamilie. Deswegen bin ich hergezogen, ich habe einen neuen Platz bekommen.«

Diese Information verdaut sie zusammen mit dem letzten Bissen ihres Sandwiches und nimmt dann einen Schluck Cola. Überhaupt keine Reaktion erkennbar. »Magst du deine neue Pflegefamilie bisher?«

Noch hat sie mich nicht enttäuscht. Wir könnten sogar Freundinnen werden. *Außer du erzählst ihr, dass Avery deine Pflegeschwester ist.* Das könnte stimmen. Die hat nicht gerade einen Hehl aus ihrer Abneigung gegen Spence gemacht, also bin ich ziemlich sicher, dass auch Spence davon weiß. Vielleicht ist es ein gegenseitiges Ding. *Lieber keine Namen, solange es ohne geht.* »Ja, sie sind cool.« Von da an spreche ich nur noch vage von ihnen und achte darauf, nicht zu viel zu verraten.

---

Der Fotoclub ist immer donnerstags um drei in Raum 321; das habe ich während Informatik auf der Website der Schule nachgesehen. Heute ist das erste Treffen dieses Schuljahres. Ich bin froh, dass ich nichts verpasst habe. Da ich noch nie gut mit neuen Leuten war, sammle ich mich kurz innerlich, bevor ich reingehe. Ich zähle siebzehn Schüler, alle scheinen sich bereits zu kennen. Ein paar von ihnen sehen mich an, aber nur beiläufig. Ihre Unterhaltungen und das Vergleichen ihrer Kameras hören nicht abrupt auf, als ich eintrete. Laut der Uhr über der

Tafel ist es fünf nach drei. Der Leiter ist noch nicht da. Avery auch nicht. *Als ob sie noch kommt.*

Hinter mir schwingt die Tür auf. *Oder doch?* Ein jüngerer Lehrer mit schwarzen Haaren, der einen blauen Behälter und ein Klemmbrett dabeihat, betritt den Raum. Ich glaube, er ist Geschichtslehrer. Er geht nach vorn, stellt den Behälter auf das Pult, legt das Klemmbrett daneben und lehnt sich dann an den Tisch. »Tag, alle zusammen. Für diejenigen von euch, die mich noch nicht kennen: Ich bin Mr Warren. Willkommen im Foto-club.« Er nimmt den Deckel vom Behälter und holt eine Kamera in einer Tasche heraus. Sie ist klein – eine Kompaktka-mera. »Alle, die keine eigene Kamera haben, können sich gern eine PowerShot leihen. Ihr tragt sie einfach aus und dürft sie mit nach Hause nehmen, solange ihr sie wie euer Baby behan-delt.« Er wiegt die Kamera in seinen Armen und macht »Schschschhh« wie zur Beruhigung von Babys, was ihm eine Runde Schnauben von den Schülern einbringt. »Kommt nach vorn, falls ihr eine braucht.«

Niemand rührt sich. Alle haben krasse Nikons oder Canons oder Sonys an Schlaufen um den Hals hängen oder in passenden Taschen vor sich stehen. Nur ich nicht. Über-raschung!

Als ich nach vorn gehe, um mir die Leihkamera abzuho-len, richte ich meinen Blick starr auf den Boden. Mr Warren hält mir das Klemmbrett hin. Ich schreibe meinen Namen und meinen Jahrgang oben auf das Formular. »Britton Walsh«, liest er vor. »Freut mich. Nimm dir eine Kamera, irgendeine.« Ich suche mir eine in einer schwarz-grau gemus-terten Tasche aus.

Ich sinke gerade wieder auf meinem Platz hinten im Raum, als die Tür auffliegt. Alle drehen sich um und gaffen die Nach-züglerin an. *Avery.*

»Ich bin zu spät, ich weiß.« Es tut ihr nicht leid, es ist ihr egal. »Wie geht's, Mr Warren?« Sie grüßt ihn, als wären sie befreundet. Sie muss einmal einen Kurs bei ihm gehabt und ihn gemocht haben.

Er ist genauso verblüfft, sie hier zu sehen, wie alle anderen. Fast so, als hätte sie bisher nie auch nur einen Funken Interesse an Fotografie gezeigt. Hat sie vielleicht auch nicht, weil sie nur meinetwegen hier ist. »Avery. Schön, dass du auch mitmachst. Hast du eine Kamera oder willst du eine leihen?«

Sie kramt in ihrer riesigen weißen Ledertasche und zieht ihr iPhone heraus. »Ich hab eine.«

Mr Warren seufzt. »Das ist keine Kamera.«

Jetzt ist sie es, die seufzt.

Sie schlendert vor, füllt das Formular aus, nimmt sich eine Kamera und geht zurück nach hinten, wo sie sich auf den Platz direkt neben mir fallen lässt und mich angrinst. »Du dachtest, ich hätte dich versetzt, oder?«

Ja und Nein.

Mr Warren räuspert sich. »Na schön, lasst uns über unser erstes Projekt reden: Herbstlandschaften.«


Kurz nach halb fünf ist der Fotoclub vorbei. Wir kommen gerade auf den Parkplatz, als auch die Frauenfußballmannschaft Schluss macht. Spence steht an ihrem Auto, die Fahrertür weit offen. Sie nimmt die übervolle orangefarbene Adidas-Sporttasche von ihrer Schulter und wirft sie auf den Beifahrersitz. Dann schaut sie hoch, bemerkt mich. Bemerkt Avery. Ich sehe ihr an, dass sie überlegt, ob sie winken soll. Sie entscheidet sich dafür.

Ich winke zurück. Avery kann nicht anders, unfreiwillig zuckt sie zusammen. Da gibt es eindeutig eine Story zwischen den beiden. Spence springt in ihren Wagen, startet den Motor und parkt aus. Ich sehe ihr nach, wie sie vom Parkplatz auf die Straße rast.

»Euer Mittagessen lief anscheinend gut«, kommentiert

Avery sofort. Sie klingt neutral. Ich mustere ihr Gesicht – es verrät nichts. Langsam denke ich, dass es ein besonderes Talent von ihr ist, und das nervt echt. An sich bin ich nämlich gut darin, die Gefühle von Leuten zu erhaschen, aber wie es aussieht, ist Avery besser als die meisten anderen darin, ihre zu verstecken, wenn sie es möchte. Vielleicht ist sie darin sogar besser als ich.

Es war kein Date. *Na ja, sie hat gezahlt, also irgendwie schon.* »Jup«, antworte ich, als wir beide in ihren azurblauen BMW schlüpfen. Mir ist nicht wirklich danach, darüber zu reden. Ich wünschte, wir hätten wenigstens Musik, aber Avery fährt lieber ohne. »Was haben deine Freundinnen dazu gesagt, dass du mit Cheerleading aufhörst?«

Erst, nachdem sie links auf die Sohier Road abgebogen ist, antwortet sie: »Kylie war cool. Liz und Tasha fanden es traurig. Amy war angepisst. Sie ist Captain und ich habe damit ihre Aufstellung ruiniert. Coach Meyers und sie müssen jetzt einen neuen Spotter finden, der mich ersetzt.«

»Was macht ein Spotter?«

»Darauf achten, dass nicht alles zusammenbricht.«

Ich muss schnauben. »Wie denn das?«

»Ein Spotter muss immer aufpassen, immer bereit sein, um im richtigen Moment einzugreifen. Man darf keine Angst haben, ein Mädchen aufzufangen, wenn es fällt. Und man darf keine Angst vor Verletzungen haben.«

Konzentriert und mutig. Hmm. Das passt. »Klingt nach einem wichtigen Job.«

»Ich musste dafür sorgen, dass niemand sich das Genick bricht. Also ja, schon.« Ihre Worte klingen locker, aber ihr Gesichtsausdruck ist ernst. Es war ihr wichtig, den Job richtig zu machen – und gut. Wieso hat sie dann aufgehört?

Ich spüre, dass ich sie unbedingt kennenlernen will. Das kommt unerwartet. Normalerweise reicht mir eine friedliche Ko-Existenz mit den Pflegegeschwistern völlig aus. Fast nie, falls überhaupt jemals, habe ich mich um eine tatsächliche Bindung bemüht. Sollte ich diesen Funken lieber schnell auslöschen oder anfachen? *Sein oder nicht sein? Das ist hier die Frage.*

Darüber kann ich aber nicht lange nachdenken, denn jetzt sind wir bei den Cahills angekommen. Allein die Tatsache, dass es mir ausnahmsweise nicht egal ist, reicht, um mich umzustimmen. »Ich wollte am Wochenende schon mal mit dem Herbstlandschaften-Projekt anfangen. Ich habe nur noch keine Ahnung, wo hier irgendetwas ist. Also, falls du Zeit hast, wollen wir zusammen daran arbeiten?«

Sie schürzt die Lippen, als müsse sie erst noch überlegen, ob ich ihre Zeit wert bin. »Samstag habe ich nichts vor, jetzt wo ich nicht mehr beim Cheerleading bin. Warst du schon mal im Salem Willows Park?«

»Ich war noch nie in Salem.«

Sie reißt ihre Augenbrauen hoch. »Echt nicht?«

Nach Salem fahren Eltern mit ihren Kindern entweder nur wegen des Gruselfaktors oder wegen der coolen Geschichte. Hat Avery vergessen, mit wem sie spricht? Wer wäre denn jemals mit mir da hingefahren? *Das ist unfair. Woher soll sie von deinem scheißtraurigen Leben wissen?*

Dann dämmert es ihr langsam und Verständnis taucht in ihrem Blick auf. »Auf jeden Fall fahren wir hin.«

Mein Magen macht einen merkwürdigen Hüpfer. »Ist gut.«

# 4

Ich bin froh, dass meine erste Schulwoche um ist und ich endlich ein paar Tage ausspannen kann. Tom sitzt auf dem Sofa und legt Wäsche zusammen, während Cate heute lange arbeitet und Avery mit ihrem Fanclub unterwegs ist. Ich bin ziemlich froh darüber. Seitdem ich hier bin, hängt sie rund um die Uhr mit mir zusammen. Ich will nicht, dass sie genug von mir bekommt und ich für sie wie die nervige Schwester werde, die sie babysitten muss – obwohl ich ironischerweise mehr als einen Monat älter bin, wie Cate mir erzählt hat. Avery wird erst am dritten Oktober achtzehn.

Beim Mittagessen hat mich Spence noch zu einer Party von einer aus ihrem Team heute Abend eingeladen, aber ich habe dankend abgelehnt. Nicht, weil ich keine Partys mag – die nehme ich je nach Stimmung gern mit oder hau eben nach einer Weile ab. Nein, eher weil meine Emotionen in letzter Zeit ein komplettes Chaos sind. Das passiert immer, wenn ich mich an eine neue Umgebung gewöhne. Die unter Kontrolle zu halten, ist schon echt anstrengend, ein Vollzeitjob, und würde ich jetzt auf eine Party gehen, wären das definitiv Überstunden.

Deswegen genieße ich es gerade, einfach nur zu lesen. Ich

stecke mitten im vierten Kapitel von *1984* – es ist gut, wenn auch krass deprimierend – und sitze eingekuschelt auf dem taupefarbenen Sessel in einer Ecke des Wohnzimmers. Ich könnte unmöglich noch tiefer in die weichen Kissen einsinken – echt, ich habe es versucht. Es muss der gemütlichste Sessel sein, den mein Hintern je berührt hat. Ich könnte darin schlafen. *Lächerlich. Du hast doch ein Bett. Auch noch ein verdammt gutes.* Es ist wirklich gut, Queensize mit Memory-Foam-Matratze. Das ganze Zimmer ist schön – unnötig groß, um ehrlich zu sein. Es steht eine hohe Kommode darin, ein Schreibtisch mit Schrankelementen, in den auch mein Chromebook von der Schule eingezogen ist, und ein komplettes Entertainment-Center inklusive Boxen, Fernseher und Blu-ray-Player. Die Farben sind nicht so meins: Hellgelb und -orange. Aber ich will mich gar nicht beschweren, es passt nur einfach nicht so zum Rest des Hauses, den offensichtlich Cate eingerichtet hat. Es könnte Toms Arbeitszimmer gewesen sein, bevor sie angefangen haben, Streuner aufzunehmen. Er wirkt jedenfalls wie der Typ, der helle Farben mag. Das würde auch Averys Vorliebe dafür erklären.

»Sieht gemütlich aus.« Tom grinst in meine Richtung.

»Ist es.« Wie auf Knopfdruck muss ich gähnen.

»Und, wie lebst du dich hier inzwischen ein?«

»Gut. Euer Haus hat so eine ruhige Aura an sich.«

Er lacht leise. »Ich wusste gar nicht, dass Jugendliche heutzutage so etwas wie ›Aura‹ noch sagen.«

»Manche schon. Ich mag es. Es ist ein schönes Wort.«

»Stimmt. Avery und du, eure *Auren* harmonieren auch gut.«

Er ist so ein Dad. »Tun sie.«

»Das freut mich.«

»Mich auch.«

Dann habe ich aber genug von *1984* und Unterhaltung für

heute, also mache ich Schluss und will nach oben. Ich hieve meine Umhängetasche vom Boden und stopfe das Buch hinein.

»Fertig für heute?«

»Ja, ich bin todmüde. Gute Nacht, Tom.«

»Nacht, Kleine.«

Kleine. *Nicht lächeln.* Ich schultere meine Tasche.

»Warte kurz. Wenn du sowieso hochgehst, kannst du die hier bitte für mich in Averys Zimmer bringen?«

Averys Zimmer. Es fühlt sich falsch an, da reinzugehen, wenn sie nicht da ist. Aber ich kann auch schlecht Nein sagen. Das wäre gestört. Nach allem, was Cate und er für mich tun.

»Klar.«

»Danke!« Er zwinkert, dann steht er auf und drückt mir einen Stapel gewaschener Wäsche in die Hände.

---

Ihr Zimmer habe ich mir ganz anders vorgestellt. Die Wände, die Vorhänge, die Tagesdecke und der Teppich sind alle in verschiedenen Grautönen gehalten – von Anthrazit bis hin zur Farbe des Himmels an einem regnerischen Tag. Dabei ist jedes einzelne Kleidungsstück in meinen Armen rosa, gelb, hellblau, mintgrün oder weiß. Sie trägt immer so fröhliche Farben und dann ist ihr Zimmer so düster. Mein erster Eindruck von ihr war offensichtlich falsch. Sie ist nicht das All-American-Girl, für das ich sie gehalten habe. Da ist anscheinend noch eine andere, dunklere Seite an ihr, die sie nicht allen zeigt. Jetzt bin ich noch faszinierter.

Ich lege ihre Klamotten auf ihr Bett und sehe ich mich noch einmal kurz um, bevor ich das Gefühl bekomme, zu sehr in ihre Privatsphäre einzudringen. *Verschwinde endlich.*

## 5

Tom und Cate sind außer sich, als sie mitbekommen, dass Avery und ich nach Salem fahren – besonders Cate. Sie erhofft sich, dass wir uns anfreunden. Von dem Moment an, als ich das Haus betreten habe, hat sie auf Avery eingeredet, hat ihr irgendwelche Aktivitäten vorgeschlagen, die wir zusammen machen können. Eigentlich ist es ziemlich süß. Vielleicht wollte sie eigentlich eine Schwester für Avery, aber es ist nie dazu gekommen. Wenn ich so überlege, sind sie sogar die erste Pflegefamilie, bei der ich bin, die nur ein Kind haben. Die meisten hatte eine ganze Horde. Bei der letzten gab es eine Tochter, ungefähr in meinem Alter, eine weitere, ein paar Jahre jünger, und einen bezaubernden fünfjährigen Sohn, den ich geliebt habe. Er hieß Brent und ich vermisse sein süßes kleines Gesicht und mit ihm Pokémon GO zu spielen. Vielleicht werde ich irgendwann mal selbst Kinder haben. Falls ja, würde ich jeden Tag mit ihnen spielen.

Wir wollen gerade los, als Tom Avery noch einen Haufen Geldscheine in die Hand drückt. Einfach so. Einen Stapel Zwanziger und sie hat nicht einmal danach gefragt. Dann will er mir auch etwas geben. Panik breitet sich in meiner Brust aus.

*Heute nicht, Satan.* Oder an irgendeinem anderen Tag. »Nein, ich ...« Ich will ihm sagen, dass ich es nicht brauche. Bisher habe ich kaum etwas von meinem monatlichen Taschengeld ausgegeben. Jetzt, da ich rechtlich gesehen erwachsen bin, kann ich selbst entscheiden, was mit der Mehrheit davon passiert, und ich versuche, so viel wie möglich davon zu sparen, damit ich mir nächstes Jahr die Studiengebühren vom Community College und eine ranzige Zweizimmerwohnung mit fünf Mitbewohnern leisten kann. Ich weiß, dass die Cahills nicht viel vom Staat dafür bekommen, dass sie mich bei sich aufnehmen. Das liegt wahrscheinlich vor allem daran, dass die vorherige Familie mich rausgeschmissen hat. Gut, dass die Cahills stinkreich sind, sonst wäre ich auf der Straße gelandet – immer noch besser als in der nächsten grauenvollen Gruppenunterkunft.

»Keine Widerrede, junge Dame!« Tom gibt sich streng. *Sorry, Dude, das nehme ich dir nicht ab.* Ich nehme das Geld an. Wenn er darauf besteht, wäre es unfreundlich, abzulehnen. Ich will seine Gefühle nicht verletzen oder so. Ich kann es ihm später immer noch zurückgeben.

Cate gibt ihrer Tochter einen Kuss auf die Stirn und ich bin schockiert, dass Avery es zulässt. Na gut, selbst wenn man sein ganzes Leben lang Eltern hatte, ist es wahrscheinlich nett, ab und zu mal Zuneigung gezeigt zu bekommen. Sie bemerkt, dass ich sie ansehe, und wird sofort rot. Noch eine Reaktion, die sie nicht steuern kann.

»Warte, warte!« Cate eilt ins Wohnzimmer und kramt in ihrer Tasche herum, bevor sie wieder zu uns kommt. Sie hält ein schwarzes, rechteckiges Teil in der Hand. »Das ist für dich.« Dann reicht sie es mir. Es ist ein brandneues iPhone, das neueste Modell. Bis vor einer Weile hatte ich mal ein LG, aber ich habe es nie ersetzt, als es dann kaputtging. Ich habe es sowieso kaum benutzt, deswegen fand ich es unnötig. »Ich habe all unsere Nummern eingespeichert«, erklärt Cate. »Es ist voll aufgeladen und die Box mit dem Zubehör steht auf dem Esstisch.«

Ich sehe zu Avery, um ihre Reaktion abzuchecken. Ich erwarte ein unfreiwilliges Zucken, aber es kommt keins. Natürlich nicht. Wieso sollte sie eifersüchtig sein? Ihr fehlt es doch an gar nichts.

Es ist zu viel. Das ist alles zu viel. *Schluck den Kloß einfach runter und heul ja nicht los, Weichei.* »Danke.«

»Gerne«, antwortet Cate einfach nur. Für sie ist das nichts Großes. »Viel Spaß, ihr zwei.«

Ich habe die PowerShot von Mr Warren in der einen Hosentasche und mein neues iPhone in der anderen. Sich mit dem ganzen Techink-Kram hinzusetzen, ist echt unbequem. Und es ist schwer. Langsam verstehe ich, wieso Frauen immer Handtaschen dabeihaben – werde ich aber nie, ich hasse die Dinger. Ich habe auch meine Umhängetasche nicht mitgenommen, weil ich nicht damit gerechnet habe, so viel tragen zu müssen.

Avery fährt auf die 128 auf und beschleunigt, um sich dem Tempo der anderen anzupassen. Nach nur zehn Minuten sind wir in Salem, aber ab da sind die Straßen dicht und wir kommen nur schleppend voran, höchstens mit Schrittgeschwindigkeit. »Weil du noch nie hier warst, habe ich uns einen kleinen Reiseplan gemacht. Ich hoffe, das ist okay für dich.«

»Ja, klar.« Das meine ich ernst. Nicht, dass ich ihr jemals gesagt hätte, wenn es nicht okay für mich gewesen wäre. Sie hätte das alles überhaupt nicht mitmachen müssen. Hätte sie gesagt, dass wir höchstens eine Stunde hierbleiben, um ein paar dämliche Fotos zu machen, und dann direkt wieder abhauen, wäre das für mich auch okay gewesen.

»Interessierst du dich für Geschichte? In Salem gibt es jede Menge davon.«

Abgesehen von dem Kram, den man in der Schule lernt, habe ich mir nie wirklich Gedanken darüber gemacht. »Interessierst du dich für Geschichte?« *Wieso musst du eine Frage immer mit einer Gegenfrage beantworten?*

»Ja oder Nein?«

*Sie kann Gedanken lesen!* »Ich glaube schon.«

Sie lacht. War ich gerade lustig? »Das war kein Ja oder Nein. Lass es mich mal vormachen: ›Ja, ich mag Geschichte. Es ist faszinierend.‹«

»Gut zu wissen. Was ist der erste Punkt auf deiner Liste?«

»Einen verdammten Parkplatz zu finden! Das ist verrückt hier.« Wir sind noch an keiner einzigen Lücke vorbeigekommen. Das macht sie wahnsinnig.

Jetzt muss ich lachen. Allerdings höre ich schlagartig auf, als mir *Sie ist so süß* durch den Kopf schießt. Dann entdecke ich einen freien, aber kostenpflichtigen Parkplatz – ein Geschenk der Götter, aus verschiedenen Gründen – und zeige drauf. »Da drüben.«

»Endlich!« Sie fährt in die Lücke, rangiert nochmal etwas und schaltet dann in den Parkmodus. »Ich hab noch nie etwas direkt auf der Essex Street gefunden. Du bringst Glück.«

Das einzige Glück, das ich habe, ist Unglück. »Ich helfe gern.«

Sie fischt ein paar Münzen aus dem Getränkehalter und wir steigen aus. Dann steckt sie die Münzen in den Parkautomaten – vier Stunden, die Höchstparkdauer.

»Wir müssen einen ziemlich vollen Reiseplan haben.«

»Das wird nur der Teil des Ausflugs in der Stadt. Beim Park gibt es einen eigenen Parkplatz und den werden wir auch nutzen, weil es acht Kilometer weit ist und diese Absätze nicht für solche Strecken gemacht sind.« Sie hält ihren Fuß hoch. Es sind wirklich Absätze. Die Schuhe sind himmelblau und haben Riemchen um die Knöchel. *Wieso zieht man solche Schuhe an?* Ich schaue an mir herunter, auf meine eigenen Füße: ausgetragene Chucks, eins der zwei Paar Turnschuhe, die ich besitze. Als ich wieder hochgucke, bedeutet sie mir mit einem Finger, ihr zu folgen.

*Nicht ihre Marionette.* Ach, scheiß drauf, ich folge ihr. »Ich komme.«

Auf dem Weg kommt uns ein Typ entgegen, der Avery so penetrant anglotzt, als würde er dafür bezahlt werden. Ihr Rock ist kurz und ihr Mantel so lang, dass es aussieht, als hätte sie untenrum nichts an, was mir erst in diesem Moment auffällt. Beim Vorbeigehen pfeift der Mann ihr hinterher.

»Igitt«, murmelt sie und ihre Wangen laufen tiefrot an.

Sie schämt sich. Das geht gar nicht. Ich bleibe schlagartig stehen und drehe mich um. »Hey, Arschloch! Sie ist so weit außerhalb deiner Liga, du schaffst es nicht mal auf die Ersatzbank!« Er wirft einen Blick über seine Schulter, sein Mund steht offen. So. Er schämt sich auch. Sehr gut.

Avery starrt mich erst sprachlos an, dann bricht sie in lautes Gelächter aus. Es ist so ansteckend, dass ich auch anfange zu lachen.

Als wir uns wieder einkriegen, sieht sie mich an und beißt sich auf die Lippe. »So ritterlich«, sagt sie, hakt sich bei mir ein und zieht mich den Weg entlang. Komischerweise macht es mir gar nichts aus, dass sie mich berührt.

Wir überqueren die Washington Street und gehen durch den Teil der Essex Street, der eine Art Einkaufsstraße ist. Es wimmelt nur so von Pärchen, Kindern und Reisegruppen. Ich muss mich enger an Avery quetschen und bekomme einen Hauch ihres Parfums ab: Zitrus und irgendein süßlicher, leichter Blumenduft. Es ist himmlisch. »Du riechst gut.« *Toller Spruch, sehr elegant.*

»Danke. Es ist Daisy von Marc Jacobs.«

Ich nicke wie ein Wackeldackel, weil ich eine peinliche Idiotin bin.

---

Vor einem großen, alten Gebäude aus Stein, das wie eine Kirche aussieht, stellen wir uns hinten an die lange Schlange an. Zwischen zwei Türmen prangen ein riesiges Buntglasfenster – an den Seiten sind auch noch ein paar kleinere – und eine große Flügeltür in einem Spitzbogen. Auf einem Holzschild steht in goldener Schrift: Salem Witch Museum. Das Hexenmuseum.

»Nachts ist es so krass hier«, sagt Avery. »Die Fenster leuchten dann rötlich, supergruselig.«

»Magst du gruselige Sachen?« Das hätte ich gar nicht von ihr erwartet. Modeversessene Cheerleader stehen normalerweise nicht so auf exzentrische und unheimliche Dinge. Aber dann haben wir das schon mal gemeinsam.

»Oh ja. Spukhäuser, Horrorfilme, der ganze Scheiß. Ich weiß auch nicht ... Angst zu haben, ist irgendwie aufregend.«

Das ist keine echte Angst. Es macht Spaß, Angst vor Geistern oder Kobolden zu haben. Vor Dingen, die es nicht wirklich gibt. Die einzigen Monster, die tatsächlich existieren, sind Menschen, und ein paar davon sind schlimmer, als man es sich vorstellen kann. »Das kann ich voll verstehen.«

Sie wirkt kein bisschen überrascht. »Cool.«

»Im Oktober muss es hier echt spannend sein.«

»Es ist heftig. Wir müssen an Halloween herkommen. Die Kostüme der Leute sind wild und so originell und detailliert.«

»Ich weiß gar nicht, wann ich mich das letzte Mal für Halloween verkleidet habe.« Heute platzt mir auch wirklich alles heraus, was mir durch den verdammten Kopf geht, oder?

Sie grübelt kurz. »Lass es uns dieses Jahr machen.«

»Denkst du nicht, dass wir zu alt dafür sind?«

»Man ist nie zu alt dafür.«

Nein, nur zu unsicher. »Ich mache mit, wenn du mitmachst.«

»Deal.« Sie lächelt mich an.

Das Museum ist irre. Wir sehen eine Nachstellung von Bridget Bishops Prozess, in einem riesigen Set, das als Gerichtssaal aufgebaut ist. Danach gibt es eine Tour mit nachgebauten Orten aus dem Salem von 1692.

Wir kommen an einer winzigen Kammer an, ein umgebauter Schrank, mit einer vergitterten Tür und Handschellen an der Wand. *In solchen Zellen, die meistens nicht größer als hundertsechsundsechzig mal neunzig Zentimeter waren, wurden die Frauen vor und während ihres Prozesses eingesperrt, wenn sie der Hexerei beschuldigt waren*, steht auf der Tafel neben der Tür. Igitt! Der Tourguide will, dass wir uns reinstellen, um ein Gefühl dafür zu bekommen – er macht Fotos! Avery ist sofort dabei, aber ich lehne ab. Ich habe genug Zeit eingesperrt in modernen Schränken verbracht – ich brauche keine fake Gefängniszelle, um zu spüren, wie es sich anfühlt, eingesperrt zu sein.

Als ihre gespielte Gefangenschaft vorbei ist, fragt Avery mich, ob ich klaustrophobisch bin. Ich verneine. Obwohl, wenn klaustrophobisch bedeutet, dass ich eine Scheißangst vor einer übervollen Abstellkammer habe, in die mich eine Schlampe als Strafe für irgendein imaginäres Vergehen steckt, dann ja. Dann bin ich wohl zumindest ein bisschen klaustrophobisch.

Wir bewegen uns weiter Richtung Stadtkern. Sie will mir das alte Rathaus zeigen, mit der Sammlung an echten Artefakten aus dem siebzehnten Jahrhundert. An der Ecke Derby Street kommen wir an einer creepy-fantastischen Nosferatu-Statue vorbei.

»Wow, der ist neu.« Sie rennt sofort zum glatzköpfigen grauen Vampir hinüber, mit dem Enthusiasmus einer Fünfjährigen, die gerade einen Welpen entdeckt hat. Mein Hirn schmilzt fast, so niedlich ist es. »Hol deine Kamera raus.«

Ich ziehe meine PowerShot aus der Tasche, schalte sie ein – setze den Fokus auf sie, wie sie vor dem Monster kniet. Genau in dem Moment bewegt sich Nosferatu. Seine Arme schnellen vor, als würde er sie packen, und seine spitzen Zähne hält er dicht an ihren Hals.

Ihr Schrei ist so laut, dass wahrscheinlich selbst die Astronauten auf der ISS ihn hören können. Sie stürzt auf mich zu, packt mich an der Hüfte und versteckt sich hinter mir. Ich kriege mich kaum noch ein vor Lachen. Allen anderen um uns herum geht es genauso.

Dann fasse ich mich langsam wieder, greife hinter mich und ziehe sie an meine Seite. »Ich weiß nicht, was du von mir erwartest. Ich bin ein Meter achtundsechzig und wiege zweiundfünfzig Kilo. Der da ist ein Ungeheuer.«

Nosferatu bricht kurz aus dem Charakter. »Hey, komm zurück! Ihr könnt ein Selfie machen.«

Avery stupst mich mit der Schulter an, als würde sie fragen: *Wollen wir?*

Sie möchte es auf jeden Fall. Ich hüpfe vor den Blutsauger und sie stellt sich dazu. Gerade will ich den Selbstauslöser einstellen, als ein älterer Mann anbietet, das Foto für uns zu machen. Ich reiche ihm die PowerShot und stelle mich neben Avery.

»Und Cheese!« Der Blitz löst aus.

Der Mann sieht sich das Foto auf dem kleinen LCD-Bildschirm an und zeigt es mir. Mr Vampir hat die Arme weit ausgestreckt, komplett im Drohmodus. Averys Gesicht ist gespielt angstverzerrt, die Hände an den Wangen, wie im Gemälde *Der*

*Schrei.* Ich habe meine Hände in die Taschen meiner Armeejacke gesteckt und gucke grinsend zur Seite in ihre Richtung.

Avery quetscht sich zu uns, um das Foto ebenfalls zu sehen. »Großartig!« Gleichzeitig bedanken wir uns bei dem Mann, dann kramt sie in ihrer Handtasche und steckt einen Zwanziger in Nosferatus Spendenbox, die wie ein Sarg aussieht. *Wow.* Nosferatu sieht den Schein. Er hebt seine Maske, zieht sie sich über die Stirn. Er ist ein Mann mittleren Alters mit glattrasiertem Bart. »Vielen, vielen Dank!«

»Du hast mich echt erwischt.« Sie wackelt mit dem Finger vor ihm herum. Dann gehen wir weiter Richtung Altes Rathaus.

———

Sie kann sich vor Aufregung kaum zurückhalten. Bei jedem neuen Artefakt leuchten ihre Augen vor Begeisterung – beim altertümlichen Webstuhl, dem Kleid mit Korsett, den drei antiken Brillen, dem Dreispitz und der Marschtrommel mit Schlägeln, die für Washingtons Truppen geschlagen wurde.

Sie mag Geschichte nicht nur, sie *liebt* sie. Das ist bisher der unerwartetste und faszinierendste Teil ihrer Persönlichkeit. Mir macht es mehr Spaß, Dinge über sie zu lernen, als über die Gründung unserer Landes.

Der Parkplatz bei Salem Willows ist halbleer, was in dieser Jahreszeit wahrscheinlich normal ist. Es ist ein wunderschöner Park am Wasser, voller Bäume und mit einer kleinen Promenade mit Essensständen, Spielhallen und Kinderkarussells. Die Karusselle sind für die Saison geschlossen, aber die Spielhallen und Essensstände haben geöffnet. *Hmm, Pizza.*

Sie bemerkt mein Interesse an der Promenade. »Hunger? Oder willst du zocken?«

»Videospiele sind nicht so mein Ding.«

»Meins auch nicht.«

*Was? Wie das?* »Aber deinem Dad gehört eine Gaming-Firma!«

»Und ich bringe Schande über die Familie«, antwortet sie mit einem Grinsen. »Pizza?«

Stopp! Langsam wird es unheimlich. »Oh ja, bitte.«

Wir holen uns jeder zwei Stücke und je eine Flasche Wasser. Ich muss sie überreden, aber schließlich lässt sie mich für uns beide zahlen – nicht mit dem Geld ihres Vaters. Wir suchen uns eine Bank am Rand des Weges, der am Wasser entlangführt, und genießen den Ausblick.

Als wir fertig sind, spazieren wir für eine Weile herum. Es ist einer dieser perfekten Nachmittage Mitte September, genau im Übergang vom Sommer zum Herbst. Es ist sonnig und warm, aber mit einer kühlen Brise, die vom Meer herüberweht. Die Blätter der Silberweiden wechseln langsam ihre Farbe – einige haben schon einen hellen Goldton mit bronzefarbener Tönung an den Rändern.

Ich hole meine Kamera heraus, zoome an einen langen, herunterhängenden Ast heran. Ich drücke ab. *Umwerfend.*

»Hey«, bricht Avery das entspannte Schweigen zwischen uns. »Wieso wurdest du eigentlich nie ... ach, egal.« Sie sieht mich an, ihre blauen Augen leuchten, aber mir fällt ein Funken Traurigkeit darin auf. *Mitleid.* Das verrät, was sie fragen wollte. Sie ist nicht die Erste, die mich das fragt. Sie ist allerdings die Erste, bei der es mir nichts ausmachen würde, zu antworten.

»Nein, frag ruhig.«

»Es ist wahrscheinlich eine dumme Frage, aber ... wieso wurdest du nie adoptiert? Du bist höflich, klug. Und du warst als Kind bestimmt süß. Ich verstehe nicht, wieso du kein Zuhause gefunden hast.«

*Ein Zuhause finden.* Wenn ich doch nur ein Katzenbaby oder ein süßes Babykaninchen gewesen wäre, dann hätte ich das bestimmt. Ich kratze mich am Nacken – ein Instinkt, wenn ich Zeit schinden will. »Ich hatte einen angeborenen Herzfehler. Er wurde schon operiert, als ich noch sehr klein war, aber ich war immer noch ein irgendwie kränkliches Kind.«

Ihr Gesichtsausdruck verändert sich schlagartig, als sie das hört. Das Mitleid verschwindet und nun ist Sorge zu sehen. *Sie sorgt sich?* »Jetzt bist du aber gesund, oder?«

»Ja. Mir geht's gut. Aber ich war eben schon vier oder fünf, als das alles durch war. Die meisten Leute wollen Babys adoptieren, oder zumindest gesunde Kleinkinder.« Ich zucke mit den Schultern. »Und ich bin sowieso nie herausgestochen unter all den anderen Kindern im Raum.«

»Für mich schon.«

Ein Schauer läuft mir über den Rücken und ich zittere. Es kommt eine Windböe, aber das ist bloß Zufall. Das weiß sie allerdings nicht. »Es wird langsam kalt.« Ich mache den Reißverschluss meiner Jacke zu, damit es glaubwürdiger wirkt.

»Wir können gehen, wenn du willst.«

Will ich, und irgendwie auch nicht. »Du hast noch gar keine Fotos gemacht.«

»Aber du jede Menge. Das war das Ziel, oder?«

Ich nicke.

Sie zieht ihre Schlüssel aus der Tasche und wir machen uns auf den Weg zum Auto.

---

Die Sonne verschwindet gerade hinter dem Horizont, als wir beim Haus ankommen. Ich bin noch nicht bereit dafür, dass der Tag endet. Sie lässt mich das Tempo vorgeben, während wir nebeneinander den breiten Weg zur Veranda entlangschlendern. »Ich hatte einen echt schönen Tag.« Das ist so unschuldig, dass ich mich nicht dafür schäme, es zuzugeben.

»Ich auch.« Sie lächelt, dann sieht sie auf den Boden.

Drinnen finden wir Cate und Tom unter einer Decke zusammengekuschelt auf dem Sofa vor. Im Fernsehen läuft eine sehr laute, sehr nackte Sexszene. Sie sind so versunken, dass sie uns erst gar nicht bemerken. Bis Avery unser Ankommen verkündet: »Eltern! Stellt den Porno ab. Denkt doch an die Kinder!«

»Nein, nein, das ist ein normaler Film.« Tom greift hektisch nach der Fernbedienung und drückt wie wild auf die Ausschalttaste. Lustig, dass er derjenige ist, der so reagiert, und nicht Cate. Und ich dachte, Tom wäre der entspanntere von den beiden. Dann lacht Cate, und Tom steigt mit ein, was auch Avery und mich zum Lachen bringt. Die bestmögliche Kettenreaktion in so einer Situation.

»Ich muss dringend duschen. Ich fühle mich schmutzig.« Avery wirft ihren Eltern einen finsteren Blick zu. Zu mir sagt sie nur: »Erste!« Dann läuft sie die Treppe hoch.

»Sorry!« Ich hebe kurz die Hand und gehe ebenfalls zur Treppe. Auf halbem Weg bleibe ich stehen, drehe mich um – und husche ins Wohnzimmer. Ich ziehe den Stapel Zwanziger von Tom aus der Tasche und lege ihn auf den Couchtisch. »Danke.« Schnell ziehe ich mich wieder zurück. *Bye erstmal.*

6

Jede Mittagspause diese Woche habe ich mit Avery und ihren Freundinnen verbracht – unfreiwillig. Gestern, als wir gerade das Schulgelände verließen, hat sie auf diese nonchalante, halbinteressierte Art nachgefragt: »Keine Spence also?« Ich habe versucht, mir nicht anmerken zu lassen, dass es mir etwas ausmacht, aber ich glaube, sie wusste es.

Von Spence habe ich die Zeit nicht viel gesehen, höchstens kurz nach Schulschluss an den Schließfächern. Jeden Tag sagt sie »Hi« und ich antworte das Gleiche. Dann schließt sie ihren Spind, sagt: »Bis später«, und eilt davon. Kein Plaudern. Keine Einladungen irgendwohin. Nichts.

Meine Vermutung ist langsam, dass sie mir aus dem Weg geht. Ich bin nur nicht sicher, wieso. Ich glaube auch nicht, dass ich irgendetwas Falsches gesagt habe, ich habe nie aus Versehen die Cahills erwähnt. Das eine Mal hat sie mich nach der Schule mit Avery gesehen, aber das heißt doch nichts. Wir könnten genauso gut einfach im selben Kurs sein oder so.

Ist sie sauer, weil ich nicht zu der Party ihrer Freundin gekommen bin? Das glaube ich nicht. Sie wirkt nicht wie der anhängliche Typ. *Du könntest sie einfach fragen, wie ein normaler Mensch.* Oder ich gehe es in Gedanken immer weiter durch und werde paranoid, so wie sonst immer. Nein, ich bin jetzt erwachsen, ich muss mich langsam auch so benehmen. Ich brauche Übung. Immerhin werde ich bald auf mich allein gestellt sein. *Du bist schon seit deiner Geburt auf dich allein gestellt.*

Es steht fest, ich werde sie damit konfrontieren. Das ist zwar krasser, als mir lieb wäre, aber Avery ist nicht die einzige Person, die ich gern besser kennenlernen würde.

---

Die Glocke der letzten Stunde läutet und ich bin echt froh. Das war der längste Tag in der längsten Woche überhaupt. Wir hatten einen Überraschungstest in Biologie und ich bin ziemlich sicher, dass ich den verkackt habe. Ich hasse Überraschungstests. Vor Tests muss ich mir die Nacht über noch alles einprügeln, sonst bekomme ich Panik und vergesse alles, was wir je gelernt haben, sobald der Test vor mir liegt. Man kann es ruhig eine Vorliebe für Vorbereitung nennen, oder eine Angewohnheit – wie auch immer.

»Britton!«, ruft Avery mir durch den Gang zu, als ich zu meinem Schließfach gehe. Anscheinend strahle ich Ungeduld aus, denn sie beeilt sich, fängt an zu laufen. »Ich kann dich heute nicht nach Hause mitnehmen. Ich muss nachsitzen.«

»An einem Freitag? Das ist scheiße. Was hast du gemacht?«

Augenrollen. »Dieser Typ in Gemeinschaftskunde hat widerliche Sprüche gebracht, also habe ich ihm gesagt, dass er seine Scheißfresse halten soll. Und Mrs Sievers hat was gegen solche ›Kraftausdrücke‹.«

»Subtil ist nicht so dein Ding, oder?«

Das verblüfft sie, als hätte sie noch nie jemand darauf angesprochen. »Nicht, wenn ich genervt bin.«

»Dann gehe ich wohl zu Fuß.« Ich seufze.

»Tut mir leid.« Sie meint es ernst.

*Sei kein Arsch, sie schuldet dir gar nichts.* Ich muss meine Laune etwas drosseln. »Ist schon okay. Kommt vor.« Ich hätte mir nur gewünscht, dass es an einem anderen Tag passiert wäre.

»Okay. Wir sehen uns zu Hause.«


Gerade als ich die Tür meines Schließfachs zuknalle, taucht Spence an ihrem auf. Na toll. Bei meiner Stimmung? Den Plan, mit ihr zu reden, kann ich vergessen.

Bei meinem Glück weckt aber genau das natürlich ihr Interesse. »Du siehst genervt aus. Was ist los?«

»Ich hatte einen beschissenen Tag – im Test durchgefallen und jetzt darf ich auch noch zu Fuß ans andere Ende der Stadt latschen, weil meine Mitfahrgelegenheit nachsitzen muss.« Ich lasse meinen Frust raus, bevor ich die Chance habe, ihn runterzuschlucken. »Sorry. Ich bin müde und die Woche war echt hart.«

Sie guckt hinter ihrer Spindtür hervor. »Ich kann dich mitnehmen.«

»Musst du nicht zum Fußball?«

»Das fällt aus. Der Trainer ist krank. Hat er verdient, der alte Tyrann.«

Daraufhin muss ich lächeln. Das ist meine Gelegenheit. *Nutze den Moment.* »Wollen wir noch was unternehmen?«

Die Frage scheint sie zu überraschen. Wieso? »An sich gern, aber ich muss noch einen Haufen Hausaufgaben nachholen.«

Ist das Wochenende nicht dafür da? »Oh, okay.«


»Es ist das da, mit den Säulen.« Ich zeige auf das weiße Haus am Ende der Straße.

Sie fährt an den Kantstein und stellt auf Parken. Ihre

Wangen werden rot. Sie rutscht in ihrem Sitz hin und her. »Deine Pflegefamilie sind die Cahills?«

Sie war schon mal hier? *Erwischt.* »Habe ich das nicht erzählt?«

»Hast du nicht.«

Ich muss ehrlich zu ihr sein, sonst endet die Freundschaft, noch bevor sie überhaupt angefangen hat. »Tut mir leid. Avery hat ziemlich deutlich gemacht, dass ihr euch nicht ausstehen könnt, und ich wollte dich nicht verschrecken oder so.«

»Ich bin dir aus dem Weg gegangen.« *Ich wusste es!* »Ich habe euch neulich zusammen gesehen und danach wolltest du nicht zur Party kommen. Ich dachte, du hättest dich vielleicht für sie entschieden.«

*Für sie entschieden?* »Muss ich mich entscheiden?«

Sie zuckt mit den Schultern. »Mir ist es egal, ob du mit ihr befreundet bist, aber ich wette, sie hat ein Problem damit, wenn du mit mir abhängst.«

Also ist es kein gegenseitiges Ding. Ich mustere sie. »Wieso mag sie dich nicht?«

Ihr Blick huscht kurz zum Haus. Sie schluckt. »Das musst du sie fragen.«

Das ist kein ›Das weiß ich nicht‹. Zwei Seiten einer Geschichte und keiner, der sie erzählen will. »Ach, weißt du, es ist egal. Es zählt nur, dass ich gern mit dir befreundet wäre. Und mit ihr. Das heißt doch nicht, dass ihr zwei auch miteinander klarkommen müsst. Es gibt genug von mir für alle.«

Sie schmunzelt, denkt darüber nach. »Könnte funktionieren.« Dann streckt sie ihre Hand aus. »Gib mir dein Handy.«

Mutig, dass sie einfach davon ausgeht, dass ich eins habe. Dabei liegt es in der Schule die ganze Zeit in meiner Tasche, ganz im Gegensatz zu denen der anderen. Ich greife in das Reißverschlussfach meiner Umhängetasche und hole das iPhone heraus, das darin versteckt ist. Ich entsperre es mit meinem Daumenabdruck und reiche es ihr.

Sie geht zu den Kontakten, fügt ihren Namen und ihre Nummer hinzu und klickt dann auf *Anrufen*. In der Tasche ihres Hoodies klingelt ihr Samsung – ein fröhlicher Elektro-Beat mit wiederhallendem Klang und tiefen Rhythmen. Klingt catchy, ich will direkt tanzen.

Sie nimmt den Anruf an, legt aber direkt wieder auf und speichert meine Daten ein. »So.« Sie lächelt mich zögerlich an und gibt mir mein Handy zurück. »Du solltest übrigens in die Politik gehen. Da wärst du bestimmt gut drin.«

*Lol.* »War das ein Kompliment oder eine Beleidigung?«

Sie muss lachen. »Ein Kompliment. Wer weiß? Vielleicht kannst du für Weltfrieden sorgen.«

Allein damit anzufangen, würde deutlich mehr Mut erfordern, als ich besitze. »Im Sinne des Weltfriedens: Musst du wirklich noch Hausaufgaben erledigen oder war das nur eine Ausrede, um nichts mit mir zu machen?«

Sie guckt nach unten und verzieht den Mund. *Schuldig.* »Ich bin echt assi.«

»Bist du nicht. Ich verstehe es und verzeihe dir, wenn du uns *umgehend* zu Starbucks fährst.«

Das muntert sie auf. »Ich hätte Lust auf einen Chili Mocha.«

*Bäh!* Ich rümpfe automatisch die Nase. »Wem es schmeckt.«

Die Schlange bei Starbucks ist lang und es wimmelt von Highschool-Schülern und College-Studenten, auf der verzweifelten Suche nach dem Koffeinfix vor dem Freitagabend. Auf der anderen Seite der Abtrennung steht eine Gruppe Mädchen, die ich aus der Schule wiedererkenne. Mit der Schwarzhaarigen, die gerade auf ihrem Handy tippt, habe ich zusammen Tennis. Wir haben noch nie gesprochen, aber ich habe ihren Namen schon mal gehört – Olivia Takashima. Von der Blonden und der mit den blauen Haaren weiß ich die Namen nicht.

»Olivia!«, ruft Spence. *Aber ich werde sie gleich herausfinden.*

Jetzt sehe ich auch, dass sie eine Collegejacke trägt und anscheinend Fußball spielt. Sie ist also Sportlerin – deswegen ist sie beim Tennis auch nur halbherzig dabei.

Olivias Aufmerksamkeit schnellt von ihrem Handy hoch zu uns. »Spence!« Sie streckt ihre Hand über die Trennseile und sie schlagen ein. Blondie lehnt sich ebenfalls hinüber und umarmt Spence kurz. Blauhaar nickt in unsere Richtung.

Spence zeigt auf die einzelnen Mädchen und stellt sie vor: »Olivia, Hannah, Mack, das ist Britton. Britton, das ist der Squad.«

Squad! *Chill.*

Blondie – Hannah – winkt mir zu und sagt: »Hi.«

»Hey, wir haben Tennis zusammen, oder?«, fragt Olivia, streckt mir ihre Hand entgegen und wackelt damit. »Wie geht's?« Sie will mit mir einschlagen. Das mache ich normalerweise nie, aber wenn es ihr Ding ist …

»Warte, ist das die Neue, von der du erzählt hast?« Blauhaar – Mack – starrt erst Spence an, dann mich.

Spence flüstert ihr ein »Sei still!« zu. Was hat sie über mich erzählt?

Die Barista ruft sie auf, alle geben ihre Bestellungen durch, bezahlen und warten dann am Ende des Tresens. Hannah fragt: »Treffen wir uns gleich draußen?«

---

Spences Freundinnen schaffen es tatsächlich, einen der schwarzen Metalltische draußen zu besetzen. Sie alle sind am Durchdrehen. »Was kreischt ihr so rum?« Spence zieht einen Stuhl für mich und einen für sich heran.

»Noah hat Hannah nach einem Date gefragt. Der Schock!«, antwortet Olivia.

»Noah Price? Den finden Heterofrauen süß, oder?«

»Süß?« Olivia öffnet auf ihrem iPhone direkt sein Instagram-Profil und zeigt es mir. Der Typ auf den Fotos ist gutaussehend: kurze schwarze Haare, tiefdunkle Augen, markanter Kiefer, muskulöse Arme. »Sag mir, dass er nicht extrem hot ist.«

Jup, ich bin immer noch verdammt gay. »Ziemlich weit weg von dem, worauf ich stehe, aber ja: Er ist hot.«

Hannah und Macks Blicke huschen zu Spence. Sie denken, mir fällt es nicht auf, aber ich bin immer aufmerksam. Und jetzt kann ich mir denken, was sie ihnen über mich erzählt hat – ich bin die Neue, die sie gut findet. Das ist auch okay, ich kann sowieso nichts dagegen tun.

»Moment mal, hatte er nicht letztes Jahr was mit Avery Cahill?«, fragt Mack.

Hannah zuckt mit den Schultern. »Ja, und?«

»Sie ist eine Schlampe. Pass auf, dass du dir nichts bei ihm einfängst.«

Olivia prustet los. »Ich sterbe!«

Spence erstarrt und sieht kurz zu mir. »Hör mal auf«, sagt sie zu Mack.

Mack schnaubt. »Auf einmal verteidigst du sie? Hast du jetzt gespaltene Persönlichkeiten, oder was?«

Spence wirft ihr einen vernichtenden Blick zu. »Du bist heute die ganze Zeit am Lästern.«

Ich merke, dass ich eingreifen muss, bevor sich daraus irgendetwas noch Dümmeres entwickelt. Wenn sie mich dann nicht mögen, auch egal. »Ich bin mit Avery befreundet.«

Stille.

Hannah ist diejenige, die schließlich antwortet: »Hör nicht auf Mack, sie redet viel Bullshit.« Sie lächelt mich an.

Ich nehme einen großen Schluck von meinem Kaffee und

entgegne: »Sie kann ruhig ihre Meinung haben, auch wenn es sie wie eine verklemmte Bitch klingen lässt.«

»Ooh, autsch!«, staunt Olivia. »Der war krass, Sis.« Sie streckt mir ihre Faust zum Fist Bump entgegen und ich mache mit. Auch Spence und Hannah schnauben inzwischen, aber eher über Olivias Reaktion als über meine Worte. Mack verdreht die Augen. Also, Spence ist die Chefin und Mack steht ganz am unteren Ende. Nützliche Information.

Nach dem ersten kurzen Stolpern läuft es gut. Normalerweise schrecken mich Leute mit so lauten Persönlichkeiten wie Olivia ab, aber sie strahlt etwas so Positives aus, dass es bei ihr anders ist. Hannah ist allerdings eher auf meiner Wellenlänge – ruhiger, introvertierter. Mack und ich werden eher nicht beste Freundinnen, aber ich kann sie tolerieren, im Tausch gegen Spences Freundschaft.

Wir reden stundenlang – sie reden viel, ich höre die meiste Zeit zu –, deswegen ist es schon nach sieben, als Spence mich wieder am Haus absetzt.

Drinnen wartet Tom und mustert mich. »Hallo.«

*Du hast verkackt.* »Ähm, hi.«

»Ach, scheiße. Hör zu, ich bin nicht gut in solchen Vorträgen. Bitte gib Cate oder mir einfach kurz Bescheid, bevor du stundenlang verschwindest, okay? Wir würden gern wissen, dass es dir gut geht. Und ab und zu auf dein Handy zu gucken, wäre auch schön.«

Ich krame in meiner Tasche nach meinem iPhone. Ein verpasster Anruf und drei Nachrichten. Der Anruf und eine Nachricht sind von Cate, die anderen beiden Nachrichten von Tom. »Shit. Tut mir leid. Es lag die ganze Zeit in meiner Tasche und war nur auf Vibration.«

»Ich dachte mir schon sowas in der Art. Aber um dir ein kleines Geheimnis anzuvertrauen«, er fängt an zu flüstern, »meine Frau ist eine kleine Glucke.«

*Genau, sie ist die Glucke.* »Verstanden. Wird nicht wieder vorkommen.«

»Schön. Na gut, also, Avery ist mit ihren Freundinnen unterwegs und Cate mit Kolleginnen aus, deswegen sind wir heute für das Abendessen auf uns allein gestellt. Das einzige Essbare, was ich kochen kann, ist Frühstück. Lust auf Pancakes und Rührei?« *Frühstück! Bestes!*

Er ist so genial. Wie werden Menschen so? Ich versuche schon immer, zuvorkommend zu sein, bin aber selbst an guten Tagen distanziert. »Immer.«

Er gibt mir ein doppeltes Daumenhoch und wir schlurfen in die Küche.

7

Es ist wieder so ein perfekter Herbstsamstag – ein bisschen frisch, aber nicht ungemütlich. Was sich für mich gut trifft, denn gegen Nachmittag überkommt mich auf einmal der Drang, ein paar Fotos zu machen. Fotografie hat mich schon immer interessiert, nur hatte ich bisher nie die Gelegenheit, viel daraus zu machen. An der East Boston High gab es auch einen Fotoclub, aber da konnte ich nicht hin. Nach der Schule musste ich immer Brent vom Kindergarten abholen, mit ihm nach Hause, ihm Essen machen und mich um ihn kümmern. Nur seine leiblichen Schwestern durften nach der Schule noch etwas machen. Ich dagegen war eher die praktische Babysitterin, die auch da wohnte. Damit hatte ich kein Problem. Brent hatte mehr Aufmerksamkeit verdient, als sie für ihn übrighatten, und die habe ich ihm gern gegeben.

Ich ziehe meine Jeans an, meine Vans und meinen neuen, ganz offiziellen Beverly-High-School-Photography-Club-Hoodie – wie ein Beweis meiner Normalität. Ich will nicht wie ein Creep aussehen, der Fotos von fremden Leuten macht. Ich schnappe mir die PowerShot vom Schreibtisch, gehe aus dem Zimmer und klopfe bei Avery an. Sie steckt nicht gerade viel

Arbeit rein, aber sie kommt jeden Donnerstag zum Club. Sie ist also wirklich nur meinetwegen beigetreten.

Keine Reaktion. Ich habe sie seit dem Frühstück nicht mehr gesehen. Wahrscheinlich ist sie unterwegs und unternimmt ein paar typische Teenagersachen mit ihren typischen Teenager-freunden. Das kann ich ihr schlecht übelnehmen, immerhin hat sie ein normaleres Leben als ich. Ich frage mich, wie die Welt wohl durch die Augen von jemandem wie ihr aussieht, jeman-dem, der weniger abgestumpft ist – wahrscheinlich fröhlicher, verlockender und nicht so elendig. Es ist schwieriger, in den beschissenen Phasen steckenzubleiben, wenn man kaum welche hat.

Dann erinnere ich mich an Toms Rat – Ermahnung? – gestern und stelle mein Handy auf laut. Er und Cate sitzen sich am Esstisch gegenüber, beide in ihre Laptops vertieft. »Ich gehe ein bisschen raus, wenn das okay ist.« Cate schaut hoch, Tom nicht – er trägt riesige Kopfhörer. Ich halte noch meine Kamera für Cate hoch, als bräuchte ich einen Grund.

»Ist gut. Sag Bescheid, falls wir dich irgendwo abholen sollen.«

Ziellos wandere ich durch Prides Crossing, die hiesige Nachbarschaft. Es ist edel – ich rede von Villen und Maybachs – und nah am Meer. Ich fühle mich fehl am Platz. Das ist auf jeden Fall die reichste Gegend, in der ich je gewohnt habe. *Die einzige reiche Gegend, in der du je gewohnt hast.* East Boston war okay, Roxbury war gefährlich. Davor Lynn – das Paradies für Junkies. Man nennt es nicht umsonst die City of Sin.

Ich biege nach rechts in die Haskell Street ab und entdecke einen Park, von dem ich gar nichts wusste. *Dix Park* steht auf dem Schild, das am Maschendrahtzaun hängt. Er sieht male-risch aus – viele Eichen, die in ihren Herbstfarben strahlen, ein niedlicher Spielplatz mit einem großen Plastikhäuschen, Rutschen und Schaukeln.

Dort spielen Kinder, während ihre Mütter auf einer Bank in der Nähe sitzen, sich unterhalten und ihre Sprösslinge im Auge behalten. Ich schalte die Kamera ein. Eine der Mütter sieht mich kurz an, liest den Schriftzug auf meinem Pullover. Ich lächle ihr zu und winke. *Siehst du, keine Pädophile!* Ihr Lächeln und Winken sind noch übertriebener als meine. Es ist okay. Alle Erwachsenen hier sind erstaunlich offen. Wahrscheinlich, weil sie alle wohlhabend sind, als gäbe das Geld ihnen mehr Selbstsicherheit. *Natürlich tut es das, du verdammte Sozialhilfeempfängerin.* Reiche Menschen sind in so vielerlei Hinsicht sicherer und sie wissen es oft nicht mal.

Ich schieße ein paar Fotos vom Spielplatz, ein paar mit den schaukelnden Kindern vor einem verschwommenen Hintergrund. Ich halte auch diese tolle Szene fest, als ein kleiner blinder Junge von der Schaukel abspringt, ziemlich hoch fliegt und dann auf den Füßen landet und in die Knie geht, als würde er gleich wie Superman davonfliegen. Es ist bezaubernd und unschuldig und lustig, der Inbegriff dessen, was eine Kindheit sein sollte. Für einen ganz kurzen Augenblick bin ich neidisch auf ihn.

Ich schlendere weiter in den Park hinein, in Richtung Waldstück. Es gibt auch hier einen Teich, in dem eine Entenfamilie – die beiden Eltern und sieben Küken – im Wasser plantscht, dazu Wasserlilien mit Fröschen auf den Blättern. So süß! Knips. Knips. Knips, Knips. Der Ort ist echt ein Glücksgriff.

Weiter hinten, auf einer Bank an der rechten Seite des Teichs, sitzt eine junge brünette Frau allein. Sie hat den Kragen ihres beigefarbenen Trenchcoats hochgeklappt und eine riesige Sonnenbrille verdeckt ihr halbes Gesicht. Während ich ihr

Profil betrachte, bekomme ich das Gefühl, dass ich sie kenne, aber erst, als sie die Sonnenbrille abnimmt, wird es mir klar. Es ist Avery.

Das sanfte Sonnenlicht verleiht ihr einen übernatürlichen Schein, küsst ihre hohen Wangenknochen. Sie sieht aus, als würde sie direkt aus einem Renaissancegemälde stammen, so nachdenklich und melancholisch. Das ist, wie sie im Inneren ist – grau, wie ihr Zimmer. Sie zeigt es nur, wenn niemand hinschaut. *Faszinierend.*

Es ist übergriffig und ich sollte es nicht tun, aber ich mache es trotzdem. Ich will all ihre Farben kennenlernen. Knips. Zoom. Knips, Knips. Zoom. Knips.

Ihr Handyklingeln zerstört die Stille. Das Grau verschwindet und wird durch ein Rosa ersetzt. Ich höre sie rangehen: »Hi, Tash.«

Je länger sie Tasha zuhört, desto aufgebrachter wird sie, bis sie schließlich herausplatzt: »Süße, ich habe ihn vor sechs Monaten verlassen. Es ist mir wirklich egal, wen er datet ... Nein, ehrlich, ist es.« Tasha redet weiter. Avery seufzt. »Lass es einfach. Er will doch nur sein Leben weiterleben und glücklich sein.«

Das reicht – ich fühle mich langsam wie ein Stalker –, also schalte ich die Kamera ab, stecke sie in meine Tasche und gehe auf Avery zu. Sie bemerkt mich. »Ich muss los. Ja, ich rufe dich an. Bye.« Sie legt auf.

»Hey«, sage ich, als ich nah genug bin.

»Hey.« Sie rutscht zur Seite, macht mir Platz auf der Bank.

»Ich wusste gar nicht, dass es so nah an eurem Haus einen Park gibt.«

»Ich war ständig hier, mit ...«, sie verstummt. Ihre Augenbrauen gehen innen leicht nach oben und sie streckt ihre Unterlippe vor. Sofort verschwindet der Ausdruck wieder. »Ich mag es hier. Es ist entspannend.«

Saß sie früher mit Noah auf dieser Bank? »Ist es. Beim Telefonieren eben wirktest du aber nicht so entspannt.«

»Tasha hat es kaputtgemacht, sie musste anrufen und lästern.«

»Ich weiß. Dein Ex-Freund datet Spences Freundin, oder?«

»So schnell spricht es sich rum.«

»Ich war gestern mit Spence und ihren Freundinnen bei Starbucks ... Bist du wütend?« Ich erinnere mich an ihr Gesicht, als sie zu Tasha meinte, es sei ihr egal. Ich bin sicher, dass sie ehrlich war, aber ich will mich nicht verraten.

»Nein. Ich habe mit ihm Schluss gemacht. Ich mag Noah, ich bin froh, dass er über mich hinweg ist«, sie atmet laut aus, »und Hannah ist okay. Zumindest ist sie hübsch.«

*Na los, frag schon.* »Wenn du ihn magst, wieso hast du dann mit ihm Schluss gemacht?«

Sie holt noch einmal Luft, reibt ihre Hände an ihren Oberschenkeln. »Er ist einfach mehr daran interessiert, seine Muskeln zu trainieren als sein Gehirn. Die Unterhaltungen wurden ziemlich schnell langweilig. Dann blieb nur der körperliche Kram und er war echt schlecht darin, war immer genau dann fertig, wenn es mir langsam Spaß gemacht hat.« Meine Wangen fangen an zu glühen und sie muss sofort lachen. »Du bist so rot! Oh mein Gott, bist du noch Jungfrau?«, fragt sie locker, als würde die Antwort keinen Unterschied machen. Macht sie wahrscheinlich auch nicht.

»Vielleicht werde ich auch rot, weil ich nicht in der Öffentlichkeit über euer extrem langweiliges cis-Sexleben reden will.«

»Ja, du bist Jungfrau.«

Ich weiß gar nicht, wieso ich mich davon angegriffen fühle. »Nein, bin ich nicht. Jedenfalls nicht mit Frauen.« Ich hatte sogar schon recht viel Sex. Das erstaunt mich selbst immer noch, weil ich nicht gerade die Beste bin, was Bindungen angeht. Aber genau das ist bestimmt der Grund, weshalb es viel war: Es hat nie lange gehalten mit einem

Mädchen. Irgendwann haben sie keinen Bock mehr auf mein Zögern, über irgendetwas Wichtiges zu sprechen, meine Vergangenheit, die Zukunft, meine Gefühle. Die Letzte, mit der ich zusammen war – Paige – hat mich ›reserviert‹ genannt, als sie mich verlassen hat. Was zwei Dinge angeht, bin ich mir bei Paige sicher: dass sie bei den mündlichen SAT-Prüfungen gut abschneiden wird und dass sie recht hatte. Es ist nicht so, dass ich reserviert sein will. Es ist antrainiert. Inzwischen weiß ich nicht, wie es überhaupt anders geht.

»Mit wie vielen Mädchen hattest du schon Sex?«

*Geht dich nichts an.* »Mit wie vielen Typen hattest du Sex?«

»Zwei«, antwortet sie direkt. »Und deine Zahl ist ...?« Sie macht eine kreisende Handbewegung, fordert mich auf.

»Ich habe aufgehört, zu zählen.« Das stimmt nicht. Ich will sie nur schockieren. Aber sie ist nicht schockiert. Sie weiß, dass es gelogen ist, aber es wäre ihr auch egal, wenn nicht. »Fünf.«

»Also bist du ein Player.«

Ich tue stolz. »Es ist nicht meine Schuld, dass Frauen mich mögen.« *Bis sie es nicht mehr tun und dann ist es meine Schuld.*

»Arrogant.« Sie sieht mich an, leckt sich über die Unterlippe. »Warst du in eine davon verliebt?«

Verliebt – die Wärme im Bauch, die sich im ganzen Körper ausbreitet, das Verlangen, immerzu bei einer Person zu sein, und sie sonst zu vermissen. Zu wollen, dass diese Person glücklich ist, in Sicherheit, und die Bereitschaft, fast alles dafür zu tun. In der Theorie verstehe ich das schon, ich konnte es nur noch nie testen. In mich war auch noch nie jemand verliebt. »Nicht wirklich.« Ich zucke mit den Schultern. »Warst du in einen deiner beiden verliebt?«

»Nicht wirklich.«

*Zwei unverliebte Mädchen sitzen auf einer Bank. Wie unromantisch.*

»Was machst du überhaupt hier? Allein rumlaufen, wie ein Loser?« Die Frage ist scherzhaft gemeint, ohne Boshaftigkeit.

*Ja, das trifft es genau.* »Ich setze meine endlose Suche nach guten Fotomotiven fort.«

»Dieser Fotoclub ist echt dein Ding.«

»Und deins überhaupt nicht.«

»Ich habe auch schon Bilder gemacht.«

»Genau.«

Sie zieht die Augenbrauen zusammen. Dann greift sie in ihre Handtasche und holt die Leihkamera hervor, um damit vor mir herumzuwedeln. »Ich schleppe sie immer mit.«

»Oh.«

»Ha!« Sie lässt sie zurück in ihre Tasche fallen.

Dann schweigen wir beide und gucken einander an. Es kommt mir wie eine Ewigkeit vor, bis sie ihren Blick von mir löst. Vergiss den Rest der Welt – ich will wissen, was sie sieht, wenn sie mich anschaut. »Ich bin am Verhungern.« *Noch eine Lüge. Tz tz tz.* »Wollen wir uns irgendwo was zu essen holen?«

Sie nickt. »In der Nähe gibt es ein Deli, die machen ein unglaublich gutes Hackbällchen-Parmesan-Sandwich.«

»Waaas? Bring mich sofort dahin!«

Sie grinst, springt auf. Ich laufe den ganzen Weg knapp hinter ihr.

## 8

Spence, Olivia, Mack, Hannah, Noah und ich gehen zusammen Mittagessen – das wird langsam so etwas wie unser Ende-der-Woche-Ritual. Es ist cool, Leute zu haben, mit denen ich rumhängen kann, auch wenn Mack manchmal nervt. An der East Boston hatte ich auch Freunde, aber keine sehr engen. Vermutlich wäre »Bekannte« passender. Leute, denen recht egal war, ob ich bei Sachen dabei war oder nicht. Diese Art Menschen sind mir lieber – die Gleichgültigen. Mit ihnen kommt man am besten zurecht; wenig Verpflichtungen, weniger Beschwerden. Diese Mädchen hier sind in keiner Weise gleichgültig. Sie bedeuten einander ziemlich viel. Das dringt langsam auch zu mir durch und es könnte etwas Gruseliges daraus werden. *Und etwas Schönes.*

Olivia will zu irgendeinem Laden namens Scotty Dog und Burger essen, Hannah hat Lust auf einen Smoothie. Sonst hat niemand eine Meinung, also schlage ich Stein, Schere, Papier vor – eine sehr demokratische Lösung, wenn es um triviale Fragen des Lebens geht, wie ich finde.

»Yo, das ist superklug!«, sagt Olivia zu mir.

Wir setzen uns an einen der Picknicktische im hinteren Teil

des Schulhofs und sehen zu, wie die beiden als Vorbereitung ihre Fäuste gegen die Handflächen schlagen. »Und Go!«

Olivia wählt Papier. Hannah Schere; sie ruft kurz: »Whoo!«

»Ah, ne ne, Süße, drei Versuche.« Olivia ballt ihre Hand wieder zur Faust.

Hannah wedelt mit ihrem Finger in der Luft. »Niemals, *Süße*, du hast verloren. Wir gehen zu Rocket Juice.«

»Wir haben nicht den ganzen Tag Zeit«, kommt von Mack. *Schön den Spaß versaut.*

Alle warten auf die Entscheidung der Chefin, Spence. »Hannah hat gewonnen. Smoothies also, los geht's.«

Mack nickt Hannah kurz zu. Hannah dreht sich zu Noah und sagt: »Können wir dein Auto nehmen? Ich glaube, meins hat bald einen Platten.«

»Klar«, stimmt er zu.

Hannah, Olivia und Mack laufen zum Parkplatz, während Noah Spence fragend anstarrt. In der Gruppe ist sie die Einzige, die wie ein Kumpel für ihn ist. *Der Arme, so in der Unterzahl.* »Was ist mit denen los?«

»Keine Ahnung. Mädchen halt.«

Er läuft ihnen hinterher, lässt Spence und mich allein.

»Deine Freunde ...«, fange ich an, »ich mag sie, aber manchmal sind die echt komisch.«

»Du hast ja keine Ahnung.«

Wir gehen zu Noahs Wagen, ein limettengrüner Honda Fit, das kleinstmögliche Auto, das gerade noch als solches durchgeht. »Sorry, es passen nicht alle rein«, meint er entschuldigend. »Was Platz angeht, ist das Ding scheiße.«

»Nicht schlimm, wir treffen uns da«, antwortet Spence.

Olivia lächelt Spence zu, bevor sie ins Auto steigt und Noah wegfährt.

*Ach.* Ihr Plan war, dass Spence und ich allein in ihrem Auto fahren müssen. Ich wette, Hannahs Reifen sind kein bisschen platt. Wusste Spence davon? *Es gibt nur einen Weg, das heraus-zufinden.* »Ich glaube, die haben uns reingelegt.«

Sie verzieht den Mund, *pfft*. »Ja, haben sie.«

Es war nicht ihre Idee. »Oh ja. Meine Frage ist nur, wieso?«

»Die kurze Antwort? Ich habe mich seit letztem Jahr mit niemandem mehr getroffen und sie wollen mich ganz unauffällig verkuppeln – ich glaube, inzwischen ist ihnen sogar egal, mit wem. Sie wollen mich mit jeder Einzelnen verkuppeln, von der sie wissen, dass sie auf Mädchen steht.« Sie lächelt verschämt.

Jedes beliebige lesbische Mädchen also, nach dem Motto: »Klar, ist doch egal, die passt schon.« Das ist echt beleidigend. Aber Spence fällt es gar nicht auf und es ist sowieso nicht ihre Schuld. »Es ist ja nett, dass du ihnen wichtig bist, aber, ähm, vielleicht sollest du dich nicht mehr verkuppeln lassen. Sie sind alles andere als diskret.«

Sie lacht. »Die wissen noch nicht mal, was das bedeutet.« Wir sind fast bei ihrem Auto. Sie löst den Karabinerhaken von ihrer Gürtelschlaufe und wirft mir die Schlüssel zu. »Willst du fahren?«

Ich gaffe die baumelnden Dinger an, als stammten sie von einem anderen Planeten. »Ich kann nicht fahren. Ich weiß nicht, wie.«

Sie runzelt die Stirn. »Ernsthaft?«

*Du stammst von einem anderen Planeten.* »In Bosten fährt niemand Auto, alle nehmen die Bahn.«

»Okay, aber wolltest du es nie lernen?«

»Doch, will ich, ich hatte nur nie die Gelegenheit.«

»Ne, ne, ne. Jetzt bist du an der North Shore. Hier fahren wir Auto. Also: Du, ich und Sweet Caroline ändern das am Wochenende.«

»Sweet Caroline?«

»Mein Baby.« Sie tätschelt das Dach ihres Chargers und

stimmt den Neil-Diamond-Song an, der bei jedem Spiel im Fenway-Park-Stadion gespielt wird.

»So good, so good, so good!«, singen wir gemeinsam.

Dann lache ich und werfe ihr die Schlüssel wieder zu. »Red-Sox-Fans sind echt hardcore.«

»Ja. Ja, das sind wir.«

---

Am Samstag gegen Mittag piept mein Handy. Eine Nachricht.

*Spence: Bin in 10 Minuten da.*

*Shit, das war ernst gemeint?* Sie zieht es durch, bewundernswert. Ich ziehe mich hastig an und schlinge etwas Essen runter. Tom musste ins Büro wegen irgendeines Notfalls bei einem neuen Spiel und Cate ist einkaufen, also hinterlasse ich eine Nachricht für sie auf dem Whiteboard in der Küche. Ich will gerade raus, als Avery mich abfängt. »Gehst du weg?«

»Ja. Wieso, ist irgendetwas los?«

»Nein. Tasha und ich wollen heute ein bisschen shoppen gehen und ich dachte, ich frage dich auch.«

»Oh, ich ... Spence holt mich gleich ab. Aber wenn du was machen willst ...«

»Zu dritt, mit euch?«

»Hm, ja?«

Sie verzieht das Gesicht und sieht aus, als hätte sie gerade eine volle Ladung Hundescheiße gerochen. »Nicht mit ihr. Nicht in diesem Leben. Oder im nächsten.«

*Hart.* »Okay. Dann viel Spaß mit Tasha.«

»Werde ich haben.«

Noch eine Nachricht.

*Spence: Bin da.*

»Bye.«

Spence fährt das verdunkelte Fenster an der Fahrerseite runter und streckt ihren Kopf heraus. »Wie läuft's? Bist du bereit?«

Bin ich bereit, mich ans Steuer eines Zwei-Tonnen-Monsters zu setzen, mit dem ich Leute umbringen könnte? Nein. Will ich ihr das sagen und wie eine kleine Schisserin rüberkommen? Auf keinen Fall. »Bin bereit.«

Ich will gerade die Beifahrertür öffnen, als Cates weißer Mercedes in die Einfahrt fährt. Ich bemerke, wie Angst über Spences Gesicht huscht. *Seltsam.*

»Gib mir einen Moment«, sage ich zu ihr und warte, bis Cate aus dem Auto steigt.

»Hallo«, ruft Cate zu mir herüber, während sie die Autotür zuschlägt.

»Hi. Brauchst du Hilfe mit den Einkäufen?«

Sie sieht zu Averys Auto neben ihrem in der Einfahrt. »Schon gut, Avery kann mir helfen. Geh ruhig und ...«, sie beugt sich runter, um in den Charger gucken zu können. Bei Spences Anblick fährt ihr Gesicht eine komplette Achterbahn der Mikro-Emotionen: Erkennen, Neugierde, Schmerz, Freude. *Was ist denn da los?* »Valerie Spencer. Spence.«, sagt sie. »Meine Güte! Wie geht's dir? Dich habe ich ja ewig nicht gesehen.«

Spence ist nervös, aber sie unterdrückt es. »Hi, Mrs C. Mir geht's gut und Ihnen?« *Mrs C.*

»Gut, gut. Was habt ihr beide denn Schönes vor?«

»Sie bringt mir Autofahren bei«, antworte ich.

»Das ist nett, Spence.« *Schon wieder Spence.*

Spence zuckt mit den Schultern. »Reese hat es mir beigebracht, ich gebe es nur weiter.«

Ich weiß nicht, wer Reese ist, aber bei dem Namen verändert sich Cates Blick. Ihre Mundwinkel verziehen sich, nur ganz leicht. »Na ja, habt viel Spaß und seid vorsichtig.«

»Sind wir. Bis dann, Mrs C.« Sie winken sich noch kurz zu und Cate verschwindet im Haus.


Wir sind schon ein ganzes Stück vom Haus entfernt, in der Nähe der Schule, als Spence mir verrät, dass meine Fahrstunden auf dem leeren Schulparkplatz anfangen werden. Sie möchte, dass ich ein Gefühl für das Fahren bekomme, ohne Angst haben zu müssen, andere Autos zu rammen. Bis jetzt habe ich mich nicht getraut, sie danach zu fragen. Nun kann ich einfach nicht anders. Die Vertrautheit zwischen Cate und Spence, Cates Reaktion auf diesen Namen ... »Wer ist Reese?«

Spence könnte nicht überraschter aussehen, als hätte ich ihr ins Gesicht geschlagen. »Das weißt du nicht?«

War das missverständlich? Ich schüttle den Kopf.

Einen Moment lang ist sie still. Ich sehe, wie sie überlegt, was sie mir sagen soll – wie viel sie mir sagen soll. »Ein Mädchen, das ich mal kannte«, erklärt sie schließlich. Sie klingt leise und bedrückt. Das ist alles, was sie dazu sagen will. *Lass gut sein.*

Ich schaue mich um und mir fallen die Haltegriffe auf, die innen an der Decke sind. »Sehr praktisch, dass Sweet Caroline ›Oh Scheiße‹-Griffe hat. Wenn ich erstmal übernehme, wirst du dich irgendwo festhalten müssen.«

Sie presst ihre Lippen zusammen und ihre Augenlider flattern. »Das bezweifle ich nicht.«

*Hey, Idiotin, das geht gerade in eine ganz andere Richtung, als du wolltest.* »Ach, hör auf!«

Sie lacht. »Sorry.« Sie tippt sich gegen die Stirn. »Dirty mind ... Gott, ich brauche dringend mal wieder Sex.«

Jetzt lache ich. »Brauchst du wirklich.«

9

Avery und ich stehen vor der Tür zu Raum 321, an der ein Schild hängt, auf dem in Großbuchstaben steht: FOTOCLUB HEUTE IM COMPUTERRAUM.

Wir schauen uns an, nicken und machen uns auf den Weg ins Penthouse.

Wir sind die letzten – alle sitzen schon vor einem PC. Mr Warren begrüßt uns: »Hi, sucht euch einen Platz.« Alle drehen sich um und wollen sehen, mit wem er spricht. Unter den Blicken der anderen gehen wir in die Mitte des Raumes und setzen uns an einen der freien langen weißen Tische. Avery stellt ihre riesige Tasche auf den Stuhl rechts von sich. *Mit dem verdammten Ding könnte sie jemanden umbringen.*

»Wie ich gerade gesagt habe«, fährt Mr Warren fort, »arbeitet ihr jetzt seit ein paar Wochen an euren Herbstlandschaften, deswegen wollen wir heute mit dem Bearbeiten der Fotos anfangen – nur die Basics: Farbabstimmung, Licht und Schatten, den Fokus auf Vor- oder Hintergrund legen. Nehmt bitte die Speicherkarten aus euren Kameras und steckt sie in den Kartenschlitz am Rechner.«

»Scheiße«, murmelt Avery, während sie ihre Kamera aus der Tasche holt.

»Was? Du meintest doch, dass du Fotos gemacht hast, oder?« Ich ziehe die Speicherkarte aus meiner PowerShot.

»Habe ich auch.« Sie nimmt auch ihre Karte raus. »Aber ich habe nicht gesagt, dass sie gut sind.«

*Aha.* Das ist das erste Mal, dass sie irgendeine Form von Unsicherheit äußert. Sie hat immer diese unglaublich selbstbewusste Ausstrahlung, als würde sie die Meinungen anderer überhaupt nicht wahrnehmen und sich erst recht nicht dafür interessieren. Dieser winzige Riss in ihrem Schutzschild ist ... verlockend.

»Wieso starrst du mich an?«

*Erwiiiischt.* »Tue ich nicht.«

Sie murmelt etwas, steckt ihre Karte in den Computer. Ich tue es ihr gleich.

»Wir nutzen das Programm Polaris. Sucht nach dem lilafarbenen PRS-Symbol auf dem Desktop, dann Doppelklick und ...« Ich höre Mr Warren nicht weiter zu. Nichts von dem, was er sagt, ist für mich so interessant wie Avery und dieser neue Teil von ihr, den sie mich sehen lässt. Wie das Programm funktioniert, werde ich schon allein herausfinden, aber wenn ich mehr über sie herausfinden will, dann brauche ich ihre Hilfe.

Irgendwann versuche ich doch, mich auf meinen Kram zu konzentrieren, aber mein Blick wandert immer wieder zu ihrem Bildschirm. Sie öffnet eine Datei und ein Haufen Thumbnails ploppt auf. Sie geht mit der Maus auf eines der Bilder und zieht es in das Programm. Im Vordergrund, ein bisschen unscharf, sieht man die Hinterköpfe von Tasha, Kylie, Amy und Liz. Sie sitzen auf einer Bank. Ich erkenne unseren Schulhof. Im Hintergrund – und im Fokus – sieht man eine Reihe toter

Bäume vom anderen Ende des Parkplatzes. Sie sehen kümmerlich aus, trocken und deformiert, ihr Innerstes entblößt. Ein paar sind am Umfallen, werden von ihren Nachbarn gestützt. Aber das Licht ist traumhaft, kalt und unheimlich, wie aus einem Märchen. *Hänsel und Gretel.*

»Das Foto ist mega.« Ich kann nicht anders; es platzt aus mir heraus.

»Findest du?« Sie legt ihren Kopf schräg und betrachtet es.

»Ja, es ist super atmosphärisch. Wenn ich das sehe, fühle ich sofort ... Verzweiflung. Hoffnungslosigkeit. Für die Bäume da gibt es keine Rettung mehr, sie sind verloren.«

Sie sieht mich an, sieht in mich hinein, grimmig. Sie weiß, dass ich einen Blick auf etwas erhascht habe, das sie versteckt hält. »Wie auch immer. Ich hatte nur ein bisschen Spaß.«

Na gut, wenn sie es so spielen will. »Dann solltest du öfter mal nur Spaß haben, denn das«, ich zeige auf ihren Bildschirm, »ist beeindruckend.«

Augenrollen. Sie dreht sich wieder zu ihrem Computer. Sie sicht nicht, dass ich ihr Lächeln bemerke.

»Okay, Leute, kommt langsam zum Ende«, verkündet Mr Warren. »Aber erst habe ich noch eine Ankündigung zu einer wirklich tollen Gelegenheit für euch alle. Unser Fotoclub wurde eingeladen, ein paar der Bilder bei der Gallery Night der Kunstabteilung im Herbst zu präsentieren.« Alle fangen an zu tuscheln. Mr Warren redet lauter weiter: »Das ist im Oktober. Das Datum steht noch nicht fest, ich sage euch Bescheid, sobald es final ist.« Während wir alle unsere Sachen zusammenpacken, fügt er noch hinzu: »Eure Chromebooks sind alle mit Polaris ausgestattet. Versucht also, auch zu Hause an den Projekten weiterzuarbeiten.«

Auf dem Weg zu ihrem BMW fragt Avery: »Reichst du irgendwelche Bilder für die Ausstellung ein?«

»Ich glaube schon. Du?«

»Nein. Du bist die Künstlerische. Ich bin nur dabei, weil ich nicht wollte, dass du so ein erbärmlicher Emo ohne Freunde wirst.« Das dachte ich auch erst, jetzt bin ich mir aber nicht mehr so sicher. Dann grinst sie und sagt: »Scherz.«

Ist es auch. Tatsächlich habe ich das Gefühl, sie verbringt einfach gern Zeit mit mir. *Du verbringst auf jeden Fall gern Zeit mit ihr.*

## 10

Cate und Tom haben heute »Date Night«. Das ist süß, wenn man bedenkt, dass sie seit zwanzig Jahren verheiratet sind. Obwohl das Haus ohne sie gespenstisch ruhig ist. Ich sitze am Küchentisch, bearbeite ein paar der Fotos, die ich auf mein Chromebook geladen habe, und versuche, mich von der Stille abzulenken. Erst habe ich in meinem Zimmer angefangen, aber ich war unzufrieden mit dem Deckenlicht und der Schreibtischlampe; beide zu weich, zu warm, nicht neutral genug. In der Küche sind helle fluoreszierende LED-Lampen in die Decke eingefasst – eine enorme Verbesserung, was die Bildbearbeitung angeht.

Man könnte behaupten, dass es eine ziemlich langweilige Art ist, seinen Freitagabend zu verbringen, aber das ist mir egal. Ich habe etwa zweihundert Fotos, die ich bearbeiten muss, und jede Sekunde macht mir Spaß.

»Britton?«, höre ich Avery aus dem Flur rufen.

»Küche!«, antworte ich, ohne den Blick zu heben.

»Hast du Lust auf einen Film oder so? Mir ist langweilig.« Jetzt steht sie in der Küche. Ich drehe mich auf dem Stuhl, sehe auf die Uhr über dem Durchgang. Es ist halb neun. *Wieso ist sie überhaupt zu Hause?* Spence hat erzählt, heute wäre eine Party bei Jason, Averys und Spences einzigem gemeinsamen Freund. Unwahrscheinlich, dass Avery dazu nicht eingeladen wurde, vermutlich wurde sie sogar gedrängt, zu kommen.

»Gehst du nicht zu der Party bei Jason heute?«

»Ist nicht wirklich mein Ding.« Kühl wie immer.

»Oh.« *Schockierend.*

»Und was machst du so?«

»Ich habe meinen Spaß mit Polaris.«

Sie lehnt sich an den Küchenschränken vorbei, um besser sehen zu können. Das geöffnete Foto ist vergrößert, nimmt den kompletten Bildschirm ein; die Wärme ist ganz hochgeregelt, was dem Bild einen satten, weichen Glanz verleiht. Der Hintergrund ist leicht unscharf, der Vordergrund scharf. Das wäre alles schön und gut, wenn es nicht ein Foto von ihr wäre – auf der Bank im Dix Park, eine Hand im Nacken, den Kopf dagegen gelehnt, wie sie gedankenverloren ins Nichts starrt, auf eine zufriedene Art und Weise.

»Wow«, staunt sie. *Jetzt kommt's, der wohlverdiente Anschiss.* Sie kommt zu mir rüber, beugt sich über meine rechte Schulter. Ihre langen Haare kitzeln an meinem Ohr. Ich spüre ihre Wärme auf meiner Haut. »Du lässt mich so schön aussehen.«

Fast muss ich loslachen. »Nein, nicht ich. Du bist schön.« *Verdammt, das war ein Gedanke, den man nicht ausspricht!* Ich warte auf ihre Reaktion. Sie öffnet den Mund, um etwas zu sagen, schließt ihn dann aber wieder. Unsere Blicke treffen sich. *Diese Augen.* Sie beißt sich auf die Unterlippe. *Dieses Lippending, mein Gott.* »Ähm, welchen Film willst du denn gucken?«

Sie richtet sich wieder auf. Zu schnell. »Irgendetwas mit Zombies.«

Mehr muss ich nicht wissen. »Ich bin dabei.«

Wir haben alle Lichter ausgeschaltet. Avery hat eine riesige Schüssel Popcorn gemacht, das keiner von uns isst. Nebeneinander sitzen wir auf dem weichen blauen Sofa – enger als nötig, wenn man die Größe bedenkt. *Zu spät, um sich umzusetzen.* Wir klicken uns schon gute zehn Minuten durch die Netflix-Mediathek und sie hat sich immer noch nicht entschieden. »Wie wär's damit?« Sie ist gerade bei einem Film namens *Die Horde.* Französisch mit Untertiteln. Ich hatte zwei Jahre Französisch in der Schule und war ganz gut darin; ich glaube nicht, dass ich die Untertitel brauche.

»Sieht gut aus.«

Sie drückt auf Play.

---

Wir haben etwa zwei Drittel des Films geguckt und sie ist eingeschlafen. Wie ist das möglich? Die ganze Zeit tönen Geschrei, Explosionen und Schüsse aus dem Fernseher. Meine Gedanken wandern zu unserer Unterhaltung von neulich, über ihre Aufgabe als Spotter. *Mutig.* Dann denke ich an ihre Reaktion bei Nosferatu und muss lächeln. *Viellicht weniger mutig.*

Ihr Kopf liegt auf meiner Schulter. Sie kuschelt sich an mich, ein leises »Mmh« entweicht ihr. Sie zuckt unbewusst und ihr Haar fällt in ihr Gesicht. Ich streiche es ihr wieder hinter das Ohr – versuche, es so vorsichtig wie möglich zu tun, wecke sie dennoch. Sie setzt sich auf, gähnt und streckt sich. Dann tritt ein Ausdruck purer Panik in ihr Gesicht. »Habe ich auf dir geschlafen?«

»Ja.«

Ihre Wangen werden rot. »Sorry.«

»Finde ich nicht schlimm.« *Halt den Mund.*

»Okay, dann kann ich ja direkt weitermachen.«

»Mach ruhig, wenn du willst.« Ich greife mir die Fernbedienung vom Tisch, stelle die Lautstärke etwas runter, lege sie dann auf die Sofalehne neben mir und lehne mich zurück, ganz gelassen. »So.«

Sie schnaubt leise und lässt ihren Kopf zurück auf das Kissen fallen. »Ich habe zu viel verpasst, was ist passiert?«

»Du hast nichts verpasst. Die meisten aus der Gruppe sind tot, der große Typ mit der Machete wurde gebissen, bleibt aber und will so viele Zombies wie möglich erledigen, bevor er sich verwandelt, und in circa zwanzig Minuten schafft es dann das letzte Mädchen als Einzige lebend aus dem Gebäude.«

»Hmpf! Vorhersehbar.«

*Schnauben.* »Hast du noch einen Twist erwartet?«

Sie schüttelt den Kopf. »Falsches Genre für einen Twist; der kommt bei Thrillern, manchmal Liebesfilmen.«

»Ein Liebesfilm mit einem Twist? Als ob! Das könnte was für mich sein, wenn es denn sowas gäbe.«

»Oh, ich weiß was für dich!« Sie beugt sich über mich, schnappt sich die Fernbedienung. *So warm.* »*Big Time Love*, die beste Romcom überhaupt.« Sie stützt sich hoch und setzt sich in den Schneidersitz. Dann muss sie wieder gähnen.

»Wir sollten einfach diesen Film zu Ende gucken und dann ins Bett. Ich glaube, wir sind beide zu müde für noch einen.«

»Hast recht. Die Romcom verschieben wir vorerst?«

*Definitiv.* »Ist gut.«


Der Abspann von *Die Horde* läuft über den Fernseher. Avery steht auf, greift nach der Schale Popcorn. »Ich schmeiße das weg.«

»Lass mich das machen. Du bist kaputt, geh ruhig schon ins Bett.«

»Danke.« Sie grinst. »Nacht.«

»Nacht.«

Als sie weg ist, suche ich den Trailer zu *Big Time Love*. Der Film ist ein paar Jahre alt, mit Kendall Bettencourt – verdammt hot – und einer anderen Schauspielerin, die ich nicht kenne ... und der Twist ist super gay. Beste Romcom überhaupt, ach ja? *Heteromädchen dürfen auch LGBT-Filme mögen, das ist erlaubt!*

Ich nehme die Schale Popcorn, bringe sie in die Küche und kippe den Inhalt in den Mülleimer.

11

»Brit!«, ruft Tasha mir vom anderen Ende des Gangs zu, als ich an meinem Zahlenschloss herumfummle. Kylie und Liz sind auch dabei. Sie fangen langsam an, mich zu mögen, auch wenn ich ihnen wirklich nicht viel Grund dazu gebe. Trotzdem bin ich ihnen normalerweise egal, wenn Avery nicht dabei ist – an den Tagen, an denen ich mit ihrer Gruppe zusammen mittagesse –, deswegen überrascht es mich. *Die sind viel zu gut drauf für diese unverschämte Uhrzeit.* Ich kann mich gerade so aufrechthalten, die Augen blutunterlaufen. Was das Ganze noch komischer macht, ist ihr merkwürdiges Benehmen. Dicht zusammengepresst und tuschelnd kommen sie auf mich zu.

»Äh, hi, guten Morgen.«

»Morgen«, sagen alle. Liz lächelt mir zu, Tasha und Kylie gucken mich nur an, als überlegten sie noch, ob sie mir sagen sollten, was sie mir sagen wollen.

*Wenn es nichts zu reden gibt, dann verschwindet.* »Was gibt's?« Ich öffne meinen Spind, suche nach den Büchern und Ordnern, die ich brauche, und ziehe sie heraus.

»Du weißt doch, dass Avery nächsten Samstag Geburtstag hat?«, fragt Kylie. Sie greift nach ihrem hohen Pferdeschwanz, legt sich die Haare über ihre Schulter und spielt mit den gefärbten platinblonden Spitzen herum.

»Ja.« Ich stopfe ein Buch in meine Tasche.

»Wir wollen eine Party für sie organisieren – keine Überraschungsparty oder sowas, die sind scheiße. Aber Jason hat ein cooles Haus und seine Mom ist nie da, also ...«

»Okay.« Das ist sogar ziemlich lieb, aber was zur Hölle hat das mit mir zu tun? *Kommt zum Punkt, Mädchen.* »Sorry, aber was genau ist die Frage? Ich weiß nämlich nicht, wie ich da helfen kann. Ihr kennt sie schon viel länger.« Aber nicht besser, wahrscheinlich.

»Das Problem ist«, fängt Liz an, »sie geht nie auf Partys. Aber wir dachten, dass es an ihrem Geburtstag was anderes ist.«

»Und wenn du mit ihr redest, würde sie eher Ja sagen«, fügt Tasha noch hinzu.

*Was, ich?* »Wie kommt ihr darauf?«

»Wenn du ihr sagst, dass du feiern willst, würde sie mit dir hingehen.«

*Meint sie das ernst?* »Woher wollt ihr das wissen?«

»Das meinte sie, als Jason uns letzte Woche eingeladen hat. Wir dachten, sie kommt wie immer ›auf keinen Fall‹, aber sie meinte, wenn du gehen willst, kommt sie mit. Dann hat Jason aber gar nicht mehr geschafft, dich zu fragen, also hat sie uns sitzen lassen, offensichtlich.«

Wow, okay. Also chillt sie gern. »Ich meine, ich weiß nicht, ob sie Lust hat, aber ich frage sie. Ich gebe euch Bescheid, was sie sagt.«

Alle drei fangen an zu quietschen und ihre Gesichter beginnen, aufgeregt zu leuchten. Tasha fällt mir um den Hals. Es ist bloß eine kurze Umarmung, aber ich erstarre trotzdem.

Die erste Glocke läutet und aus dem Augenwinkel entdecke ich Avery. Sie eilt auf uns zu. Mmh, Englisch. »Leute, sie kommt«, flüstere ich.

»Hi, Avery!« Liz winkt ihr zu, als sie sich nähert. »Komm,

Tash, Mrs Sievers bringt uns um, wenn wir wieder zu spät sind.« Alle drei rennen, ohne sich zu verabschieden, an Avery vorbei. Wieso versteht niemand von denen das Konzept der Unauffälligkeit? *Weil sie es nie brauchten, Idiotin.* Stimmt. Ihre Eltern haben sie bestimmt ermutigt, offen und ehrlich zu sein. Die Art Erziehung, bei der man sein Kind nie schlagen würde, weil es etwas Unpassendes sagt oder etwas, das einem nicht gefällt.

Avery starrt ihren Freundinnen hinterher, dann zu mir. »Was zum Teufel war das?«

»Deine Freunde wollen dir eine Geburtstagsparty schmeißen und ich soll dich überzeugen. Ich weiß auch nicht, wieso.«

»Nein«, sagt sie, ohne zu zögern.

»Okay. Ich soll zwar nicht fragen, ›wieso nicht‹, nachdem du zwangsläufig Nein sagst, aber da es mich sonst verrückt macht – wieso nicht?« *Jetzt erfindest du also einfach Sachen ...*

»Ich habe doch gesagt, ich stehe nicht so auf Partys.«

»Aber du wirst achtzehn, das ist ein Meilenstein.«

Sie schüttelt entschieden den Kopf. »Ich habe Nein gesagt und ich meine es auch so.«

Neue Taktik. »Ich hätte echt gern Freunde gehabt, die mir zu meinem Achtzehnten eine Party schmeißen wollen, aber die hatte ich nie.« Ich sehe sie an, schmolle ein wenig, lasse meine Lippen nur ganz dezent zittern – das süßeste Armer-obdachloser-Welpe-Gesicht, das ich hinkriege. Eine sehr nützliche Fähigkeit – Manipulation durch Schuldgefühle. Auch, wenn ich nicht gerade stolz auf dieses Talent bin.

»Uff.« Sie verzieht das Gesicht, meine Worte haben sie getroffen. »Das ist unfair, das weißt du.«

*Volltreffer.* In zwei Sekunden wechsle ich vom Welpengesicht zu einem gerissenen Grinsen. »Es ist vielleicht nicht fair, aber es stimmt.«

Sie seufzt. »Wenn ich Ja sage, kommst du dann mit?«

*Na auf jeden Fall.* »Wenn du das willst.«

Sie ist verwirrt, oder beleidigt – sie stockt gerade lang genug, dass es durchblitzt. »Sei nicht dumm. Ich würde nicht fragen, wenn ich das nicht wollen würde.«

»Dann sag Ja und ich bin auch da.«

Sie beißt sich auf die Lippe. *Sie sieht aber auch köstlich aus.* »Wie auch immer. Dann wird es aber hoffentlich das krasseste Event des Jahres.«

Ich lache. »Das gebe ich an die anderen weiter.«

»Gut«, sie grinst. »Englisch?«

»Jup.«

Beim Eingang zur Cafeteria warte ich auf die hirntote Zombie-Brigade. *Sei nicht so gemein, sie sind okay.* Die Eingangshalle füllt sich mit Leuten, aber ich bin trotzdem sicher, dass ich sie erwischen werde. Sie sind auch schwer zu übersehen. Ihre Ausstrahlung ist quasi spürbar, sobald sie einen Raum betreten.

Da entdecke ich Kylie und Tasha in der Menge. Ich stoße mich von der Wand ab und fange sie auf halbem Weg zur Cafeteria ab. Wir ziehen uns in den Gang zu einem der leeren Klassenräume zurück. Mit ihren braunen Augen sieht Tasha mich erwartungsvoll an. Kylie wirkt gelassener. »Sie sagt Ja.«

»Yes!«, freut sich Tasha.

Kylie sagt: »Ich wusste, dass du es schaffst.«

Wie versprochen, schiebe ich noch hinterher: »Ich kann aber gar nicht genug betonen, wie wichtig es ihr ist, dass sie die unglaublichste Party bekommt, die es jemals gab.«

»Verstanden«, antwortet Tasha.

Kylie nickt. »Geht klar.«

»Cool.«

Sie laufen munter zur Cafeteria, während ich an die Wand gelehnt stehen bleibe und mich frage, ob es eine gute Idee war, sich da reinziehen zu lassen. Jetzt riskiere ich meinen Hintern, obwohl es deren brillante Idee war.

Avery, Amy und Liz kommen an, lachen über irgendetwas Lustiges, das Avery gesagt hat. Fast gehen sie an mir vorbei, ohne mich überhaupt zu bemerken. Erst in letzter Sekunde fällt Averys Blick auf mich. Sie scheucht die anderen weiter und quetscht sich dann zu mir in die Ecke. Sie nimmt ihre Handtasche von der Schulter und schaukelt damit hin und her. Dann lehnt sie ihren Kopf gegen die Wand, schließt die Augen und atmet lange aus. Ich habe keine Ahnung, was los ist. »Ist ... ist alles okay?«

»Wünschst du dir manchmal ...«, sie öffnet ihre Augen wieder und ich könnte schwören, dass sie blauer sind, als ich sie je gesehen habe. »Wollen wir hier raus?«

»Ähm, es ist Mittwoch.« Erst ab morgen darf man das Schulgelände in der Pause verlassen.

»Ich rede nicht vom Mittagessen.«

»Ich bin drinnen mit Spence verabredet.«

»Verstehe.« Sie will weggehen. Ich packe sie am Handgelenk, ziehe sie zurück, damit sie noch einen Augenblick länger hierbleibt, in diesem Moment. Sie starrt meine Hand an, mit der ich ihre festhalte. Dann sieht sie mir direkt in die Augen. Ihr Blick ist flehend: *Komm mit oder lass mich los.*

»Lass uns abhauen.«

Sie hat es so eilig, dass sie direkt losläuft. Ich renne ihr hinterher, die Stufen hoch, durch eine der Seitentüren nach draußen und direkt auf den Parkplatz zu ihrem Auto. Niemand versucht, uns aufzuhalten.

»Wo fahren wir hin?«, frage ich laut, als sie das Auto anlässt. Ich schätze, so weit hat sie noch nicht gedacht.

»Ist mir egal, solange es irgendein Ort ist, wo du noch nie warst.«

»Davon gibt es viel zu viele.«

»Nenn einen. Wir können überallhin.«

*Muntere sie auf, such irgendetwas Absurdes aus.* Mit ernstem Gesicht sage ich: »Zum Grand Canyon.«

Sie lacht, plötzlich ist wieder alles in Ordnung. Ich sehe, wie die Anspannung aus ihrem Körper weicht, als wäre sie greifbar, eine eigene molekulare Struktur. »Du bist echt lustig. Ich habe das Gefühl, seit ich dich kenne, habe ich mehr gelacht als die ganzen Jahre davor.«

Ah, ja, Humor – eines meiner besonderen Talente und einer der vielen Bewältigungsmechanismen, die ich entwickelt habe. Im Moment definitiv mein liebster. »Das ist was Gutes, oder?«

»Sehr gut.« Ihr Gesichtsausdruck ... wieder kann ich es nicht beschreiben. Aber es gefällt mir. »Wir können wieder reingehen, wenn du willst.«

»Niemals! Du hast mir den Grand Canyon versprochen.«

Das bringt sie wieder zum Lachen. »Wie wäre es stattdessen mit Japan? In der Mensa gibt es heute Sushi.«

»Ja, Sushi! Oh Mann, so sehr wie ich essen liebe, müsste ich eigentlich eine Tonne wiegen.«

Sie mustert mich. »Siehst doch gut aus.« Röte kriecht ihren Hals hoch, schnell schiebt sie hinterher: »Eher dürr.«

*Arsch.* »Wenn das so ist, sollte ich lieber schnell ganz viel Sushi essen.«

Sie lächelt mich an. »Du hast keine andere Wahl.«


Als wir für das Essen zahlen, sagt sie noch: »Sorry, dass ich dir Zeit mit deinen Freunden gestohlen hab.« Ich will noch sagen, *Du bist auch meine Freundin,* aber bevor ich die Worte ausspreche, meint sie schon: »Bis später.« Dann nimmt sie ihr Tablett und geht zum Tisch der Coolen rüber.

Ich zerre mein Handy aus meiner Tasche und schreibe an Spence:

*Planänderung. Ich esse mit Avery. Sry.*

Das »Gelesen« taucht direkt neben meiner Nachricht auf. Ich warte noch ein paar Sekunden, aber es kommt keine Antwort.

Dann drängle ich mich zu Averys Gruppe durch. Als sie mich sieht, taucht ein dezentes Lächeln auf ihren Lippen auf. Sie stößt Amy an: »Rutsch rüber.« Amy sieht zu mir hoch. Ungläubig macht sie den Platz neben Avery frei – ich habe ihre Position in der Rangordnung geklaut und sie an die Seite gedrängt. Avery bemerkt es entweder nicht oder es ist ihr egal. Ich beschließe, dass es mir auch egal ist, und setze mich hin.

# 12

Es klopft an meiner Zimmertür. Ich öffne und Avery steht an der gegenüberliegenden Seite des Flurs. Sie ist so weit von der Schwelle entfernt, dass sie beinahe im Bad steht. *Was ist das, eine neue Art Klingelstreich?* »Hi.«

»Hi.« Ihr Blick huscht durch mein Zimmer. Sie steht stocksteif und schnurgerade da – wie eine Sonnenblume, die sich zur Sonne reckt. Oder wie ein Reh, das gleich von einem LKW überfahren wird. Sie schaut mich nicht an, sieht durch mich hindurch, alles in mir zieht sich zusammen.

»Willst du reinkommen?«

Ihre Schultern versteifen sich weiter und sie zieht ihre Mundwinkel nach unten.

»Wirklich, du kannst reinkommen. Ich beiße nicht.« Mir fällt auf, dass sie noch nie an meiner Tür geklopft hat. Echt, nicht ein einziges Mal. Immer waren es Cate oder Tom. Verbindet sie irgendetwas Schlimmes mit dem Zimmer? Vielleicht hat die Pyromanin, die die Garage angezündet hat, sie wegen irgendetwas Harmlosem wie einem Klopfen angegriffen? Ich würde das nie tun, aber wer weiß. Pflegekinder können extrem abgefuckt sein. Die meisten haben ziemlichen Scheiß durchgemacht. Ich weiß, dass ich großes Glück habe, nie vergewaltigt worden zu sein oder halb totgeprügelt, von leiblichen oder Pflegeeltern.

Sie wagt einen Schritt vor. *Gut so, ich tue dir nichts.* »Dad hat mich geschickt, ich soll dich holen. Familiensitzung im Wohnzimmer.«

*Familiensitzung.* Was zur Hölle habe ich diesmal angestellt? »Okay.«

---

Cate und Tom sitzen auf dem Zweiersofa. Der Fernseher läuft, ist aber stummgeschaltet. Ein gutes Zeichen. Was auch immer passiert, es ist nicht so schlimm, dass es meine ungeteilte Aufmerksamkeit braucht. Ich werde also nicht angeschrien oder geschlagen. Obwohl ich relativ sicher bin, dass weder Cate noch Tom Gewalt als Erziehungsmaßnahme missbrauchen würden, bin ich immer lieber darauf vorbereitet. *Sie könnten dich in die Vorratskammer sperren.* What the fuck.

Avery setzt sich auf die Couch und ich tue es ihr gleich. Je näher ich an ihr dranbleibe, desto sicherer bin ich. Die leiblichen Kinder bekommen fast nie die volle Wucht ab und manchmal, aber selten, schreiten sie ein, wenn die Situation außer Kontrolle gerät.

Ich beobachte Cate und Tom abwechselnd. Keiner scheint genervt oder wütend. Sie sehen gelassen aus, als wäre das hier etwas ganz Normales.

Avery lehnt sich nach vorn, stützt ihre Ellenbogen auf ihre Oberschenkel, lässt ihre Hände vor ihren Knien baumeln. »Was gibt's, Eltern?«

Ich spüre, wie sich meine Muskeln entspannen.

»Also.« Tom zieht das »o« in die Länge. »Ich muss für eine Woche nach Japan. Herausfinden, wie wir den japanischen Markt für unseren ersten Shooter begeistern können.«

Avery ist überrascht. »Du warst schon lange nicht mehr auf einer Geschäftsreise.«

»Ich weiß. Ich wollte euch nicht allein lassen. Meistens konnte ich Onkel Jimmy schicken, aber unsere neuen PR-Partner wollen nur mit mir persönlich reden. Ich fliege am Montag.«

Avery weiß noch nicht, wie sie das findet; Tom ist sichtlich mitgenommen. »Ich habe versucht, es auf nach deinem Geburtstag zu verschieben, aber das geht nicht. Es tut mir wirklich leid, Kleine.«

Sie richtet sich auf, verzieht den Mund, die Lippen zerknautscht zu einer Seite, sammelt ihre Gedanken einen Moment lang. »Ist schon okay, Dad. Du hast noch nie einen meiner Geburtstage verpasst, selbst als du noch ständig unterwegs warst. Ich kann den hier also durchgehen lassen, solange du versprichst, dass mein einundzwanzigster Geburtstag *mega* wird.« Ihr Schmunzeln ist geradezu teuflisch. *Das Mädchen ist unfassbar!*

Tom und Cate lachen beide, ich auch.

»Denkst du, ich würde irgendetwas anderes wollen?«, antwortet Tom. »Aber wenn ich an deinem Geburtstag schon nicht da sein kann, würde ich am Wochenende gern einen Vater-Tochter-Tag machen, so wie früher. Ich dachte, wir drei könnten Sonntag vielleicht zum Franklin Park Zoo gehen.«

»Der Zoo?«, platzt Avery heraus.

»Wie, ich soll mitkommen?«

Alle starren mich an. War das eine dumme Frage? »Natürlich!« Tom sagt es, als wäre es die offensichtlichste Sache überhaupt, als gäbe es für ihn keine andere Möglichkeit. »Also, wenn du möchtest. Du musst nicht.«

»Und ob sie muss!«, ruft Avery. Wir sehen uns an. »Wenn ich in den Zoo geschleppt werde, kommst du gefälligst mit.« Sie zeigt zwischen uns hin und her.

Ich habe nichts einzuwenden. Bei einem Klassenausflug in

der Fünften war ich einmal im Stone Zoo und das war echt schön. Vielleicht ist Avery inzwischen zu cool dafür, aber ich nicht. »Ich würde gerne mitkommen.«

»Super!«, strahlt Tom.

Avery sieht mich von der Seite an, wirft mir den Hauch eines Lächelns zu; ich habe eine neue Seite von mir gezeigt und das findet sie lustig. Jetzt kann ich nichts mehr dagegen tun.

## 13

Beim Mittagessen ist Spence ungewöhnlich ruhig. Das heißt nicht, dass sie sonst ausgelassen oder sogar laut wäre; sie ist gesellig, redet drauf los, ist aber dennoch eine gute Zuhörerin ... deswegen mache ich mir Sorgen. Ich möchte nicht, dass sie mich ausschließt. Wir hatten inzwischen schon ein paar Fahrstunden zusammen und die haben mir immer Spaß gemacht. Sie ist geduldig und lieb, wird nie nervös, auch dann nicht, wenn ich mal zu hart bremse oder zu schnell über eine Schwelle fahre. Ehrlich gesagt, ist es mir sogar egal, ob wir einfach nur zusammen rumsitzen und gar nichts machen; ich mag ihre Gesellschaft. Mehr will ich gar nicht von ihr.

*So aufmerksam und doch verblüffend begriffsstutzig.* Oooh, das ist es! Ihr geht es genauso, und jetzt ist es komisch, weil ich sie neulich für Avery sitzengelassen habe. Unsere Freundschaft muss ihr mehr bedeuten, als sie zugibt. Manchmal hasse ich es echt, dass ich so schlecht darin bin, normale soziale Situationen zu verstehen. Es ist schwer, nicht meinen Impulsen nachzugehen, wenn sie mich packen – das kommt so selten vor, dass ich keine Abwehrtaktik dagegen habe.

Wie mache ich das wieder gut? »Spence, wollen wir Samstag ins Kino gehen, oder so?«

Um uns herum hören alle abrupt auf zu reden. Olivia, Hannah und Mack starren mich an, starren Spence an. *Es klang halt auch wie eine Frage um ein Date.* Wie auch immer. Ich kann mich jetzt nicht auch noch mit der genauen Wortwahl auseinandersetzen. Dafür ist später noch genug Zeit, wenn ich das hier zwischen uns gerettet habe, es gut geschützt und ihm die Wärme gegeben habe, die es verdient.

Ausdruckslos antwortet sie: »Ich mag Filme nicht wirklich.«

*Abfuhr.* Die anderen reden jetzt weiter, schämen sich für mich. *Bleib charmant.* »Deswegen ja ›oder so‹. Wir können auch was anderes machen.« Obwohl ich es will, füge ich nicht noch *Ich will einfach nur Zeit mit dir verbringen* hinzu.

Sie lächelt. *Sehr gut.* »Warst du schon mal klettern?«

Bitte was? »Ähm ... an einem Felsen hoch?«

Sie kichert. »Nein, drinnen. In einer Halle.«

»War ich nicht. Klingt aber lustig.« Tut es nicht. Aber wenn es das ist, was sie machen will, reiße ich mich zusammen und füge mich.

»Willst du es ausprobieren?«

»Klar.«

»Cool. Ich hole dich Samstag ab, gegen eins?«

»Perfekt.« Ich erwische Olivia dabei, wie sie mich anzüglich angrinst, während ich das sage. Oh Gott, okay. Sie denkt auf jeden Fall, es ist ein Date. *Merken. Darum kümmerst du dich noch.*

---

Ich habe keine Ahnung, was man anzieht, um Kletterwände hochzukraxeln. Ich könnte Avery fragen – sie ist immerhin sportlich, wahrscheinlich weiß sie sowas. Aber dann würde sie mich fragen, wieso ich das wissen will, und ich habe keine Lust auf das Fragenspiel. *Dieser Stress.* Sie ist sowieso nicht zu Hause. Sie ist beim Football-Spiel. Sie hat gefragt, ob ich mitkommen will, aber ich konnte natürlich nicht. Ich habe ihr aber nicht erzählt, dass ich etwas anderes vorhabe, sondern meinte nur: »Vielleicht nächstes Mal«. *Hey, Idiotin, Cate macht auch Sport.* Problem gelöst. Sie ist mit Tom im Wohnzimmer, sie gucken Fernsehen. Diesmal, Gott sei Dank, keine Nacktszene. »Cate, kann ich dich was fragen?«

»Klar.«

Kurz trete ich nervös auf der Stelle hin und her. Ich frage nicht oft nach Rat, erst recht nicht, wenn es um dämliche Sachen wie Klamotten geht, deswegen ist es mir unangenehm. »Weißt du, was man zum Klettern in einer Kletterhalle anzieht?«

»Hmm.« Sie setzt sich auf. »Kommt drauf an, ob man zum Trainieren da ist oder ob es sich um eine Art Date handelt?«

Das wird mir zu kompliziert. »Eher ein nicht-romantisches Treffen zu zweit.« *Könntest du ein noch größerer Loser sein?*

Sie lacht. »Lass uns mal gucken, was du zur Auswahl hast.«

»Äh, cool.«


Cate und ich suchen ein hellgraues, weites Racerback-Top aus, auf dem der Umriss von Massachusetts drauf ist, dazu eine meiner besseren Sweatjacken und die einzigen Leggings, die ich besitze – in schwarz. Bei den Schuhen wird es schwieriger. »Mit Vans kannst du nicht klettern. Hast du keine Schuhe mit besserem Profil?«

»Nein.«

»Das ist ein Problem.« Sie tippt sich mit drei Fingern auf die Lippen und summt nachdenklich. »Welche Schuhgröße hast du?«

»Achtunddreißig.«

Sie schnippt. »Warte kurz.« Dann ist sie ungefähr zwei

Minuten weg und kommt mit einem schwarz-pinken Paar Nikes zurück. »Die kannst du leihen.«

Will sie wirklich, dass ich meine muffigen Füße in ihre schicken Schuhe stecke? Ist das so ein Mutter-Tochter-Ding – immerzu Schuhe tauschen? Ich nehme sie ihr ab.

»Ich glaube, jetzt hast du alles.« Sie zwinkert mir zu.

»Danke für die Hilfe und für die Sneaker.«

»Jederzeit.«

Spence klingelt an der Haustür. Wieso schreibt sie nicht einfach? Ich haste nach unten und erreiche eine halbe Sekunde vor Cate die Tür – nicht, dass es irgendetwas bringt, das Glas in der Tür ist nur leicht milchig. »Ich bin nicht lange weg.«

»Viel Spaß«, ruft Cate fröhlich.

Spence trägt ein sehr enges, braunes Metallica-T-Shirt und eine sehr enge, graue Cargohose. Ihr Haar hat sie zu einem ordentlichen Pferdeschwanz gebunden. Und ... sie trägt einen Hauch Make-up: dezenten grünen Lidschatten, Eyeliner und durchsichtigen Lipgloss. Shit. Sie denkt auch, das hier ist ein Date.

»Du siehst hübsch aus«, sage ich, ohne nachzudenken. *Hey, Arschloch, ist das jetzt ein Date oder nicht?*

Sie wirft mir ein halbes Lächeln zu, sieht an mir runter. »Du auch.«

*Schluck.* »Hör mal, wenn ich heute dabei sterbe, bin ich aber echt wütend.«

Das bringt mir ein breites Lächeln ein. »Wird nicht passieren.« Sie zeigt auf Sweet Caroline und wir fahren los.

Wir halten bei einer riesigen Lagerhalle, die in einem schmerzhaften Lila gestrichen ist. Über der Doppeltür aus Glas prangt ein gelbes Schild: Rök. Bevor Spence ihre Hand nach dem Griff ausstrecken kann, ziehe ich eine der Türen auf. Sie stutzt kurz. Sie macht diesen ganzen Kram, Türen aufhalten, Stühle zurückziehen und sowas, gern selbst. *Zur Erinnerung, ist das jetzt ein Date oder nicht?*

Drinnen stehen zwei Frauen hinter der Rezeption. Ich will gerade mein Ticket bezahlen, als Spence ihre Mitgliedschaftskarte herauszieht und sie vorzeigt. Sie winken uns einfach durch.

Die Kletterhalle ist riesig. Zwanzig Kletterwände in unterschiedlichen Höhen und Schwierigkeitsgraden, daneben noch fünf extra Kletterwände für Kinder.

Spence führt mich direkt zu dieser kolossalen Wand, aus der Hunderte bunte Klettergriffe herausragen. Auf dem roten Warnschild davor steht: Nur für sehr erfahrene Kletterer.

*Nein. Nope. Scheiß drauf.* »Du hast versprochen, dass ich nicht sterbe!«

»Wirst du nicht. Ich schwöre.«

Ein muskulöser Mann in einem lilafarbenen Polohemd mit dem Rök-Logo drauf kommt auf uns zu. »Spence! Schon wieder hier?«

»Na klar. Wayne, das ist Britton.«

»Hi, Britton.« Ich schüttle seine Hand. »Ich helfe euch heute ein bisschen.« Er sieht zu Spence. »Was darf es diesmal sein, Bouldern? Lead?«

»Mit Toprope, Mann. Britton ist Anfängerin.«

»Ich hole das Zubehör.« Er geht zu einer großen Kiste, holt zwei Helme und zwei Haltegurte heraus und reicht sie uns. »Hier.«

Der Helm ist selbsterklärend. Ich setzte ihn auf und ziehe ihn fest. Aber bei den ganzen Riemen und Bändern des Haltegurts habe ich keine Ahnung, wo ich überhaupt anfangen soll. Spence schlüpft in ihren, ganz problemlos, während ich weiter dastehe, den Haltegurt in der Hand. »Normalerweise habe ich nicht solche Probleme, mir *Sachen umzubinden.*«

Sie lacht und sagt: »Brauchst du Hilfe?«

»Da musst du noch fragen?«

»Komm.« Sie nimmt mir den Gurt ab, bückt sich. »Steig hier durch.« Ich stütze mich mit einer Hand auf ihrer Schulter ab und stelle mein rechtes Bein in die Lücke der Gurte, dann mein linkes – *rechtes Bein vor, linkes Bein vor.* Sie zieht die Vorrichtung meine Oberschenkel hoch, rückt die Gurte zurecht und schließt dann die Schnalle an meiner Hüfte. Sie zieht kurz am Gurt und ich werde in ihre Richtung gerissen. »Wie ist es?« Sie ist so nah an meinem Gesicht, dass ich ihren Atem auf meiner Haut spüre – minzig, leicht süß. *Sehr diskret.*

»Gut«, antworte ich trocken.

Eins muss ich ihr lassen, sie ist echt verlockend. Ich darf mich nur nicht mitreißen lassen. *Oder vielleicht doch.*


Im Schneckentempo arbeite ich mich unbeholfen an der Wand hoch – der gottverdammten Babywand. *Fast geschafft, mach weiter.* Wie erwartet, hat Spence eine unendliche Geduld. Sie sichert mich und ruft mir bei jedem neuen Griff motivierende Worte zu.

Ich möchte sie wirklich gern mögen. *Mögen,* wie sie es tut. Aber ich weiß nicht, ob ich das kann. Keine Frage, sie ist attraktiv – eine amazonenhafte Schönheit. Aber irgendetwas fehlt ... der Funke oder welches dumme Klischeewort auch immer sie in Liebesgeschichten benutzen.

Und ... ich falle. *Fuck!* Ich knalle gegen die Wand, schramme mit der Schulter dagegen.

»Woah! Ich hab dich.« Spence hält mein Gewicht und stabilisiert mich.

»Verdammt! Sorry.«

»Schon okay. Soll ich dich runterlassen?«

»Ja, bitte!«

Als ich nah genug am Boden bin, fängt sie mich – hilft mir,

meine Füße wieder auf den Boden zu stellen. Sie hält mich einen Augenblick länger fest als nötig und ich lasse es zu. *Komm schon, Funke!* Ich sehe zu ihr hoch, entdecke Sorge in ihren blaugrünen Augen.

»Bist du verletzt?«

*Nichts.* Verdammt. »Mir geht's gut. Danke.« Ich löse mich von ihr.

Nein, das hier ist kein Date. *Reserviert.* Ach was.


Als ich zurückkomme, sind Tom und Cate weg. Avery liegt ausgestreckt auf der Couch, liest *1984* und trägt dabei eine Brille. Sie ist rechteckig, rosa-schwarz mit Halbrandfassung. Wie kann es sein, dass sie mit Brille noch besser aussieht? Das ist unfair. »Du hast eine Brille?«

Sie hebt ruckartig den Kopf. »Meine Kontaktlinsen haben mich genervt. Wie war dein Date mit Spence?« Sie ist gereizt.

»Das war kein ...«

»Ach, komm. Mom hat die ganze Zeit geschwärmt, wie süß du warst. Wie du dir Gedanken um dein Outfit gemacht hast.«

»Das ist nicht ... Ich kenne mich nur bei Sportkleidung nicht aus, das ist alles.«

»Wenn du das sagst.«

*Themenwechsel.* »Wie war das Spiel?«

»Wir haben verloren, Überraschung. Unser Footballteam gehört in den Müll, nicht auf das Feld.«

*Ha!* »Wieso warst du dann da?«

»Für die Cheerleader, nicht für das Team.«

Sie ist eine gute Freundin. Ich würde nicht zu einem Spiel gehen, nur um die Cheerleader zu sehen. *Als ob, lüg doch nicht.* Okay, na gut, aber ich würde für die Outfits hingehen, nicht für den Sport. »Du schuldest mir noch den Film von neulich. Wie wäre es jetzt?«

Sie schließt ihr Buch, wirft es auf den Couchtisch, setzt sich auf und klopft auf den Platz neben sich. Ich lasse mich neben ihr aufs Sofa fallen und schaue zu, wie sie den Fernseher anschaltet. Sie macht nicht einmal irgendetwas Spannendes und ich habe das Gefühl, als würden Dutzende Akrobaten aus dem Cirque du Soleil in meinem Bauch herumwirbeln. *Wie war das mit dem Funken nochmal?*

Stopp! Sie ist hetero, und selbst wenn nicht, käme sie für mich quasi einem menschlichen Tschernobyl gleich – tabu.

Vierunddreißig Minuten und dreiundvierzig Sekunden – so lange dauert es bis zum ersten Kuss zwischen den Protagonistinnen, auch wenn ich schon am Anfang der Szene wusste, dass es gleich passiert. Der Film ist harmlos, dennoch bin ich so unruhig, als wäre ich komplett prüde. Ich sehe zu Avery. Okay, dann ist da halt ein Funke. Gott sei Dank ist es einseitig; ich will gar nicht, dass es auf Gegenseitigkeit beruht. Das würde alles nur scheißkompliziert machen, und den Stress brauche ich nun wirklich nicht. Ich will einfach das Jahr durchhalten, ganz ruhig und entspannt, damit ich ins Erwachsenenleben starten kann.

Fünfundsechzig Minuten und siebzehn Sekunden: eine vergleichsweise explizite lesbische Liebesszene, krass für eine Romcom. Alles daran ist so sinnlich, die weiche Belichtung, die langen Nahaufnahmen, das Haareziehen und die Zungen-Action. Ich weiß, dass mein Gesicht inzwischen röter ist als ein Pavianhintern. Diesmal traue ich mich nicht, zu Avery hinüberzusehen. Sollte sie mich ertappen, könnte sie mich ganz bestimmt lesen.

Bis es vorbei ist, halte ich die Luft an.

Ja ... dieses Jahr wird nicht ruhig und entspannt laufen, *ganz und gar nicht.* Töte mich, bitte.

»Wie fandest du's?«, fragt sie beim Abspann.

»Das Ende hat mich überrascht. Ich dachte echt, Allie würde es durchziehen und Heathers Bruder heiraten.«

»Nein. Sie sind viel besser als Freunde. Natürlich kommt sie mit Heather zusammen.«

Hmm. »Der Film war gut. Ich mag Happy Ends.« Nur im echten Leben gibt es nicht genug davon.

»Ich auch. Aber so läuft es in Wahrheit einfach nicht.« Okay, ernsthaft, sie kann Gedanken lesen.

»Für Kendall Bettencourt schon. Sie ist schon seit Jahren mit ihrer Frau zusammen, seit sie in unserem Alter waren oder so. Und ich habe gelesen, dass sie bald auch ein Baby bekommen.«

Sie grinst. »Na gut. Manchmal schon, schätze ich.«

## 14

Als wir in den Zoo fahren, ist Tom am aufgeregtesten von uns dreien. Wir nehmen Cates Wagen und die Fahrt nach Boston dauert etwa eine halbe Stunde und er ist die ganze Zeit über aufgedreht. Avery sitzt vorn und ist so süß mit ihm – hört sich an, wie er jeden einzelnen Teil des Tagesplans durchgeht: erst zum Serengeti-Crossing, dann das Kalahari-Kingdom, danach Giraffen-Savannah und so weiter.

Es ist niedlich, die beiden stehen sich krass nahe und haben so eine enge Verbindung. Seit meiner zweiten Pflegefamilie habe ich keine so schöne Vater-Tochter-Beziehung mehr gesehen. Der Dad hieß Alan und wollte mich richtig in die Familie miteinbeziehen, aber Jade, die jüngste Tochter, hat sich querge-stellt. Sie hat mich gehasst, hat immer versucht, mir Schwierig-keiten zu machen. Als sie ihren Hund Milo getreten hat – was dem armen Kleinen richtig wehgetan hat – und mir die Schuld dafür gab, ist das Fass endgültig übergelaufen. Ich habe versucht, es Alan und seiner Frau zu erklären, aber sie haben mir nicht geglaubt. Na ja, Cindy schon fast, aber Alan wäre nie auf meiner Seite und gegen Jade gewesen. Wahrscheinlich wollte er nicht wahrhaben, dass sein Lieblingskind eine verdammte Psychopathin ist. Aber was für Eltern würden das schon gern über ihre Kinder zugeben? *Inzwischen sitzt sie auf jeden Fall im Jugendknast.* Gott, ich hoffe es.

Tom parkt ein. Der Parkplatz ist überfüllt, tonnenweise Leute wollen wohl noch schnell das Wetter nutzen, bevor es kälter wird. Wir gehen zum Ticketschalter, um uns herum hauptsächlich Familien mit kleinen Kindern. Nicht so viele Teenager, fällt mir auf.

Die Schlange ist lang, geht aber schnell voran. Als wir an der Reihe sind, kauft Tom drei Tickets. Ich bin vorbereitet – Spence hat gestern auf dem Rückweg extra für mich noch bei einem Geldautomaten angehalten. Ich hole mein Portemonnaie heraus, öffne es und ziehe einen Zwanziger heraus, den ich ihm geben will.

Avery schüttelt den Kopf, während Tom sich zu mir dreht. Beim Anblick des Geldes runzelt er die Stirn. »Was zur Hölle ist das?«

*Was für eine Reaktion ist das denn?* Lustig und unverstellt, genau wie seine Tochter.

Ich erstarre. *Sag was, Idiotin.* »Für mein Ticket.«

»So funktioniert das nicht, Kleine. Ich gebe dir Geld, nicht andersrum.« Sein Lächeln ist freundlich. Wie seine Augen. Avery hat ihre Augen von ihm, strahlend und weich.

*Sag Danke.* »Danke!«

Er reicht Avery und mir je ein Ticket, das ich zusammen mit dem Zwanziger in mein Portemonnaie stecke. Das Portemonnaie dann zurück in meine Hosentasche. Er klatscht in die Hände und reibt sie gegeneinander. »Also, auf geht's!« Beinahe hüpfend marschiert er durch den Eingang. Avery und ich tauschen Blicke aus. Sie seufzt. Dann eilen wir los, um Schritt zu halten.

Wir sehen viele exotische Tiere aus der ganzen Welt – Australien, Afrika, dem Regenwald in Südamerika. Avery ist das meiste egal, abgesehen von den Großkatzen. Ich sehe ihr Gesicht, als die Tiger in ihrem Gehege vor uns mit riesigen Kartons spielen, pure Begeisterung. Sie muss ein Katzenmensch sein, das ergibt Sinn – sie ist selbst halb Katze: süß, wenn ihr danach ist, mürrisch, wenn sie gereizt ist, und außergewöhnlich unnahbar, verglichen mit den meisten anderen Wesen.

Und ich? Mich fasziniert jedes Geschöpf, das wir sehen. Löwen, Zebras, Giraffen, Kängurus, alles. Alle sind auf ihre Weise grandios. Aber als wir beim Vogelhaus ankommen, weiß ich schon, dass es mein Lieblingsstopp des Tages wird. Es gibt einen ganzen Bereich nur für Raubvögel: Habichte, Weihen, Falken, Eulen. *Weißkopfseeadler!* Ich flitze hinüber zu unserem Nationaltier und hole meine Kamera aus der Tasche. *Fotos! Viele.* Knips. Knips. Knips. »Du bist so ein Hübscher«, murmle ich ihm zwischendurch zu. »Kannst du die Flügel für mich spreizen, Kumpel?« Er macht es!

Avery taucht neben mir auf. »Du magst also Vögel.«

»Mmhmm.« Ich liebe Vögel. Greifvögel, um genau zu sein. Sie sind so majestätisch und ungezähmt. Die Vorstellung, diese Freiheit zu haben; die Möglichkeit, hoch über der Erde zu fliegen, sich vom Wind tragen zu lassen, wohin man will. »Wenn ich es mir aussuchen könnte, wäre ich ein Wanderfalke.« Wieso erzähle ich ihr das? *Du blamierst dich mal wieder, wie immer.*

Ich spüre ihr Lächeln. »Hier gibt es einen.«

Ich reiße meinen Kopf hoch, schaue sie an. Jetzt sehe ich ihr Lächeln auch. »Nein ...«

»Oh doch.« Sie streckt ihre Hand aus, umfasst mein Handgelenk und zieht mich quer durch das Vogelhaus. Das passiert alles so schnell, dass mein Bauch keine Chance hat, verrückte Sachen zu veranstalten.

In einem gigantischen eingezäunten Gehege leben ein paar unterschiedliche Falkenarten zusammen – Habichtfalke, Silberfalke, Rußfalke, Sakerfalke, Wanderfalke. »Welcher ist der Wanderfalke?« Sie sieht mich an, hält immer noch mein Handgelenk fest. Ich befreie mich aus dem Griff und zeige auf einen der Vögel. Er sitzt hoch oben auf einem langen Ast, die blaugrauen Augen auf uns gerichtet, die Flügel jederzeit bereit, ihn davonzutragen. Sie macht einen Schritt auf mich zu, folgt mit dem Blick meinem Finger.

»Sie sind die schnellsten Tiere der Welt«, erkläre ich, etwas zu dicht an ihrem Ohr. »Im Sturzflug erreichen sie über dreihundertzwanzig Stundenkilometer.«

»Ich verstehe, wieso du sie so magst. Er ist wunderschön.« Averys Stimme ist leise und voller Bewunderung.

*Oh Mann.*

»Genau.« Ich schieße ein Foto.

»Hier seid ihr«, ruft Tom uns zu. Als wir uns umdrehen, hat er eine Broschüre in der Hand, die er uns entgegenstreckt. »In fünfzehn Minuten gibt es eine Flugshow mit Vorstellung der Vögel!« Er ist super aufgedreht. *Er ist nicht der Einzige, der gerade laut quietscht, Idiotin.*

Avery mustert mich und lacht. »Wir beeilen uns am besten, damit wir gute Plätze bekommen.«

Auf dem Weg zum Amphitheater kommen wir an einer Kioskbude vorbei; die Schlange wird stetig länger. »Will eine von euch was trinken oder so?«, fragt Tom.

»Ich nehme eine Cola light. Oh, und eine Brezel bitte, Daddy?«, Averys Stimme ist zuckersüß, wie die einer Fünfjährigen, die um ein neues Spielzeug bettelt. Tom schmilzt dahin, wie ein Schokoriegel in der Sonne.

»Für dich auch etwas, Britton?«

»Nein danke, ich brauche nichts.«

»Okay. Ihr zwei geht schon mal vor, ich komme nach.«

Sobald er außer Hörweite ist, sage ich zu Avery: »Den hast du echt um den Finger gewickelt.«

»Schon immer.« Sie zwinkert mir zu.


Als wir an der kleinen Arena ankommen, wimmelt es dort schon von Leuten. Alle Plätze weiter unten sind besetzt. Avery hält sich eine Hand über die Augen, als Schutz vor der Sonne, und sieht sich um. »Da.« Sie zeigt nach oben. »Von dort haben wir einen mega Blick auf die Vögel, wenn sie von drüben herfliegen, direkt über unsere Köpfe hinweg.«

*Nicht schon wieder Quietschen.* »Perfekt.«

Wir steigen bis in die oberste Reihe der Tribüne, hinter uns nur die dicken Holzlatten des hohen Zauns. Ich sehe mich um, checke den Ausblick ab.

Dann, auf der anderen Seite der Tribüne, entdecke ich ein Gesicht, bei dem ich gebetet und gebetet habe, es nie wiedersehen zu müssen. Ich kneife die Augen zusammen, hoffe inständig, dass mein Gehirn die Gesichtszüge der gealterten Frau fehlinterpretiert und gerade in einer komplett Fremden meinen schlimmsten Albtraum sieht. Aber sie ist es wirklich, trägt immer noch die gleichen abscheulichen weiten hawaiianischen Kleider mit Blumenmuster, die sie früher so mochte. Fucking Susan Brichard.

Mit zwölf war ich ein halbes Jahr lang bei ihr. Die längsten sechs Monate meines Lebens. Woran ich mich an ihrem Haus am besten erinnere, ist die Vorratskammer. Sie war so winzig. Und man konnte sie abschließen. Ich habe es immer noch im Ohr: das Geräusch der Tür, wie sie zugeschlagen und verriegelt wird – *rumms-schleif-klick,* Stunde um Stunde im Dunkeln, blutige Knöchel vom ununterbrochenen Klopfen, um rausgelassen zu werden. Der blaue Putzeimer, den ich als Klo benutzen musste – der scheißwiderliche Geruch davon.

Mein Herz klopft so stark, so schnell. *Bummbumm-*

*bummbmumbmum.* Wie lange geht das gut, bis es aussetzt, selbst wenn es sonst gesund ist?

Entweder versagen schlagartig meine Lungen oder jedes Sauerstoffmolekül wurde aus der Luft gesaugt, denn ich bekomme auf einmal keine Luft mehr.

Scheiße. ScheißeScheißeScheiße! Was mache ich jetzt? Was zum Teufel mache i...

»Ist alles okay?« *Avery.*

Ich ringe nach Luft. Keine Worte, nur Ringen. Gott. Oh Gott. Was passiert hier?

»Britton, sieh mich an.« Ihre Hand an meiner Wange. Jetzt ihre Augen. *So blau.* »Achte auf meine Brust. Atme mit mir zusammen. Ganz tief und langsam. Ein ... und aus.« Einatmen. Ausatmen. Ich starre auf ihre Brust, die sich ausdehnt und zusammenzieht. Sich hebt und senkt. Hebt und senkt. Ruhig und gleichmäßig. *Zusammen. Ein und aus. Ein und aus.* Keuchen. Schnaufen. »So ist gut, genau richtig. Du schaffst das.« Ihre Hand liegt auf meinem Rücken, streichelt mich. »Du schaffst das. Tief durchatmen, ein ... und aus. Ein ... und aus.«

Wird das ewig anhalten? Bitte, bitte, lass mich einfach sterben. Ich kann nicht – *japs* – keuchen, schnaufen. Hicksen. Einatmen. Ausatmen. *Avery, bitte bleib bei mir.*

»Ich bin hier. Ich lasse dich nicht allein.«

Habe ich das gerade laut gesagt? Ich spüre die Wärme ihrer Haut durch mein Shirt ... ich schließe die Augen. *Atmen. Atmen.* Hicks. Ich öffne sie wieder; sie ist immer noch bei mir.

Mein Gesicht ist feucht. Wieso ist mein Gesicht feucht? *Tränen.* Wischen. Wischen. *Atmen.* Hicks. Keuchen. Schnaufen. *Ein und aus.*

Einatmen. Ausatmen. Nochmal von vorn.

Mein Herzschlag beruhigt sich, es wird einfacher, Luft zu holen.

Sie hält mich immer noch fest, ihre Stimme ist beruhigend,

während die Wellen über mich einbrechen. »Was brauchst du, Brit? Sollen wir gehen?«

Brit. Das bin ich. »Ja.«

Sie nimmt meine Hand, führt mich die Tribüne hinunter, ein Schritt nach dem anderen. Dann raus, vorbei an dem Holzzaun.

Sie bringt mich zu einer Ecke etwas abseits. Da ist ein Findling mit glatter Oberfläche. Dort setzt sie mich ab, bleibt vor mir stehen. So nah, ich könnte ... meine Stirn an ihren Bauch lehnen. Ich bin ausgelaugt, habe keinerlei Kraft mehr; entweder das oder auf mein Gesicht knallen. Sie streicht mir über den Kopf, wieder und wieder, sanft gleiten ihre Finger durch mein Haar. *Angenehm.* »Alles gut. Jetzt ist alles gut«, murmelt sie.

»Was ist los?«, höre ich Tom fragen.

Avery macht weiter, bewegt sich keinen Zentimeter weg. »Ich glaube, sie hatte eine Panikattacke.«

Das war das also?

»Britton?« Er klingt zu nah. Ich drehe meinen Kopf und sehe ihn. Er kniet auf dem Boden. Neben ihm steht eine Box mit den Getränken und dem Essen. Dann sehe ich die Sorge in seinem Gesicht. »Lass uns nach Hause fahren.«

## 15

Ich liege in meinem Bett. *What the fuck?* Alles kommt bruchstückweise zu mir zurück. Der Zoo. Die Flugshow. Das Amphitheater. Fucking Susan Brichard. Avery. Ihre Augen. Ihre Hände. Sie ist mir nicht von der Seite gewichen.

Ich erinnere mich an die Fahrt nach Hause. An Avery, die auf der Rückbank neben mir sitzt. Mein Kopf an ihrer Schulter, ihr Arm um mich, ihre Hand, die meinen Kopf streichelt. Und dann an Cate, die mich hoch in mein Zimmer bringt, mich fest in die Bettdecke einwickelt.

Dem Sonnenlicht nach, das durch mein Fenster fällt, ist es früher Nachmittag. Als wir nach Hause kamen, muss es kurz vor Sonnenuntergang gewesen sein. *So verdammt durstig. Brauche Wasser.*

Ich klettere aus dem Bett und stelle meine nackten Füße auf den weichen korallenfarbenen Teppich. Ich trage eine Jogginghose und ein Sportshirt. Wann ist das passiert? *Cate hat dir beim Umziehen geholfen.* Beschämend.

Ich schleppe mich aus meinem Zimmer und die Treppe runter. Im Wohnzimmer läuft leise der Fernseher. Avery liegt auf der Couch, in einen rosa karierten Pyjama gehüllt, ihre

Brille auf der Nase. Die ist echt gut. Bitte trage sie ab jetzt immer. Dann sieht sie mich, setzt sich auf. »Wie fühlst du dich?«

Ich schlucke. »Ich denke, in etwa so fühlt es sich an, vom Blitz getroffen zu werden.« Ich reibe meine Stirn. »Wie spät ist es?«

Sie schaut kurz zum Receiver, dann zurück zu mir. »Halb eins. Am Montag.«

»Was? Scheiße, ich habe die Schule verschlafen! Moment, wieso bist du zu Hause?«

»Meine Eltern mussten zur Arbeit, aber wir wollten nicht, dass du in einem leeren Haus aufwachst, deswegen habe ich mich krankgemeldet.«

»Du hättest nicht ...«

»Wann verstehst du eigentlich, dass ich nichts tue, was ich nicht tun will?« Sie zeigt neben sich. Ich schlurfe durch das Wohnzimmer und lasse mich auf die Couch fallen. »Was war gestern los? Und bitte sag nicht ›gar nichts‹, denn dir ging es super und im nächsten Moment plötzlich überhaupt nicht mehr. Es ist, als hätte es irgendeinen Auslöser gegeben.«

Ah, Mist. Ich hatte gehofft, dass ich das nie wieder jemandem erzählen muss. Ich wollte, dass es zusammen mit den Polizisten und der Sozialarbeiterin verschwindet. Aber gerade habe ich einfach nicht die geistige Kraft, mir eine glaubhafte Lüge einfallen zu lassen. Außerdem will ich sie sowieso nicht anlügen. Sie war die ganze Zeit für mich da, sie hat die Wahrheit mehr als verdient.

Ich atme tief durch, bereite mich vor. »Weißt du noch, als du mich im Museum in Salem gefragt hast, ob ich klaustrophobisch bin, und ich meinte, nein?«

»Mmhm.«

»Das war gelogen. Bin ich, irgendwie. Und bei der Flugshow habe ich die Pflegemutter gesehen, die dafür verantwortlich ist. Immer, wenn ich was gemacht habe, was ihr nicht

gefiel, hat sie mich in diese grauenvolle winzige Vorratskammer gesperrt und mich stundenlang nicht rausgelassen –
einmal ein ganzen Wochenende lang.« Ich seufze. »Manchmal
glaube ich, es wäre besser gewesen, hätte sie mich einfach
verprügelt.« Physische Narben sind nichts verglichen mit den
psychischen.

»Oh Gott, Britton.« Sie nimmt meine Hände in ihre. »Das
ist krank. Das tut mir so leid.« Tränen schießen ihr in die
Augen.

Bitte weine nicht meinetwegen. »Ist schon in Ordnung, ich
…«

»Ist es nicht! Natürlich reagierst du so, wenn du sie wieder-
siehst. Sie hat dich traumatisiert. Das ist PTSD.« Sie lässt
meine Hände wieder fallen, ballt ihre zu Fäusten. »Ich will sie
suchen und die Scheiße aus ihr herausprügeln!«

»Das ist lieb, auf eine gestörte Art und Weise, aber lieb.
Übrigens war es wirklich süß, wie du dich um mich gekümmert
hast. Vielen Dank dafür.«

»Das war doch nichts.«

Für mich ist es alles. »Woher wusstest du, was du machen
musst?«

»Das hatten wir letztes Jahr in Alltagskunde. Ich bin
verdammt froh drüber. So wie du nach Luft gerungen hast,
hatte ich Angst, du wirst gleich ohnmächtig.«

Auf einmal überkommen mich Schuldgefühle, wie aus dem
Nichts. »Tut mir leid, dass ich den Ausflug mit deinem Dad
versaut hab.«

»Du hast gar nichts versaut. Wir hatten doch Spaß. Und
dann ist etwas passiert, wofür du überhaupt nichts konntest.
Außerdem – hey, dank dir habe ich ein Drei-Tage-Wochen-
ende, also …«

*Ha.* Ich verschränke die Arme vor meiner Brust. »Wenn das
so ist, könntest du mir als kleines Dankeschön zumindest
Mittagessen machen. Du bist so unhöflich.«

»Dünne, kleine Klugscheißerin.« Sie kichert, dann zeigt sie in Richtung Küche. »Na los.«

Wir durchsuchen den Kühlschrank und stoßen auf Gold – alle Zutaten für Sandwiches. Wir machen uns zwei überquellende Sandwiches, setzen uns gegenüber voneinander an den Tisch und sprechen über Kram, über den ich noch nie mit jemandem geredet habe.

»Was willst du machen, wenn du erwachsen bist?«, fängt sie an.

Mein Ziel war bisher nur, es überhaupt bis ins Erwachsenenleben zu schaffen, sodass ich nie Zeit hatte, darüber nachzudenken, was ich danach eigentlich machen will. »Ich glaube, ich will Fotografin werden. Naturaufnahmen, vielleicht für National Geographic oder sowas.« Das ist es. Das will ich machen. »Und du?«

»Archivarin.«

Noch nie habe ich irgendjemanden auf die Frage mit »Archivarin« antworten hören. »Du willst dein Leben irgendwo in einem staubigen Keller verbringen, forschen und alten Kram sammeln?«

»Ja, das klingt fantastisch.« Sie meint es hundert Prozent ernst. Dafür bewundere ich sie verdammt stark.

»Das ist super. Weißt du schon, auf welches College du willst?«

»Northeastern University. Meine erste, zweite und dritte Option. Die haben diese unglaubliche Geschichtsabteilung, die Fakultät hat einen ausgezeichneten Ruf.« Dann verdreht sie die Augen. »Und sie nehmen nur neunzehn Prozent der Bewerber.«

»Du kommst sicher rein.«

»Das kannst du nicht wissen.«

»Doch, ich weiß es.«

Der Biss auf die Lippe. Was geht in ihrem Kopf vor, wenn sie das tut? Ich werde daraus einfach nicht schlau. »Und wo willst du hin?«

»Keine Ahnung. Wahrscheinlich wird es am Ende das North Shore Community College.«

Sie schreit geradezu auf. Wieso reagiert sie ständig so? *Wieso magst du es so?* »Du gehst nicht aufs North Shore«, entgegnet sie betont. »Du bist zu klug, um deine Zeit auf einem Community College zu verschwenden.«

»Zu klug dafür, aber zu arm für alles andere.«

Sie rückt ihren Stuhl zurück. »Nein. Nein! Das will ich nicht hören. Wo willst du wirklich hin, deine Traumschule?«

»Massachusetts College of Art and Design.« Oh? Anscheinend schon.

Sie schlägt mit der flachen Hand auf den Tisch. »Ja! Das ist deine Schule. Du wirst Fotografie an der MassArt studieren und dann wirst du berühmte Naturfotografin und die ganze Welt mit deiner Arbeit begeistern.«

»Hör auf.«

»Werde ich nicht. Das machst du. Versprich es mir.« Sie hält ihre Faust hoch, den kleinen Finger abgespreizt.

»Wenn du mir versprichst, dass du auf die Northeastern gehst, wie die heimliche Streberin, die du bist.«

»Deal.«

Wir haken unsere kleinen Finger ineinander. *Samtweiche Haut.* Ich möchte nicht loslassen und sie tut es auch nicht. So sitzen wir da, Finger eingehakt, wer weiß, wie lange. Gerade als mein Herz dabei ist, meinen Brustkorb zu sprengen, bewegt sie sich. Sie räumt unsere Teller ab und stellt sie in die Spüle.

Ich gehe zu ihr. »Lass mich das machen.«

»Ich hab's schon.« Plötzlich ist sie ernst, angespannt. Dann fasst sie sich wieder. »Echt, das reicht. Such du uns doch was bei Netflix raus.«

»Hast du auf irgendwas Bestimmtes Lust?«

»Was Lustiges.«

---

Wir sitzen nebeneinander auf dem Sofa, sind mitten drin in der zweiten Staffel von *Lass es, Larry!* und lachen Tränen. »Ich kann nicht mehr, dieser Larry, ey. Er ist so unverschämt, echt schlimm.«

»Nicht Larry, alle anderen«, widerspricht Avery.

»Was? Niemals.«

»Doch! Bei diesem Schuhverkäufer zum Beispiel. Er hat den Streit nicht angefangen, er wollte dem Mann seine Provision zahlen.«

»Okay, aber die Sache mit seinem Onkel, der ihn ›missbraucht‹ hat, und dem Wutanfall der Regisseurin. Das war alles seine Schuld.«

Sie lacht laut los. »Ist mir egal, das war richtig lustig.«

»Was ist denn hier los?« Tom steckt seinen Kopf zur Tür rein.

»Hey, Dad. Wir gucken Fernsehen.«

»Ich habe euch lachen hören. Schön, dass es dir besser geht, Britton.«

»Tut es. Danke.«

»Meine Frau will heute unbedingt etwas Besonderes für dich kochen, also überleg dir schon mal, worauf du Lust hast«, sagt er noch, bevor er wieder nach oben verschwindet.

Avery nickt zustimmend. »So ist Mom mit Essen. Wenn man gestresst ist, kocht sie für einen. Wenn man glücklich ist, kocht sie für einen. Das hat sie von meiner Oma, die ist Italienerin.«

»Das ist perfekt. Du weißt, wie ich zu Essen stehe.«

»Tue ich, Bohnenstange.« Sie piekst mir in den Bauch und ich quietsche wie ein Schweinchen. Sie reißt die Augen auf. »Du bist kitzelig!« Sie stürzt sich auf mich. Ich winde mich, schlage nach ihren Händen, halte sie fest. Sie sieht mich an, schmunzelt. »Na gut, fürs Erste hast du mich abgewehrt, aber jetzt kenne ich deine Schwäche. Du bist verloren.«

Ich hasse es, gekitzelt zu werden. Allgemein mag ich es nicht, wenn mich jemand berührt.

Und beides gefällt mir, solange sie es macht. Ich bin verloren.

## 16

Der Fotoclub findet heute wieder im Computerraum statt.
Mr Warren verkündet, dass die Gallery Night schon nächsten
Mittwoch ist, und möchte, dass wir heute unsere Fotos vorbe-
reiten und acht Motive aussuchen, die ausgestellt werden. Der
übertriebene, riesige Drucker hinten im Raum ist schon mit
glänzendem Papier in zwanzig mal fünfundzwanzig Zentime-
tern ausgestattet.

Avery und ich haben ein paar unserer Fotos ausgesucht und
warten nun, dass sie aus dem digitalen Nichts auftauchen,
transformiert in echte, gedruckte Pixel. Ich musste sie überzeugen, mitzumachen. Etwas Drängen war nötig, aber sie hat nachgegeben, als ich meinte, dass sie keine Fotos ausstellen muss,
nur weil sie ausgesucht wurden. Das Bild mit den toten
Bäumen ist ihr erstes, das aus dem Drucker kommt. Sie
schnappt es von der Ablage.

Ich tippe auf den Rand des Fotos. »Das solltest du
vorschlagen.«

»Nein.«

Danach kommt mein Foto von ihr, bei dem sie mich beim
Bearbeiten erwischt hat. Jetzt bin ich dran mit Schnappen.

»Ist das für die Ausstellung?«

Auf keinen Fall, das gehört mir. *Okay, Freak.* Ich schüttle den Kopf. »Ich wollte nur einen Abzug, um zu sehen, wie es auf Papier wirkt.« Sie ist erleichtert, gibt es aber nicht zu. *Schlimm genug, dass du das dumme Foto gemacht hast.* »Ich hätte dich fragen sollen, bevor ich das Foto mache.«

»Dann wäre es aber gestellt. So ist es ... authentisch.«

Es ist also in Ordnung, wenn ich sie sehe – die echte Avery –, solange es zwischen uns bleibt.

Meine Bilder sammeln sich auf der Ablage, drohen, sie zu verstopfen. Sie nimmt alle hoch und sieht sie an – eine Meer- und eine Landszene aus Salem Willows, der Weißkopfseeadler, der Wanderfalke und die Bilderserie von dem kleinen Jungen auf der Schaukel. »Die sind so gut.«

*Rotwerden kann beginnen in drei, zwei, eins.* »Danke.«

Jetzt kommt wieder eins ihrer Fotos, eine Nahaufnahme von ihren Cheerleader-Freundinnen bei einem Footballspiel. Kylie ist oben auf der Pyramide, Liz und Tasha halten sie. Alle strahlen die Zuschauer an. *Es fehlt ihr.* Am liebsten würde ich sie einfach fragen, wieso sie aufgehört hat, aber wenn sie wollte, dass ich es weiß, hätte sie es mir schon längst erzählt. Stattdessen sage ich: »Das ist ein Foto fürs Jahrbuch.«

Sie betrachtet es. »Vielleicht hast du recht.«

»Morgen ist ein Spiel, oder?«

»Ja. Auswärts, gegen Danvers High School.«

Football ist mir ziemlich egal und Cheerleading verstehe ich auch nicht. Dennoch will ich hin. Ihretwegen. »Und, nimmst du mich mit?«

Sie runzelt die Stirn und reißt die Augen auf, als wäre das die überraschendste Frage, die sie jemals gehört hat. Dann lächelt sie. »Auf jeden Fall.«

Freitagabend fahren wir zum Spiel. Das Spielfeld der Danvers High ist schöner als unseres, außerdem spielt ihr Team auf einem komplett anderen Level. Zur Halbzeit ist die Sonne bereits vom Himmel verschwunden und wir liegen achtundzwanzig zu sechs zurück – eine Demütigung für alle, abgesehen vom Kicker. Die Stadionbeleuchtung ist verdammt grell, hilft mir aber auch nicht, mir nicht den Arsch abzufrieren. *Cate meinte noch, du sollst was Wärmeres als Jeans und einen Hoodie anziehen, sture Idiotin.*

Avery hingegen, vorausschauend und vorbildlich, hat noch eine dicke Fleecedecke zusätzlich zu ihrem langen Wollmantel dabei. Sie bemerkt mein Frieren, nimmt die Decke von ihrer Schulter, rutscht näher an mich heran und legt die Decke um uns beide. Im nächsten Moment hält sie meine Hände und reibt sie warm. »Was stimmt eigentlich nicht mit dir? Als hättest du noch nie einen Oktober in New England erlebt.«

»Vorhin war es schwül!«

»Nochmal: New England. Im Oktober.«

»Na gut, ich bin eben ein South-Mainey.«

Sie schnaubt. »Bist du.« Jetzt ruhen nicht nur ihre Hände auf mir, sondern auch ihr Blick. Mein Bauch macht wieder diese Akrobatikübungen. Verdammt. Das ist so seltsam, und so schön zugleich. Besser gesagt, es wäre schön, wenn jemand anderes es auslösen würde.


Tanzmusik dröhnt aus den Lautsprechern und die Zuschauer jubeln. Unten auf dem Feld entdecke ich die beiden Cheerleading-Teams auf der Fünfzig-Yards-Linie. Avery lässt meine Hände los und konzentriert sich wieder auf das Spielfeld. »Whoooo!«, ruft sie, gefolgt von einem grellen Pfeifen. Ich sehe zu, wie die Begeisterung sie packt, als Beverly High das Cheer-Battle beginnt.

Ich hätte sie liebend gern da unten gesehen. Klar, unser

Team hat ein paar coole Moves, aber ich bin absolut sicher, dass sie die Beste von allen wäre. *Hey, guck mal, Röcke! Sehr kurze sogar.* Wenn mir die ganzen Mädchen doch nur nicht so verdammt scheißegal wären.

Schneller als es anfing, ist das Battle dann auch schon vorbei und die Cheerleader ziehen sich wieder an den Rand des Spielfelds zurück. Avery steht auf. Ich schaue sie verwirrt an. »Ich sage kurz Hallo, dann können wir los.«

»Willst du den Rest vom Spiel nicht sehen?«

»Das ist das Beste daran, nicht mehr im Team zu sein – ich kann abhauen, wann immer ich will. Ich habe gesehen, was ich sehen wollte. Außerdem verlieren wir sowieso und dir ist kalt.« Sie bedeutet mir, dass ich ihr nach unten folgen soll, und ich gehorche.

Ihre Freundinnen sind froh, dass sie da ist – sogar Amy, die immer etwas bitchy ist. Avery lobt sie alle für ihre großartige Performance und verteilt High fives. Dann quatschen sie noch einen Moment, aber sie schaut genau rechtzeitig zu mir, um meine Zähne klappern zu sehen. »Okay, Ladies. Ich muss Brit ins Warme bringen, sonst verwandelt sie sich in ein trauriges, dünnes, menschliches Eis.« Wir verabschieden uns und verschwinden.

## 17

Für ein Wochenende ist Cate früher auf als sonst. Ich höre, wie sie unten gegen irgendetwas stößt und flucht: »Mist!« Sie und Tom schlafen eigentlich gern aus – manchmal bis neun, wenn es geht –, und wer würde ihnen das schon verübeln? Ich würde es auch machen, aber mein dummer Körper weckt mich spätestens um sieben, egal wie spät ich ins Bett gegangen oder wie müde ich noch bin. Außer nach der Panikattacke. Und das war das gruseligste Erlebnis überhaupt, null von fünf Sternen, NICHT empfehlenswert.

*Kaffee?* Ja, danach riecht es, Kaffee; wie scharfsinnig. *Hol dir welchen, sofort.*

Ich schlurfe in den Flur und stoße auf Avery, die gerade aus dem Badezimmer kommt - weißes, zerknautschtes Tanktop, das eine Bein ihrer rosa-blau karierten Pyjamahose hängt hochgeknüllt über ihrer Wade und ihre Haare sehen aus, als hätte sie eine Extraportion Elektrizität zum Frühstück gehabt, und trotzdem sieht sie atemberaubend aus. *Ich bin verloren.* Untertreibung.

»Morgen«, sagt sie gähnend.

»Guten Morgen, Geburtstagskind.«

»Fuck.« Sie streicht ihr Haar glatt.

»Hast du es vergessen?«

»Meinen Geburtstag? Nein. Oder meinst du die Party?«

»Genau.«

»Ich will einfach nur schlafen.«

Das klingt nicht gut. »Bist du krank?«

»Nein, mir geht's gut.« Sie schmollt. »Können wir nicht einfach sagen, ich wäre krank? Ich würde es gern abblasen.«

»Nachdem ich deinen Freunden mit dem Tod gedroht habe, sollte es nicht die beste Party überhaupt werden? Ich denke nicht.«

»Du hast Glück, dass ich dich mag«, stöhnt sie.

Aber ich habe kein Glück, dass ich sie mag. »Das wird lustig heute, okay? Wenn es sein muss, engagiere ich einen Clown, der Ballontiere macht.«

»So süß«, murmelt sie. Dann laufen ihre Wangen rosa an; ich hätte das nicht hören sollen.

Was ist süß, ich oder die Ballontiere? *Lol, ich. Hast du zu viel Klebstoff geschnüffelt?* »Ich brauche Kaffee.«

»Mmh. Koffein.«

Ich lasse sie vor und folge ihr die Treppe runter.


»Geburtstagsumarmuuung!«, ruft Cate, als Avery in die Küche schlendert. Avery macht mit und umarmt sie zurück. »Mein kleines Mädchen, ganz erwachsen! Ich fasse es nicht. Es kommt mir vor wie gestern, als wir mit dir aus dem Krankenhaus gekommen sind.«

Das reicht Avery dann aber. »Okay, Mom.« Sie tätschelt Cates Kopf und löst sich aus ihrer Umarmung.

Bei diesen kleinen Momenten zwischen ihr und ihren Eltern wird mir immer ganz warm ums Herz. Ich weiß nicht, ob ihr überhaupt klar ist, wie glücklich sie sich schätzen kann, #*blessed* und so. Ich hoffe wirklich, sie weiß es.

»Was sagst du zu einem Geburtstags-Brunch? Da ihr ja heute Abend die Party habt und du nicht willst, dass ich etwas Besonderes koche, weil es ›zu lange dauert‹.«

Avery wirft mir einen Blick zu. »Siehst du, womit ich mich rumschlagen muss?«

Ich weiß, dass es nur Spaß ist, aber ich will eigentlich trotzdem etwas Bissiges antworten, wie: *Oh, deine Mom liebt dich und will deine Geburt feiern? Der reinste Horror!* Stattdessen lächle ich und sage: »Ach, komm.«

»Ja, Brunch ist gut.«

Die richtige Antwort. Cate ist begeistert.

Avery schenkt sich einen Becher Kaffee ein und mir auch direkt. Ihren trinkt sie wie immer schwarz und in meinen füllt sie zwei Löffel Zucker und einen Schuss Milch. Dann reicht sie ihn mir und fragt: »Was?«

Was »was«? *Dein dummer Mund steht offen.* »Du weißt, wie ich meinen Kaffee trinke?« Omg, *argh, mehmehmeh.*

»Ich bin eben aufmerksam.« In ihrer Tasche klingelt ihr Handy. Sie zieht es heraus, schaut auf den Bildschirm und Freude bringt ihr Gesicht zum Leuchten. Sie sieht zu ihrer Mutter und sagt: »Es ist Daddy«, dann geht sie ran. Cate und ich hören Tom so laut »Happy Birthday« singen, als wäre der Lautsprecher an. Avery strahlt die ganze Zeit über.


Für den Brunch sucht Avery ein fancy Lokal in der Innenstadt aus, das *Taro.* Die Speisekarte ist voll von ausgefallenen Gerichten: Apfel-Zimt-Bostock – was auch immer das ist –, Eier mit Haselnüssen, Pfifferlingen, Heidelbeeren und grünem Pfeffer. Waffelsandwich mit Ei, Bacon und Avocado. Honig-Ricotta-Scones? *Wer isst diesen Bonzenscheiß?*

Avery und Cate haben ihre Bestellung schon dem Kellner genannt – ein Eier-Käse-Soufflé und Erdbeer-Sahne-Crêpes, in der Reihenfolge –, aber ich habe mich immer noch nicht entschieden. *Du hättest nach der verdammten Kinderkarte fragen sollen.* »Ähm, kann ich ganz normale Waffeln bekommen?«

Der Kellner beäugt mich mit leichter Verachtung. »Normale Waffeln«, wiederholt er, »okay, Miss.«

Nachdem er auch meine Bestellung notiert hat, tippt Cate ihm auf den Arm und bedeutet ihm, er solle näherkommen. Er beugt sich zu ihr und sie flüstert ihm etwas ins Ohr. Dann richtet er sich wieder auf, sagt: »Selbstverständlich«, und ist wieder weg.

»Und jetzt ...« Cate greift in ihre Handtasche, holt eine kleine blaue Schachtel mit einer süßen weißen Schleife heraus und schiebt sie Avery über den Tisch zu.

Avery öffnet die Schachtel. Darin befindet sich ein roségoldener Ring in der Form einer Krone, in deren Zacken jeweils durchsichtigen Diamanten eingefasst sind. Eine filigrane Kette ist durch den Ring gefädelt. »Mom, das ist ...«, die Worte bleiben ihr im Hals stecken. Tränen schießen ihr in die Augen.

»Herzlichen Glückwunsch zum Geburtstag, Süße«, sagt Cate. Die Traurigkeit in ihren Augen bildet einen starken Kontrast zu ihrem Lächeln. Sie streckt ihre Hand nach Avery aus, legt sie auf ihre. »Trage ihn nah am Herzen.«

Avery tupft sich die Augen ab, löst dann die Kette aus der Schachtel und dreht sich zu mir. »Hilfst du mir, sie umzumachen?«

Ich nicke, nehme ihr die Kette ab und öffne den Verschluss. Sie rafft ihr Haar zusammen und hält es hoch. Ich lege ihr die Kette um und schließe den Verschluss wieder. Daraufhin lässt sie ihr Haar wieder fallen, richtet die Krone am Ring und dreht sie zwischen ihren Fingern hin und her. »Vielen Dank, Mom. Ich werde sie jeden Tag tragen.«

»Sehr gern.«

Den krönenden Abschluss des Brunchs bildet ein Tiramisu, in dem eine brennende Kerze steckt. Ein Grüppchen Kellner versammelt sich um unseren Tisch und singt eine schiefe Version des Happy-Birthday-Songs. Als sie fertig sind, sieht Avery mich an. »Puste sie zusammen mit mir aus.«

»Du brauchst Hilfe bei einer einzigen Kerze? Du musst echt mit dem Rauchen aufhören.«

»Nein«, kichert sie, »du warst an deinem Geburtstag noch nicht bei uns, also feiern wir den nach.«

Cate seufzt: »Ohh.«

Bitte lass mich nicht rot werden. Bitte. *Unmöglich, Schätzchen; hier kommt das Pink!* Ich räuspere mich. »Auf drei?«

»Eins, zwei, drei.« Gemeinsam lassen wir die Flamme erlöschen.

Die Angestellten klatschen für uns und ziehen sich dann wieder zurück. Avery nimmt die Kerze aus dem Tiramisu, schiebt den Teller zwischen uns und reicht mir einen Dessertlöffel. »Alles Gute nachträglich.« Sie hält ihren eigenen Löffel hoch, um mit mir anzustoßen.

»Alles Gute zum tatsächlichen Geburtstag.« *Klink!*

Cate sieht uns lächelnd dabei zu, wie wir uns über unseren süßen Nachtisch hermachen.

## 18

Avery spurtet die Treppe hinunter, nimmt zwei Stufen auf
einmal. Es ist halb zehn; wir kommen eine halbe Stunde zu spät
zu ihrer Geburtstagsparty. *Sie trägt Jeans?* Ja, Skinny Jeans mit
Löchern und blassblaue High-Tops von Nike. *Okay, ich hätte
nie ...* Ihr Oberteil passt mehr zu dem, worin ich sie sonst sehe –
ein babyblaues, langärmliges schulterfreies Top, das kurz genug
ist, um ihren Bauch hervorblitzen zu lassen.

Ihre Haare hat sie seidig-glatt zu einem hohen Pferdeschwanz zusammengebunden, nur ihr Pony fällt ihr ins
Gesicht. Sie ist kaum geschminkt. Hat sie sowieso nicht nötig,
ohne ist sie hübscher.

Ich hab genau die andere Richtung gewählt und mir viel
mehr Mühe gemacht als sonst. Statt dem unordentlichen tiefen
Dutt, den ich sonst trage, fallen meine Haare offen über meine
Schultern, in »Mermaid Waves«. Ich habe außerdem eine enge
schwarze Hose an, dazu ein weißes Hemd und eine figurbe-
tonte Armeejacke – ebenfalls in schwarz. Und ich trage
Schnürschuhe, die ich mir extra für den Anlass gekauft habe.
Ich habe sogar Eyeliner und Lipgloss drauf! Ich komme mir vor

wie eine Betrügerin, ein Klon. Aber ich muss schon zugeben, es steht mir.

»Ich bin bereit, wenn du es bist.« Erst jetzt sieht sie mich richtig an. Sie zieht ihre linke Augenbraue hoch und ihr Mund steht ein kleines bisschen offen. Bei jemand anderem hätte ich eine ziemlich genaue Vorstellung davon, was gerade in dessen Kopf vorgeht, aber bei Avery ist es schon mal nicht *das*. Es überrascht sie, dass ich mir die Mühe gemacht habe, das ist alles.

»Ich bin fertig.«

»Gut, gehen wir.«

»Seid vorsichtig. Und ruft an, falls ich euch abholen soll. Egal, wie spät es ist«, sagt Cate, wobei sie ihr Gesicht sorgenvoll verzieht.

»Machen wir!« Avery nimmt ihre Autoschlüssel vom Haken und dann sind wir weg.


Kylie, Liz, Amy und Tasha haben sich an meinen Rat gehalten, aus dieser Party die beste überhaupt zu machen, und sich echt ins Zeug gelegt. Es gibt ein bisschen Dekoration – ein riesiges *Happy Birthday*-Banner in Regenbogenfarben hängt über dem Durchgang zum Wohnzimmer und hier und da sind ein paar Ballons zusammengebunden – geschmackvoll, nicht wie bei einer Kinderparty.

Auf dem Küchentresen steht jede erdenkliche Form von Alkohol bereit und auf dem Boden ein Bierfass in einem großen grünen Eimer voller Eis. *Wie die das wohl alles besorgen konnten?* Außerdem stapeln sich Pizzakartons auf dem Tisch, daneben Schüsseln mit Chips und Dip.

Die Musik ist laut, zwischen den weichen Synthesizer-Klängen dröhnt immer wieder der Bass.

Obwohl es erst halb elf ist, sind bestimmt schon hundert Leute da. Wenn das so weitergeht, kommen in der nächsten Stunde noch die Cops vorbei. Vielleicht wäre es Avery sogar lieber, wenn die ganze Sache früh abgebrochen wird. *Dann wähl am besten schon mal 911, Trottel.* Nope.

»Avery, herzlichen Glückwunsch! Die Party ist mega.« Ein Freund von ihr – ich glaube, er heißt Kevin – schlingt einen Arm um sie und drückt sie eng an seine Collegejacke. »Schön, dich mal wieder auf einer Party zu sehen. Du warst auf keiner mehr, seit ...«

»Hast du schon was zu trinken?«, unterbricht sie ihn und klopft ihm auf die Schulter. »In der Küche steht ein riesiges Bierfass. Na los, zapf es an!« Sie gibt ihm einen Schubs in die richtige Richtung, packt mich am Unterarm und zieht mich in die andere.

Die Leute versammeln sich im Wohnzimmer – manche tanzen, andere sitzen rum und reden, lachen, trinken. Avery scheint an nichts davon Interesse zu haben. In Wahrheit wirkt sie sogar gestresst. Ich möchte ihr helfen, sich zu entspannen, aber das geht nicht, wenn ich nicht weiß, was das Problem ist.

»Ich brauche frische Luft. Hier drinnen ist es zu heiß. Kommst du mit raus?«

Sie nickt mir kurz zu. Ich nehme ihre Hand, bleibe dabei erstaunlich ruhig und gehe vor zur Gartentür, durch die Menge an Jugendlichen hindurch.

Draußen ist niemand. Wir haben die Terrasse für uns, erstmal jedenfalls. Es gibt diverse Sitzmöglichkeiten, aber sie entscheidet, sich zu mir auf das schmale Zweisitzer-Sofa sinken zu lassen. Der Himmel ist klar; der Mond und die Sterne strahlen, das einzige Licht, das wir brauchen.

»Schöner Abend.«

Sie schaut nach oben. »Ja.«

»Die Party ist cool, das haben deine Freunde gut hinbekommen.«

»Ja.«

»Hier.« Ich hole das flache kleine Päckchen heraus, das ich

seit Stunden in meiner Tasche habe, und reiche es ihr. »Alles Gute zum Geburtstag.«

»Du hast ein Geschenk für mich?« Sie weiß es wirklich zu schätzen. Das spiegelt sich deutlich in ihren Augen wider.

»Es ist nichts Großes.« Ich habe nicht viel zu geben. Wenn ich könnte, hätte ich mehr für sie.

Sie stößt mit der Schulter gegen meine, als hätte sie meine Gedanken gelesen, bevor sie das grüne, glitzernde Geschenkpapier aufreißt. Dann schnappt sie nach Luft. »Woher wusstest du, dass ich solche brauche?« Es sind nachgemachte Bluetooth-AirPods in rosa – das Original könnte ich mir von meinem Geld niemals leisten –, aber die hier sollen ähnlich gut sein.

»Ich habe mitbekommen, wie du neulich vor dem Joggen zu deiner Mom gesagt hast, dass deine Kopfhörer nicht mehr richtig laden.«

»Dir fällt auch alles auf, oder? Ich meine, du bist irgendwie hyperaufmerksam, was deine Umgebung betrifft.«

Das ist ihr also aufgefallen, ja? Sie anzulügen, wäre idiotisch, nachdem sie mich im Zoo beruhigt hat, und erst recht, nachdem sie sich die schlimmeren Teile meiner Lebensgeschichte anhören durfte. »Das wird für dich vielleicht gestört klingen, aber es ist überlebenswichtig. Ich musste oft sehr gut aufpassen.«

Sie nimmt meine Hand, lässt ihre Finger zwischen meine gleiten. »Bei uns musst du das nicht.« Sie sagt zwar nicht *wir würden dir niemals wehtun*, aber genau das meint sie.

»Ich weiß.« Das tue ich.

Dann geht die Schiebetür auf und ein Grüppchen angetrunkener Teenager torkelt zu uns auf die Terrasse. Sie lässt meine Hand wieder los, springt schnell auf und stopft die Kopfhörer in ihre Hosentasche. »Ich sollte wieder reingehen. Es kommt nicht gut, wenn man sich auf seiner eigenen Party verzieht.«

»Du hast recht.«

Sie drängelt sich durch die anderen, die ihr alle Glückwünsche nachsäuseln, und verschwindet im Haus. Sie sieht sich nicht noch einmal nach mir um. Was ist mit ihr los? Manchmal benimmt sie sich so widersprüchlich. *Das sagt die Richtige.*

»Willst du was trinken?«, frage ich, als ich sie eingeholt habe.

»Nein, danke.«

Ich spaziere allein in die Küche. Eigentlich trinke ich keinen Alkohol, aber ich zapfe mir ein Bier. Gerade als ich fertig bin, höre ich sie so laut, dass sie sogar die Musik übertönt: »Was machst du hier?« Sie klingt mehr beunruhigt als angepisst, aber es ist definitiv beides dabei.

Von hier aus kann ich sie nicht sehen. Ich weiß nicht, wem ihre Frage gilt, habe aber eine Vermutung. Ich lasse mein Bier auf der Arbeitsfläche stehen und eile ins Wohnzimmer. Sie und Spence stehen sich direkt gegenüber.

Spence ist angespannt, stocksteif, hat die Hände an ihren Seiten zu Fäusten geballt.

Avery sieht auch nicht lockerer aus, nur hält sie die Arme vor der Brust verschränkt. »Ich habe dich was gefragt.«

Alle um sie herum starren sie an, als erwarteten sie einen Kampf. *Sowas ist das nicht.* Aber was dann? Ich weiß, dass sie einander nicht mögen, aber das hier ist mehr als das.

Spences Kiefer entspannt sich. »Jason hat mich eingeladen.«

Averys Augen glänzen. Weint sie gleich? »Kannst du bitte gehen?«

Spence gibt nicht nach. »Es ist vielleicht deine Party, aber sein Haus. Ich gehe erst, wenn er mich darum bittet.«

Avery schaut sich nach Jason um. Er ist nirgends zu sehen.

*Verdammt.* Ich muss mich zwischen zwei scheißmuskulösen Football-Spielern durchquetschen, um zu Spence zu gelangen. »Hey, na.« Ich lächle sie an, konzentriere mich auf sie, und zwar nur auf sie. *Alles ist okay.* »Komm, holen wir uns was zu trinken.« Es braucht noch einen kleinen Schubs, bis sie sich bewegt.

»Gut. Ich brauche ein Bier.« Sie wirft Avery noch einen letzten Blick zu, den ich nicht ganz deuten kann. »Herzlichen Glückwunsch.«

Ich führe sie an Avery vorbei und wir verschwinden zwischen den vielen anderen Menschen.

Spence hüpft hoch, setzt sich auf die Arbeitsfläche. Wenn es zu solchen Veranstaltungen kommt, halte ich mich eigentlich strikt an »Wir sind zusammen gekommen, wir gehen auch zusammen«, aber vielleicht muss ich diese Regel diesmal brechen. »Willst du weg?«

»Nee. Sie benimmt sich wie eine Bitch. Scheiß auf sie«, sagt sie, aber meint es nicht so. In ihrem Gesicht erkenne ich, dass sie eher verletzt als wütend ist.

Ich greife hinter sie, nehme einen Becher, den ich dann mit Bier fülle, und reiche ihn ihr, bevor ich mir selbst den Becher nehme, den ich eben stehengelassen habe. »Trink.«

Wir tanzen, einen Song nach dem anderen. Ich habe Angst, aufzuhören. Solange wir uns zusammen zur Musik wiegen, hält sie nicht nach Avery Ausschau. Und ich auch nicht. Ich habe sie schon eine Weile nicht mehr gesehen. Ich hoffe, es ist alles in Ordnung.

Ein neues Lied dröhnt aus den Boxen, etwas älter, aber so verdammt gut – Zeds Dead »Lights Out«. Der Song ist langsamer, sexier als der davor. Der Bass vibriert in meiner Brust und von der Stimme des Sängers bekomme ich Gänsehaut.

Spence legt ihre Hände auf meine Hüften, zieht mich an sich. *Bitte nicht.* Sie tut es, senkt ihren Kopf, weil sie größer ist als ich, und drückt ihre Lippen auf meine. Mit der Zunge verhilft sie sich zu einem kleinen Vorgeschmack. *Ein Versuch noch.* Ich lasse es zu, öffne den Mund.

Ihre Lippen sind weich, sie kann gut küssen.

Dennoch ist es falsch.

Ich hasse es, Frauen eine Abfuhr zu erteilen. Es ist nie einfach, aber immer noch besser, als dass sie sich Hoffnungen machen. *Bitte lass es nicht unsere Freundschaft ruinieren.* Ich lege meine Hände auf ihre Schultern, drücke sie sanft weg. »Spence.«

»Ich musste es versuchen.« Sie lächelt. »Ich glaube, wir sind beide Tops.«

Wir prusten los vor Lachen und beim nächsten Song tanzen wir direkt weiter.


»Wir sind zu spät! Gleich ist schon Mitternacht. Stellt die Musik aus!«, ruft Amy demjenigen zu, der heute DJ ist. »Wo ist Avery?«

»Ich bin hier!« Avery erhebt sich vom Sofa. Oder versucht es. Ihre Beine sind wackelig und kurz davor, nachzugeben.

»Komm gefälligst her, Noch-Geburtstagskind!«

Das wird nicht passieren. Sie ist weit mehr als angetrunken, direkt zu besoffen übergegangen.

Gerade will ich Spence stehenlassen und zu Avery rüber, als Kevin aufspringt. Er legt einen Arm um ihre Hüfte und stützt sie mehr als nur ein bisschen. »Wir kommen schon!«

Tasha schaltet das Licht aus. Liz und Kylie präsentieren den Kuchen, in dem genügend brennende Kerzen stecken, um das gesamte Haus abzufackeln. »Happy Birthday to you …«, stimmen alle im Chor an, auch Spence und ich.

Avery nimmt all ihre Kraft zusammen, um die Kerzen auszupusten, und in dem Moment, in dem die letzte Kerze erlischt, nimmt ihr Gesicht eine ungesund grüne Farbe an.

Lustig, wie der Körper funktioniert, wenn man betrunken ist; in einem Augenblick kann man sich kaum allein aufrechthalten und im nächsten problemlos blitzschnell zur nächsten Toilette stürmen. Und genau das tut sie jetzt. Kevin ist zu überfordert, um ihr hinterherzulaufen und nachzusehen, ob alles in Ordnung ist.

Ich gehe zu ihm. »Ich kümmere mich um sie.«

»Cool«, antwortet er erleichtert.

Averys Haare sind immer noch zum Zopf gebunden – den Pony habe ich seitlich festgesteckt –, ich muss sie ihr also nicht aus dem Gesicht halten. Stattdessen streiche ich ihr über den Rücken. Ihre Würgegeräusche sind schlimm, aber der Geruch der Jägerbombs gemischt mit Galle ist schlimmer.

Dann ist sie fertig damit, sich die Seele aus dem Leib zu kotzen. Ich halte ihr etwas Toilettenpapier hin, damit sie sich den Mund abwischen kann. Sie lehnt sich an das Waschbecken und sieht zu mir hoch. »Du bist weich da drinnen.« Sie lächelt und zeigt auf mein Herz. »Erinnert mich an meine Schwester.«

*IHRE WAS, BITTE?* »Ich wusste nicht, dass du eine Schwester hast.«

Ihr entweicht ein gequältes Schnauben. »Wie auch? Ist ja nicht so, als würde irgendjemand jemals über Reese sprechen.« Den Namen ihrer Schwester nuschelt sie nur. *Reese!* »Haben ja nicht mal Fotos von ihr im Haus. So zu tun, als hätte es sie nie gegeben, ist wahrscheinlich leichter, als damit klarzukommen, was passiert ist.«

»Was ist passiert?«

»Sie ist vor zwei Jahren gestorben.«

*Oh Gott, wie grauenvoll.* Deswegen spricht niemand über sie; es ist zu schwer. »Das tut mir leid.«

»Ja, mir auch.«

»Wie ...« Ich sollte nicht fragen – es ist schmerzhaft für sie –, aber ich muss es wissen: »Wie ist sie gestorben?«

Sie lässt ihren Kopf nach hinten fallen, kneift die Augen zusammen und schluckt. »Nicht heute. Nicht an meinem fucking Geburtstag.«

»Okay.« Meine Stimme ist leise, eher ein Flüstern. »Komm, ich bringe dich nach Hause.«

Sie hat einen Arm um meine Hüfte gelegt und ich halte sie an der Schulter. So wie sie sich auf mich stützt, können wir zusammen nicht in einer geraden Linie laufen. Ich muss sie nach Hause bringen, aber ich will nicht, dass Cate sie so sieht. *Jetzt wünschtest du bestimmt, du hättest einen Führerschein.* Shit. Ich könnte ein Taxi rufen, aber ich habe kein Bargeld dabei. Vielleicht ein Uber ...

Dann steht Spence vor uns.

»Ich weiß, das ist blöd, aber ...«

Sie unterbricht mich: »Kein Problem, ich fahre euch.«

Ich verfrachte Avery auf den Rücksitz von Sweet Caroline, schlüpfe neben sie und ziehe die Tür zu. Spence lässt den Motor an und wirft uns durch den Rückspielgel noch einen Blick zu. Sie hat so ein spektakuläres Desaster mit Avery schon mal erlebt, vielleicht sogar mehrmals. *Was zur Hölle?* Oh mein Gott, Reese.

Avery hat ihre Augen geschlossen und ihren Kopf auf meine Schulter gelegt. Ich streiche ihr über das Haar. Die Rückfahrt ist ewig lang und gleichzeitig verdammt kurz.

»Kriegst du sie allein nach drinnen?«, fragt Spence durch das Fahrerfenster.

Inzwischen, nach ihrem Mini-Schläfchen, ist Avery ein bisschen gefasster. »Ja. Danke fürs Rumbringen.«

»Kein Problem.«

Sie wartet noch am Straßenrand, bis wir im Haus sind, erst dann höre ich sie wegfahren.

Es ist ein Uhr morgens. Das Haus ist still, Cate schläft. Ganz langsam und leise steigen wir die Treppe hoch. Wieder hat sie den Arm um mich gelegt.

Ich schalte das Licht in ihrem Zimmer ein und die Deckenbeleuchtung springt an. »Zu hell«, grummelt sie. Ich bringe sie zum Bett, stelle stattdessen die Nachttischlampe an und mache das Deckenlicht wieder aus.

Unter ihrem Schreibtisch ziehe ich den Mülleimer hervor. »Den lasse ich hier, falls du ihn brauchst.« Ich zeige ihr ganz genau, wo ich ihn bereitstelle.

»Mmh.« Sie knöpft ihre Jeans auf. Bitte, mach, dass sie keine Hilfe beim Ausziehen braucht. »Kannst du mir ein T-Shirt geben? Aus dem ... Dings da ...« Mit einer Wischbewegung zeigt sie in Richtung Schrank.

In ziehe ein weites T-Shirt aus dem obersten Fach. Als ich mich wieder umdrehe, hat sie sich bis auf den BH und den Slip ausgezogen. Ich schaue auf den Teppich, studiere das geometrische Muster, während ich ihr das Oberteil hinhalte. Meine Arbeit hier ist getan. Ohne ein Wort gehe ich, schalte noch das Licht aus und schließe die Tür hinter mir.

## 19

Ich werde von Averys Stimme auf dem Flur geweckt. Sie klingt nicht direkt wütend, eher genervt. »Du kannst nicht einfach in mein Zimmer stürmen! Ich habe schon hundertmal gesagt, dass du klopfen sollst. Mein Gott, ich will endlich ein Schloss haben.«

Dann kommt Cates Stimme dazu, ruhig: »Dein Auto ist nicht da. Ich wollte nur sichergehen, dass du zu Hause bist.«

Avery unterdrückt ihren Ärger. »Ich weiß. Sorry.«

Einen Augenblick lang ist es still. Wahrscheinlich ein guter Zeitpunkt, dazwischenzugehen. Ich öffne meine Tür, strecke den Kopf in den Flur. »Morgen«, sage ich und wische mir noch die Reste vom Schlaf aus den Augen.

»Guten Morgen«, antwortet Cate.

Avery sagt: »Hey.«

Ich gehe ganz raus, schließe die Zimmertür hinter mir.

Cate lächelt mich an. »Ich mache Frühstück. Ich hoffe, du hast Hunger, ich habe nämlich viel zu viel Teig angerührt und es wird einen Haufen Pancakes geben.«

Allein der Gedanke an Essen lässt meinen Bauch laut

grummeln. »Ich glaube, ich könnte gerade allein einen ganzen Berg Pancakes verschlingen.«

Das muntert sie auf. *Gute Antwort.* »Also stellst du dich der Aufgabe! Wunderbar. Ich bin in der Küche.« Sie macht sich wieder auf den Weg nach unten.

Averys Mascara ist verschmiert. Ich will die Hand ausstrecken und ihr die schwarzen Schlieren unter den Augen wegwischen. »Du siehst scheiße aus.« Die Worte schaffen es ohne Erlaubnis aus meinem Mund. *So charmant.*

Ich rechne mit Wut, aber sie lacht nur leise, dann zuckt sie direkt zusammen und fasst sich an die Schläfe. »Ich fühle mich auch scheiße.«

»Wasch dir das Gesicht und putz die Zähne, das hilft.«

Sie schlurft ins Badezimmer. »Danke für gestern, übrigens.«

»Du solltest dich bei Spence bedanken, sie hat uns gefahren.«

Sie verzieht das Gesicht.


Das ganze Frühstück über – und auch Stunden später noch – kann ich einfach nicht anders, als die beiden anzustarren. Wir hängen alle im Wohnzimmer auf dem Sofa rum und schauen Fernsehen.

Reese.

Ich habe die unfassbare Liebe zwischen allen in dieser Familie kennengelernt und noch nie war ich so froh darüber, keine eigene zu haben. Es ist undenkbar, wie schmerzhaft es sein muss, wenn einem ein Teil des Herzens herausgerissen wird. Ich will es mir gar nicht vorstellen. Und dennoch, Avery und Cate – und Tom, immer so fröhlich und optimistisch – sind so normal, leben ihr Leben weiter, als würden sie nicht leiden. Vielleicht leiden sie nicht jede einzelne Minute, nicht mehr jedenfalls; vielleicht konnten sie in den zwei Jahren etwas darüber hinwegkommen. Aber trotzdem ... eine einzige Sekunde dieses Schmerzes ist genug für ein ganzen Leben.

Auf einmal komme ich mir unglaublich idiotisch vor. Blind. Mir ist nie etwas aufgefallen.

Nein, das stimmt nicht. Ab und zu habe ich ihre Trauer durchblitzen sehen – Tröpfchen, die durch winzige Risse drangen. Aber diese Spalten wurden immer so schnell wieder verschlossen, dass ich nie dahintergekommen bin. Jetzt, wo ich es weiß, wünschte ich, ich könnte es wieder vergessen. Ich hasse es, ihre Trauer zu kennen. Ich hasse es, dass sie das durchmachen müssen.

Ich hasse den Gedanken, dass ich im Zimmer von Averys verstorbener Schwester lebe und sie deswegen so komisch war, als sie bei mir geklopft hat. Ich hasse es, wie schlimm es für sie sein muss, die Einsamkeit, die sie fühlen muss, und dass sie es niemals laut aussprechen würde.

Ich hasse es, zu wissen, dass Reese und Spence befreundet waren und dass Cate deswegen neulich so überrascht war, sie zu sehen, und sich gefreut hat. Denn egal, was zwischen Avery und Spence passiert ist, Cate liegen die Freunde ihrer verstorbenen Tochter immer noch am Herzen – sie ist jemand, die sich sogar um Straßenkinder wie mich kümmert.

Was ich aber am meisten hasse, ist, wie hilflos ich mich fühle; es gibt nichts, das ich für sie tun kann. Ich beobachte, sehe die Nachwirkungen ihres Unglücks und bin so nutzlos wie ein gläserner Hammer.

»Es wird langsam spät, Schatz.« Cate klopft Avery auf den Oberschenkel. »Soll ich dich zu deinem Auto bringen?«

»Okay.« Avery dreht sich zu mir. »Willst du mitkommen?«

»Ja.«

Als wir auf dem Rückweg von Jasons Haus an einer roten Ampel halten, bemerke ich, wie Avery mit ihrer Ringkette spielt. Es ist nicht das gedankenverlorene Herumspielen mit neuem Schmuck; es ist bewusst, fast zweckmäßig. Ich verstehe, wieso – es ist nicht bloß ein hübsches Schmuckstück von vielen. Ich zeige auf die kleine Krone. »Die gehörte deiner Schwester, oder?«

Meine Beobachtung überrascht sie. Sie schürzt die Lippen, überlegt, wie viel sie erzählen will. Dann wird es Grün. Sie gibt Gas, nickt und sagt: »Es war ein Geschenk von meinen Eltern zu ihrem letzten Geburtstag. Der einzige Schmuck, den sie je getragen hat.« Ein leises Lächeln. »Glitzer und Mädchenkram waren nicht so ihr Ding, im Gegensatz zu mir. Manchmal frage ich mich, wie das sein kann, wir waren komplett gegensätzlich.«

»Das kenne ich von Geschwistern. Ich glaube, es ist häufig so.«

Wir biegen auf die Haskell Road ab und sie bringt den Wagen vor dem Dix Park zu Stehen. Hier war sie früher oft mit Reese. Wahrscheinlich haben sie schon als Kinder im Park gespielt – endlose Stunden auf der Schaukel oder als Prinz und Prinzessin im Spielhaus. Es muss unfassbar wehtun, jetzt hier zu sein.

Sie sieht mich an. »Gestern hast du gefragt, wie sie gestorben ist. Willst du es immer noch wissen?«

»Ja.« Und sie möchte darüber reden.

Sie stellt den Motor ab, zieht die Schlüssel. »Lass uns spazieren gehen.«

Wir bewegen uns auf den Spielplatz zu. Sie schweigt den ganzen Weg über, die Hände tief in den Taschen vergraben. Ich bin froh, dass die Sonne untergeht. Es wird langsam frisch; alle Kinder sind schon weg. Sie springt auf eine der Schaukeln, wirbelt Mulch auf. »Es ist eine lange Geschichte.«

Ich lasse mich auf die Schaukel neben ihr fallen. »Ich habe Zeit.«

»Ich habe es noch nie jemandem erzählt, nicht mal meinen Eltern.«

»Ich höre zu.«

Sie atmet tief durch. »Spence und ich ... wir haben sie umgebracht.«

What the fuck, wovon redet sie da? Sie hat ihre Geheimnisse, Spence sicher auch, aber das wäre zu krass für zwei Menschen, um es geheim zu halten. »Moment, ich verstehe das nicht. Fang von vorne an.«

Mit Zeigefinger und Daumen kneift sie sich in die Unterlippe, dreht sie, lässt sie wieder los. »Reese war etwas über ein Jahr älter als ich, eine Stufe über mir in der Schule. Und sie war so cool. Ich war die typische kleine Schwester, wollte alles machen, was sie macht. Sie hat mit Cheerleading angefangen, also habe ich auch angefangen. Wir waren immer zu dritt unterwegs, Drei Musketiere, verstehst du? Es war lange Zeit echt schön, bis zum Ende der Zehnten.«

Sie rutscht etwas hin und her, holt nochmal Luft. »Da hat sich was zwischen Spence und mir verändert, wurde ... körperlich. Es hat mit einem Kuss auf die Wange angefangen und im nächsten Moment haben wir uns ständig weggeschlichen und rumgemacht. Ich habe mir eingeredet, dass es nur Hormone oder so sind, dass ich nicht wirklich auf sie stehe. Aber ich stand auf sie. Es war so verwirrend – bisher mochte ich immer nur Jungs. Wir haben abgemacht, es niemandem zu erzählen, und das hat eine Weile lang geklappt. Bis zu einer Party in den Sommerferien.

Es ist alles etwas unscharf, aber das ist, woran ich mich erinnere: Wir waren beide angetrunken – sie mehr als ich, glaube ich, aber das spielt eigentlich keine Rolle. Von den Straßenlaternen schien Licht durch die Jalousien, sonst war es dunkel im Zimmer. Ich konnte sie kaum erkennen, aber ich konnte sie spüren – sie schob mich gegen die Wand, drückte sich an mich und wir küssten uns heftiger als sonst. Ihre Hände glitten unter mein T-Shirt ... Ich knöpfte ihre Hose auf, ganz hektisch und unbeholfen. Ich wollte sie. Ich habe so lange darauf gewartet, dass es passiert, und jetzt war es endlich so weit.

Dann flog die Schlafzimmertür auf. Die Musik der Party war plötzlich nicht mehr nur gedämpft und das Licht aus dem Flur schien viel zu hell. Irgendjemand rief ihren Namen. Es war Reese. Sie hat uns nichts erklären lassen, ist einfach davongerannt. Bis auf die Straße bin ich ihr hinterhergelaufen, habe sie angefleht, mit mir zu reden. Irgendwann hat sie sich dann umgedreht und gebrüllt: ›Ihr habt mich einfach angelogen, die zwei Menschen in meinem Leben, denen ich am meisten vertraue!‹ Das Letzte, was sie je zu mir gesagt hat, war: ›Finde allein nach Hause‹, bevor sie ins Auto gestiegen und losgefahren ist.«

Avery wischt sich Tränen von der Wange. »Das Verrückte ist, dass sie noch nicht mal getrunken hatte. Wir haben vorher eine Münze geworfen, sie war designierte Fahrerin. Sie muss eine Kurve zu schnell genommen haben. Ihr Jeep ist von der Straße abgekommen und gegen einen Baum geprallt. Verstehst du es jetzt? Spence und ich haben sie umgebracht.«

*Reese. Spence.* Avery. Endlich sehe ich sie scharf – schärfer als jemals zuvor. Ihre Farbe war nicht immer Grau; früher war es Rosa, reines Rosa. Aber dann hat sie zu viel verloren.

»Habt ihr nicht!« Die Strenge und die Lautstärke meiner Stimme verblüffen mich selbst.

Sie stößt ihre Schaukel ein Stück von mir weg. *Zu ernst.* Das ist ein heikles Thema, ich darf nicht so hart sein. »Ich hatte Pflegefamilien mit Schwestern – einmal sogar Zwillinge. Glaub mir, ich habe viele Auseinandersetzungen gesehen. Schwestern streiten ständig. Ihr hattet ein kleines Drama und sie ist weggerannt – das ist normal. Sie war aufgebracht. Sie hatte einen Unfall und ist gestorben. Das ist schrecklich und es tut mir leid, dass sie fort ist, aber es war nicht deine Schuld.« Und auch nicht die von Spence.

Sie seufzt. »Das Schlimmste ist, dass Reese bestimmt kein

Problem damit gehabt hätte. Also, wen interessiert schon, ob ich bi bin oder was auch immer? Wenn ich wollte, könnte ich morgen eine Frau heiraten. Ich glaube, dass wir es vor ihr verheimlicht haben, war das, was sie schockiert hat. Ich werde es nie erfahren.«

»Es ist nicht einfach, herauszufinden, dass man anders ist, und dazu zu stehen. Das kann einem Angst machen. Wenn Menschen einem wichtig sind, legt man viel Wert auf ihre Meinung. Auch, wenn man denkt, dass sie offen und aufgeschlossen sind, gibt es immer eine kleine Chance, dass man sich irrt.«

»Das stimmt. Aber ich kannte Reese, sie hat mich geliebt. Ich hätte ihr vertrauen sollen.«

»Du kannst dich nicht ewig deswegen fertigmachen. Und Spence auch nicht.« *Arme Spence ...*

Sie reibt sich die Stirn. »Das zwischen uns ist viel zu abgefuckt, das kann man nicht mehr retten. Es ist das Beste, wenn wir uns aus dem Weg gehen.«

»Verstehe.«

»Jetzt, wo du alles weißt, wäre ich dir dankbar, wenn das zwischen uns bleiben könnte.«

Ich muss Spence sagen, dass ich Bescheid weiß, sonst hätte ich immer das Gefühl, sie über diese grausame, enorme Sache anzulügen. Vor allem soll sie wissen, dass es ein Geheimnis ist, das sie teilen kann. Jetzt wissen es drei Leute. *Drei sind einer zu viel.* Und Eins ist die einsamste Zahl, die es gibt. »Ich werde es niemandem erzählen.« Niemandem, der es nicht selbst durchlebt hat.


Als wir nach Hause kommen, sitzt Cate zusammengerollt auf der Couch. Avery setzt sich neben sie und ich lasse mich auf den Sessel sinken. »Ihr wart lange weg«, sagt Cate.

»Ich habe es ihr erzählt.«

Cate sieht das Gesicht ihrer Tochter; sie braucht nicht zu fragen, was mir erzählt wurde.

»Es ... es tut mir so leid, Cate.« Das ist nicht genug, aber mehr habe ich nicht.

»Danke«, antwortet sie mit einem Lächeln, in dem vor allem Schmerz liegt.

## 20

Es ist der seltsamste Tag überhaupt. Seit ich wach bin, habe ich einen Knoten im Bauch. Ich will mit Spence über das reden, was Avery mir erzählt hat, aber in der Schule ...? Nein. Zu viele neugierige Augen und Ohren. Außerdem weiß ich nicht, wie sie reagiert, also ist es besser, wenn wir unter uns sind. Zwischen Block E und F habe ich ihr deswegen eine Nachricht geschickt und gefragt, ob wir nach ihrem Fußballtraining was machen können. Bisher keine Antwort.

Morgen schreiben Avery und ich einen Test über *1984*, der ein Drittel unserer Gesamtnote ausmacht. Mrs Henry hat uns heute einen aktuellen Fragebogen dazu gegeben und in der Mittagspause wollen wir anfangen, uns das ganze Wissen einzuprügeln. Ich habe keine Ahnung, wie sie auf die Idee kommt, in der Cafeteria wäre Lernen möglich. Ist es nämlich nicht. Viel zu laut und ihre Freunde scheinen das Konzept des Lernens auch nicht zu verstehen – nach jeder Frage werden wir unterbrochen.

»Ey, Brit, sind Valerie Spencer und du jetzt zusammen oder macht ihr nur rum?«, fragt Tasha.

Averys Kopf schnellt hoch. Sie wirft Tasha den heftigsten

Blick zu, den ich je von ihr gesehen habe. Tasha erzittert unter dem düsteren Funkeln, fast wie eine Blume, schutzlos dem Frost ausgeliefert.

Mich trifft die Frage ebenfalls wie aus dem Nichts. »Was?«

Tasha schaut fragend zu Avery, bittet um Erlaubnis. Averys Mund ist angespannt, ihre Augenbrauen hochgezogen. Sie wartet auf den richtigen Moment für ihren Angriff. Tasha fährt fort: »Also, die ganze Schule hat gesehen, wie ihr bei Averys Party rumgemacht habt, außerdem hängt ihr ständig zusammen.«

Und? »Hättest du ein Problem damit? Mit einem von beidem?«

Sie schüttelt den Kopf. »Ist deine Sache, nicht meine.«

»Warum fragst du sie dann?«, faucht Avery sie an. »Weil du deine Scheißnase einfach überall reinstecken musst, oder?« Zu mir sagt sie noch: »Du musst nicht antworten.«

Ich berühre sie an der Schulter, so wie ich es manchmal bei Tom gesehen habe, in der Hoffnung, dass es sie beruhigt – allerdings ohne mir Gedanken zu machen, was das bei mir auslöst. »Schon okay, das macht mir nichts aus.« Ich schaue Tasha wütend an. »Spence und ich sind nur Freunde.«

»Ah-ha«, erwidert Tasha, dann starrt sie auf ihr Essenstablett und stochert mit der Gabel in dem Haufen Kartoffeln.

*Wieso machst du dir die Mühe?* Im Reißverschlussfach meiner Umhängetasche vibriert es. Ich hole mein Handy raus.

*Spence: Okay. Kommst du zum Training?*

Beim Training zugucken, das machen doch klischeemäßig die Freundinnen von Sportlern. *Langweilig.* Aber es ist meine Chance, mit ihr zu reden. Ich sehe mich in der Mensa um, entdecke sie an ihrem Stammtisch, das Handy in der Hand.

*Ich: Mache ich.*

Als ich mich wieder umdrehe, bemerke ich, wie Avery auf mein Handy blickt, bevor sie sich wieder abwendet.

Erwischt. »Ich bleibe nach der Schule noch. Ich komme allein nach Hause.«

»Okay.« Sie hält sich eine Karteikarte vor das Gesicht. »Winston begeht ein Gedankenverbrechen, indem er was in sein Tagebuch schreibt?«

»Nieder mit dem Großen Bruder.«

Von der Mitte der Tribüne aus schaue ich beim Fußballtraining der Mädchen zu. Spence und ihre Coaches leiten es, als wären sie gleichgestellt, teilen die anderen in Gruppen zum Drilltraining ein und später für ein Trainingsspiel. Sie ist beeindruckend, weiß definitiv, was sie tut, und kennt auch die individuellen Stärken ihrer Teammitglieder. Es würde mich nicht überraschen, wenn sie irgendwann professionell spielt. *Du solltest mal zu einem ihrer Spiele.* Ich mag Fußball. Eine der wenigen Sportarten, die ich verstehe.

Die Coaches beenden das Training und Spence läuft zu einer Bank am Rand, wo ihre Tasche liegt. Sie winkt mich zu sich auf das Feld, während sie sich den Nacken abtrocknet.

»Na.« Sie bewirft mich mit dem Handtuch.

Ich kreische wie eine Tussi und werfe es zurück. »Widerlich.«

Sie lacht, stopft es in ihre Tasche. »Bereit?«

»Mmhm.«

»Wolltest du irgendwo Bestimmtes hin, oder ...?«, fragt sie.

»Irgendwo, wo wir in Ruhe reden können.«

Damit hat sie nicht gerechnet. Es macht ihr Sorgen. »Ähm, okay. Ich habe eine Idee.«

Wir fahren zum Balch Park, am verlassenen Baseballfeld hält sie an. Sie steigt aus und ich folge ihr zum Spielfeld, wo sie auf eine Bank auf der Heimseite rutscht. »Passt das?«

Ich schaue mich um. Niemand ist in Sicht. »Jup.« Ich setze mich neben sie.

»Mann, du wirkst ernst. Was ist los?«

Ich weiß nicht, wie ich anfangen soll. Es gibt keine Möglichkeit, es vorsichtig anzusprechen. Wie ein Pflaster über einer Schusswunde. *Reiß das Scheißteil einfach ab.* »Avery hat mir von Reese erzählt – wie sie gestorben ist und wie es dazu kam.«

Sie faltet ihre Hände zusammen, hält sich die Fingerknöchel an die Lippen und haucht sie an, wie um sie zu wärmen. Dann lässt sie sie wieder in ihren Schoß fallen und konzentriert sich auf mich. »Alles?«

»Alles.« Sehr detailliert.

Sie schnaubt ungläubig. »Ich hätte nicht gedacht, dass sie die Eier dazu hat.«

»Na ja ... Überraschung.«

»Ich bin froh. Nicht darüber reden zu können, war scheiße für mich.«

»Wir können drüber reden, wenn du willst.«

Sie presst ihre Lippen zusammen. »Was gibt es da zu sagen? Meine beste Freundin ist gestorben und meine erste Partnerin hat mich weggestoßen, weil sie unserer Beziehung die Schuld daran gegeben hat. Ich habe sie beide geliebt und auf einmal«, sie schnippt mit den Fingern, »waren beide weg.« Sie atmet aus. »Die Szene mit Avery bei der Party? Das war das erste Mal in fast zwei Jahren, dass wir überhaupt miteinander geredet haben. Alle dachten, wir hätten uns ohne Reese einfach auseinandergelebt, als wäre sie die einzige Verbindung zwischen uns gewesen. Und ich konnte nicht mal was sagen, weil ich echt scheiße wäre, sie zu outen. Es war alles so ein fucking Chaos.«

Sie versucht, ihre Tränen aufzuhalten, aber schafft es nicht – sie fängt an zu schluchzen, tief und leise, zitternd.

Es tut mir weh.

Ich zögere keine Sekunde: Ich nehme sie in den Arm, drücke sie fest an mich. Sie greift um meinen Rücken, klammert sich an meinem Hoodie fest. »Du kannst jetzt loslassen«, flüstere ich ihr ins Ort. »Lass es alles los.«

Lange Zeit halte ich sie einfach nur fest, während sie leise weint.

Ihre Augen sind immer noch rot, als sie mich bei den Cahills absetzt, aber sie wirkt leichter. »Weißt du noch, als ich meinte, du solltest in die Politik gehen?«, fragt sie, kurz bevor ich aussteige.

»Was ist damit?«

»Ich nehme es zurück. Du solltest Therapeutin werden. Du hast Avery dazu bekommen, sich dir anzuvertrauen.«

»Ich habe nichts gemacht. Nur zugehört.«

»Es ist mehr als das. Irgendetwas an dir hat sie zum Reden gebracht. Und mich auch. Ich glaube, was ich einfach sagen will, ist: Danke.«

Ich muss lächeln. »Jederzeit.«

Ich habe das Abendessen verpasst und vergessen, Bescheid zu sagen, dass ich weg bin. Cate bleibt aber cool. Im Flur vor dem Wohnzimmer wirft sie einen Blick auf mich und fragt: »Ist alles in Ordnung?«

»Ja, sorry. Ich habe die Zeit aus den Augen verloren.«

»Schon okay. Im Kühlschrank sind noch Reste.«

»Danke. Ich muss noch lernen. Wichtiger Test morgen.«

Auf dem oberen Treppenabsatz treffe ich Avery. Man sieht

mir an, dass etwas nicht stimmt, das weiß ich, denn sie mustert mich und fragt: »Was ist los?«

Ich habe kaum genug Kraft, mit meinem eigenen Kram klarzukommen, deswegen ist es für mich ziemlich anstrengend, wenn noch der von anderen dazukommt. Manchmal, wenn andere richtig emotional werden, bekomme ich das Gefühl, zu ertrinken – ein Symptom von Empathie, schätze ich. Die letzten Tage traf mich eine Welle nach der anderen und ... »Ich bin so müde.«

Dann tut sie etwas so Unerwartetes, dass ich nicht anders kann, als es passieren zu lassen: Sie umarmt mich. Meine Arme legen sich um ihre Taille und plötzlich halten wir uns gegenseitig fest. Komisch, wie ein reiner Reflex eine kurze Umarmung in ein Festhalten verwandeln kann.

Ihr zitrusartiger Geruch durchflutet mein Bewusstsein. Mein kompletter Körper fühlt sich warm an, alle Muskeln lockern sich. An dieses Gefühl könnte ich mich gewöhnen. Sicherheit. *Sicher in ihren Armen.* Ich reiße mich von ihr los. »Ich weiß, wir wollten eigentlich noch für den Test lernen, aber ich muss ins Bett.«

»Kein Problem. Schlaf mal lieber.«

»Gute Nacht.«

## 21

Inzwischen ist Reeses frühzeitiges Ableben etwas, wovon wir alle wissen, mehr nicht. Weder Avery noch Spence scheinen weiter darüber reden zu wollen. In den letzten zwei Tagen habe ich ihren Namen kein einziges Mal mehr gehört. Das ist gut, besser als gar nicht erst davon zu wissen.

Gestern gegen Mitternacht ist Tom aus Japan zurückgekommen – ich habe das Piepen der Alarmanlage gehört, als er reingekommen ist. Er weiß, dass ich weiß, was mit seiner ältesten Tochter passiert ist; ich habe zufällig gehört, wie Cate es ihm erzählt hat, als ich zum Frühstück in die Küche kam. Mir gegenüber erwähnt er es nicht.

Stattdessen hält er mir ein Päckchen hin, eingewickelt in Japanpapier. »Souvenir.« Er grinst. »Nächstes Mal fliegen wir alle zusammen hin. Familienurlaub.«

*Familienurlaub* ... Ich widerspreche nicht – entscheide mich, meine Fassungslosigkeit hinunterzuschlucken und das Geschenk zu öffnen. Es ist ein zusammengefaltetes Tuch. Ich breite es aus. Ein Druck von *Die große Welle vor Kanagawa* und es ist atemberaubend. »Das ist wunderschön. Ich liebe es.«

Er zwinkert. »Dachte ich mir.«

»Dad!« Avery stürmt in die Küche und springt ihrem Vater auf den Rücken.

»Uff!«, macht Tom. Sie rutscht wieder runter, dann schließt er sie fest in seine Arme. »Hey, Kleine!« Er gibt ihr einen Kuss auf die Stirn und zieht ein weiteres Päckchen aus seiner Hosentasche. »Für dich«, übergibt er es ihr schmunzelnd.

Sie öffnet es und zieht eine cremefarbene Karte mit einem japanischen Schriftzeichen drauf heraus. Sie liest vor, was unter dem Zeichen steht: »Kan-za-shi.« Sie löst das Geschenk aus der Schachtel. Es ist eine traditionelle japanische Haarnadel, von der an einem Ende künstliche rosa Kirschblüten baumeln, filigran mit Gold verziert. »Die ist so schön!«

»Zweimal Volltreffer«, triumphiert er, eine Faust in der Luft.

Avery sieht sich meinen Wandteppich an. »Oh, cool!«

Cate steht währenddessen am Herd und brät Omelette, was irgendwie verrückt ist. Ich habe keine Ahnung, wie sie es schafft, jeden Morgen Frühstück zu machen. Erst recht, wenn sie den ganzen Tag danach im Gericht verbringen muss. Man erkennt gut, wann sie vor einen Richter tritt – ihre Outfits sind schicker, als wenn sie nur ins Büro muss: Kostüme in dunkelblau oder grau statt der farbenfrohen Businesskleider. »Und wo ist mein Geschenk?«

»Das bekommst du später.« Tom lässt seine Augenbrauen anzüglich wackeln.

Kotz!

Avery macht nur: »Irgh!«

Cate dagegen kichert und serviert das Frühstück. »Los, essen!«

Ich habe zwar keinen Hunger mehr, aber ich zwänge mir trotzdem das Ei runter.

Auf halber Strecke zur Schule fängt Avery an: »Also, die Gallery Night. Bist du aufgeregt?«

Nein. Ich bin ein Wrack. Mr Warren meinte, meine Fotos seien »wirklich hübsch«, aber schließlich ist es sein Job, uns Mut zu machen. Sonst muss niemand etwas Nettes sagen. Sie könnten sagen, dass meine Arbeit nichts als Müll ist, und ich müsste es einfach schlucken. »Eher nervös.«

Sie starrt mich an, als sei es das Dümmste, was sie je gehört hat. »Musst du nicht sein. Ich habe dir doch gesagt, dass deine Sachen gut sind, und heute werden es auch alle anderen sehen.«

»Hm. Vielleicht.«

»Nicht vielleicht. Definitiv.«

Verdammt. Manchmal hasse ich es, wenn sie nett ist. Das bringt mich nur dazu, sie noch mehr zu mögen. »Okay, definitiv.«

»Schon besser«, strahlt sie.

———

Der Englischtest lief super, jetzt bleibt nur noch die Angst vor der Gallery Night, die in dreißig Minuten beginnt. Der Fotoclub trifft sich früher in der Aula, um noch letzte Vorbereitungen zu treffen. Alles ist so umgebaut, dass es wie eine echte Galerie wirkt. Es gibt einen Bereich für Gemälde, einen für Skulpturen, einen für Performance Art und einen für Fotografie. Avery und ich sitzen an einem Tisch im Fotobereich und montieren Bilder auf graue Passepartouts, die wir von Mr Warren bekommen haben – er meinte, so sieht es professioneller aus, und ich glaube ihm einfach.

Meine acht Fotos habe ich durchnummeriert, um zu zeigen, dass sie von links nach recht betrachtet werden sollen, in genau der Reihenfolge. Die ersten beiden – der Adler und der Falke – sind eher kühl und natürlich, während die nächsten vier – die

Serie mit dem Jungen auf der Schaukel – immer wärmer werden. Als Abschluss die beiden Fotos aus Salem Willows – unheimlich lebendig, mit den Rot- und Orangetönen, bei denen ich die Sättigung hochgedreht habe. Es gibt auf jeden Fall ein Thema: Schönheit hat viele Formen. Ich wünschte, ich könnte das Foto von Avery zeigen. Es vereint alle Formen davon.

Gerade als ich das letzte Foto montiere, ruft Mr Warren nach mir. Avery und ich schauen hoch. Er kommt zusammen mit einer großen Frau auf unseren Tisch zu. Die Frau sieht aus, als käme sie direkt aus den Siebzigern – dünner brauner Rock, beigefarbene Tunika und gelockte braune Haare, die ihr bis zur Hüfte reichen. Es fehlen nur noch die Blumen im Haar. »Britton, Avery, das ist meine Freundin Sara Roscoe. Sie unterrichtet Fotografie an der Boston University.«

»Hallo«, sie schüttelt uns die Hände.

»Hi«, sagt Avery.

»Professorin.« Ich nicke.

»Sara«, korrigiert sie mich. »Hast du einen Moment, um über deine Arbeiten zu sprechen?«

Ich gucke zu Avery, die ihre Stirn runzelt und albern lächelt.

»Klar.« Ich ziehe den Stuhl neben meinem zurück und Sara setzt sich. Sie nimmt jedes meiner Fotos hoch und inspiziert es schweigend.

»Die Farbabstufung ist bemerkenswert. Kannst du mir etwas zu deiner Idee erzählen? Wieso hast du diese Fotos ausgesucht und wieso in dieser Reihenfolge?«

»Ähm, ja.« Ich zeige auf die linke Seite des Tisches. »Die sind echt, komplett unberührt, genauso wie ich sie geschossen habe. Nach rechts werden die Fotos immer stärker bearbeitet, Licht und Schatten, Farbintensität, Schärfe und Unschärfe. Ich wollte den Unterschied zwischen dem Echten und dem Künstlichen betonen, und dass beides auf eine Art und Weise faszinierend sein kann.«

»Und Mr Warren hat erzählt, die Fotos seien mit einer einfachen Point-and-Shoot-Kamera gemacht worden. Stimmt das?«

Er hat mit ihr über meine Fotos geredet? *Äh, klar, Idiotin, wieso sollte sie sonst ihre Zeit mit dir verschwenden?* »Alles, was ich habe, ist eine Canon PowerShot, also ja.«

Sie fasst sich an die Lippen, betrachtet noch einmal jedes Bild einzeln. »Die sind fantastisch. Ich würde gern sehen, was du mit besserem Equipment zustande bringst. Du hast ein gutes Auge für die Wahrheit hinter der Fassade von Dingen, das ist eine seltene Gabe. Ich hoffe, du wirst sie weiterhin pflegen.«

»Ich werde es versuchen. Ich möchte nächstes Jahr Fotografie studieren.«

»Das freut mich.« Sie greift in ihre Handtasche, holt eine Visitenkarte heraus und reicht sie mir. »Falls du Tipps für das Zusammenstellen deines Portfolios brauchst – zum Beispiel für eine Bewerbung an der BU im Herbst –, melde dich gern.«

Ich bin fassungslos. »Das wäre großartig. Danke.«

»Gern.« Sie steht auf. »Mach weiter Fotos. Avery, schön, dich kennenzulernen.« Sie geht zurück zu Mr Warren, der inzwischen einen Tisch mit Snacks vorbereitet.

Avery gafft mich an. »Eine Professorin für Fotografie hat eben deine Fotos angesehen, sie als *fantastisch* bezeichnet und will dir helfen, aufs College zu kommen! Wie kannst du gerade nicht völlig ausrasten?«

»Tue ich. Innerlich.«

»Du kannst es auch äußerlich machen, weißt du. Solltest du sogar.«

Ich bin zu sehr darauf konditioniert, ehrliche Freude für mich zu behalten – man weiß nie, wie schnell sie wieder verschwindet, und ich halte gern so lange wie möglich daran fest. Wenn niemand anderes es mitbekommt, kann es auch niemand anderes kaputtmachen. Aber Avery hat mich schon ganz weit unten gesehen, sie hat auch das andere Extrem verdient. »Okay, okay, das war sooo cool!« Ich werfe meinen Kopf zurück und quietsche in meine Hände hinein.

»Na also«, lobt sie lachend.

Ich stehe die ganze Zeit in der Nähe meiner Fotos und habe noch keine negativen Kommentare gehört – erstaunlich, da Jugendliche echt fies sein können. Ein Haufen fremder Leute hat mich schon darauf angesprochen. Nachgefragt, wo sie gemacht wurden, welche Software ich zur Bearbeitung benutzt habe, sowas. Ich habe einige Mal »Wow«, »Hübsch« oder »Toll« mitbekommen. Selbst die Kunstlehrer haben die Fotos gelobt. Langsam werden die ganzen Komplimente zu überwältigend. Ich war noch nie gut darin, Lob anzunehmen.

Die Aula ist inzwischen brechend voll. Tonnenweise Eltern strömen herein, um die Kunstwerke ihrer Kinder zu begutachten. Fast, als wäre das hier eine professionelle Ausstellung und der große Durchbruch ihres Kindes. Für mich hat es einen schmerzhaften Beigeschmack. Ich bin froh, dass so viele meiner Mitschüler Eltern haben, denen es wichtig ist, herzukommen, gleichzeitig tut es weh, dass ich genau das nicht habe.

»Ey, Brit, die sind echt krank gut.«

Olivia? Und Mack und Hannah und natürlich: Spence. Gut, dass Avery sich gerade die Skulpturen im anderen Bereich ansieht. »Ihr seid ja wirklich gekommen!«

Spence schneidet eine Grimasse. »Du warst begeistert genug, um uns einzuladen. Es muss also wichtig sein.« Sie wirft ihren Arm um meine Schulter, zieht mich zu sich, sodass ich vor meinen Fotos stehe. Es ist das hundertste Mal an dem Abend, aber diesmal fühlt es sich besonders an.

»Die von dem kleinen Jungen sind so süß«, kommentiert Hannah.

Mack fügt hinzu: »Die Farben sind auch schön. Das Blau ist krass.«

Olivia beugt sich vor, inspiziert das Foto vom Wanderfalken genauer. »Ey, was für ein Vogel ist das? Ein Habicht?«

»Ein Falke.«

»Yo, was ist der Unterschied?«

Ich schnaube laut Luft durch meine Nase und halte einen kleinen Vortrag über die Anatomie von Greifvögeln.

Danach quatschen wir noch kurz zu fünft, bis Spence bemerkt, dass Avery auf uns zukommt. Sie stößt Mack an. »Leute, lasst uns noch zu den Skulpturen gehen.«

»Ist gut«, antwortet Olivia. »Bis später.« Sie schlägt mit mir ein.

»Gute Bilder«, lobt Hannah noch und gibt mir ein Highfive.

Mack nickt mir ebenfalls zu: »Guter Scheiß.« Das ist das Netteste, was sie bisher zu mir gesagt hat.

Spence entscheidet sich für eine Umarmung. »Danke für die Einladung. Es war echt cool.«

Der Damm ist gebrochen. Für uns bleibt es bei der Umarmung und das ist völlig in Ordnung für mich. »Danke fürs Kommen.«

Als sie weg sind, schleicht sich Avery neben mich. »Rate mal, wer hier ist.«

»Wer?«

Sie zeigt zum anderen Ende der Aula, wo gerade Cate und Tom durch die offenstehende Flügeltür treten. »Du hast deine Eltern eingeladen? Du wolltest doch nicht mal Fotos einreichen.«

»Die sind deinetwegen hier, Dummerchen.«

Oh. Wow. Das ist ... was Neues. Hitze breitet sich in meiner Brust aus, steigt in mir hoch, bricht in Sturzwellen über mich herein. Ich kenne dieses Gefühl. *Nicht weinen!*

Tom entdeckt uns als Erstes und zeigt Cate, wo wir sind. Beide fangen sofort an zu strahlen, als sie bemerken, dass ich sie sehe. Sie bahnen sich einen Weg durch die Menschenmasse.

»Hi, Mädels!«, ruft Tom uns zu. Cate winkt und geht direkt zu meinen Fotos. Tom gesellt sich zu ihr.

Ich will nicht zu nah bei ihnen stehen. Der Kloß in meinem Hals ist immer noch da, und sollte ich etwas von ihrem Gespräch mitbekommen – besonders wenn es Lob ist –, wäre das alles andere als gut für meinen Vorsatz, nicht zu weinen.

Nach einer Weile kommt Cate zu mir. Ihr Blick ist offen und weich. »Die sind wunderbar, einfach traumhaft.« Sie drückt meine Hand kurz, lässt sie wieder los, aber ohne Eile.

Tom stimmt mit ein: »Das hast du sehr gut gemacht, Kleine! Ich bin stolz auf dich.« Er klopft mir auf die Schulter.

Stolz ... auf mich? *Wage es ja nicht, in Tränen auszubrechen!* »Freut mich, dass sie euch gefallen. Ähm, entschuldigt mich kurz.«

So schnell es geht, stürme ich aus der Aula, aber ohne zu rennen. Die Toiletten auf der anderen Seite der Eingangshalle sind leer – Gott sei Dank. Ich stelle einen der Wasserhähne an und spritze mir kaltes Wasser ins Gesicht. Tropf. Tropf. Dann starre ich so lange mein Spiegelbild an, bis ich sicher bin, dass sich die Sturzflut in mir aufgelöst hat.

Cate und Tom bleiben noch den gesamten Abend. Zu viert schlendern wir durch die Ausstellung, betrachten die Kunstwerke. Tom ist völlig fasziniert von einem Performancestück mit dem Titel »Schattenspiel«. Es ist ziemlich selbsterklärend: bunte Papierbögen, ein Rampenlicht und die Schatten von gewundenen Körpern. Weder Avery noch ich verstehen den Reiz daran, aber verschiedene Arten von Kunst sprechen unterschiedliche Menschen an.

Um Punkt neun Uhr beendet der Leiter der Kunstabteilung den Abend mit einer Rede, in der er noch einmal allen Gästen fürs Kommen dankt und um eine Runde Applaus für die Künstler bittet. Cate, Tom und Avery klatschen besonders laut für mich und ich spüre, wie meine Wangen zu glühen beginnen. Danach hänge ich meine Fotos wieder ab und anschließend begleiten Avery und ich ihre Eltern zu Cates Auto.

»Danke, dass ihr da wart«, sage ich. Aber das trifft es nicht einmal ansatzweise. Sie waren für mich da, auf eine Weise, wie noch nie jemand für mich da war; das Mindeste, was ich tun kann, ist, sie beide zu umarmen. Und das möchte ich auch, also tue ich es – zuerst Cate, die ganz sanft ist, dann Tom, der mir die beste Bärenumarmung überhaupt gibt, inklusive eines kleinen »Grr«, wie bei Avery heute Morgen.

Ich hätte nichts dagegen, wenn solche Umarmungen in meinem Leben regelmäßiger vorkommen würden, entscheide ich, während sie wegfahren. *In angemessenem Rahmen.*

Auf der Fahrt nach Hause wandert Averys Aufmerksamkeit zwischen der Straße und mir hin und her – verstohlene Blicke, wenn sie denkt, dass ich nicht hingucke. *Will sie jetzt was sagen oder nicht?*

»Meine Eltern mögen dich echt. Dad meinte, du wärst ›eine gute Seele‹, und ich so: ›Okay, Boomer‹, denn wer sagt heutzutage noch sowas?«

Ich lache leise. Genau das habe ich gerade gebraucht. »Ich mag sie auch.«

»Ja, sie sind in Ordnung.«

Nein, sie sind überragend.

»Ich liebe das Foto von dem kleinen Jungen, der von der Schaukel springt. Das, wo er direkt vor der Sonne ist. Kann ich das haben?«, fragt Avery, als wir ins Haus gehen. Ich halte alle Fotos übereinander gestapelt in den Händen.

»Ich würde mich auf einen Handel einlassen.«

»Was willst du?«

»Du lässt mich ein Foto von dir machen. Ein richtiges, mit Erlaubnis und allem.«

»Wie, jetzt sofort?«

»Wann immer du willst. Wir können ein Fotoshooting im Park machen.«

Wieder dieses Auf-die-Lippe-Beißen. Sie überlegt. »Nur, wenn du versprichst, dass du mich so schön aussehen lässt wie beim ersten.«

»Das war nicht ich, das habe ich doch gesagt. Das warst allein du.« *Puh, gewagt.* Wo kam das denn her? Und jetzt kommt wieder dieses Trillern in meinem verdammten Bauch.

Sie streicht sich eine lose Haarsträhne hinters Ohr und sieht zu Boden. »Okay, Deal.«

Ich gehe die Fotos durch, ziehe das heraus, das sie haben will, und gebe es ihr. »Vorabzahlung für kommende Dienstleistungen.«

Sie macht *Tsss*: »Wenn alle deine Tauschgeschäfte so laufen, verdienst du ja nie was.«

Ich zucke mit den Schultern. Wer braucht das schon?

## 22

Am Donnerstag und Freitag reden alle in der Schule nur noch über irgendeine »Pep Party«, die heute Abend stattfinden soll. Das Konzept dieses ganz speziellen sozialen Zusammentreffens ist mir komplett fremd: Alle Sportler des Abschlussjahrgangs aus allen Sportarten und aus jeder Saison kommen zusammen, um bei einer riesigen Veranstaltung ihr Sportlersein zu feiern. Ganz so, als wäre das die einzig interessante Eigenschaft, die sie besitzen. *Gähn.* Das Ganze ist von der Schule mitfinanziert, was bedeutet, dass Coaches und andere Erwachsene mit Verbindung zum Sport ebenso willkommen sind. Ich habe aber schon gehört, dass manche trotzdem Alkohol reinschmuggeln – typisch Highschool, unangebracht und übertrieben. Als gäbe es nicht genügend Hauspartys ohne Erwachsene, wo man ungestört trinken kann. Da könnte man vor den Coaches ruhig eine Pause einlegen.

Olivia ist schon gehypt. Spence nicht. Sie scheint eher besorgt. Die Glocke verkündet das Ende der Mittagspause, und während wir die Mensa verlassen, frage ich: »Du willst nicht zur Pep Party? Wir könnten stattdessen was zusammen machen.«

»Ich bin Captain. Ich komme da nicht raus.«

Oh, verstehe. Es gibt hier also ganz eigene Traditionen – zum Beispiel den Herbstball im November statt des Homecoming-Balls am Anfang des Schuljahres. Wahrscheinlich, damit sich nicht alle ohne Baseballjacken mit Spielernummer hinten drauf ausgeschlossen fühlen. »Ich sehe schon, du bist echt begeistert.«

Sie fängt an zu flüstern: »Ich weiß nicht, ob Avery kommt. Sie ist nicht mehr bei den Cheerleadern, aber ...«

Meine Fresse, die beiden können sich nicht mal lang genug zusammenreißen, um etwas zu unterstützen, was für beide ein Riesending ist? Und ich hatte gehofft, dass es jetzt besser wird – oder zumindest halbwegs auszuhalten –, nachdem beide die Sache endlich loswerden konnten. »Ich könnte versuchen, sie dazu zu bringen, nicht hinzugehen ...« Wie, sie nach einem Date fragen, Essen und Kino und so? *Als ob sie Ja sagen würde.* Bisexualität heißt nicht »steht auf jeden Menschen der Welt«. Außerdem sind Pflegeschwestern doppelt tabu.

»Nein. Sie hat das Recht, da zu sein, genau wie ich. Ich gehe ihr einfach aus dem Weg.«

»Ich würde ja mitkommen, aber ich habe überhaupt nichts mit Sport zu tun.«

Sie sieht mich an, als wäre ich ein Genie. »Du kannst kommen.«

Ich schüttle den Kopf. »Ich hätte das Gefühl, nicht dazuzugehören.«

»Wenn sie dich fragen würde, würdest du mitkommen?«

*Scheiße.* »Ich bezweifle, dass sie fragt.« Und selbst wenn, jetzt könnte ich unmöglich zustimmen. Das wäre Spence gegenüber unfair. Ich stelle mich auf keine der beiden Seiten oder habe Favoriten, trotz meines absurden Crushs für Avery.

Gegen sieben ist Avery fertig für die Party. Sie trägt ein orange-schwarzes Beverly-High-T-Shirt. *Glitzerndes Megafon, ich verstehe.* »Muss man bei eurer Veranstaltung die Sportuni-formen anziehen?«, frage ich von meinem Platz auf dem Sessel aus – ganz offiziell mein Lieblingsort in diesem Haus.

»Eigentlich schon, zumindest für die Herbstsportarten. Aber weil ich meine nicht mehr habe, muss das hier herhalten.«

»Zeig's ihnen.«

Sie kichert. Ich denke, damit ist die Unterhaltung vorbei, aber sie dreht sich noch einmal um und kommt zurück ins Wohnzimmer. »Du willst nicht mitkommen, oder? Ich bleibe auch nicht lange.« Halbherzig versucht sie, ihre Hoffnung zu verbergen.

Partys sind wirklich nicht ihr Ding. Nicht, seit Reese beim Verlassen von einer gestorben ist. »Will ich wirklich nicht.« Verdammt, dieser niedergeschlagene Blick.

Ich sitze in meinem Zimmer und höre das *Ding Dong* der Türklingel. Ich schaue auf die Uhr auf meinem Schreibtisch – viertel vor acht.

»Britton!«, brüllt Tom. »Du hast Besuch.«

Schritte auf der Treppe. Dann klopft es an meiner Tür. Ich öffne und vor mir steht Spence. Ihre Haare sind offen, die langen rotbraunen Locken fallen über ihr Fußballtrikot, das sie vorn in ihre Jeans gesteckt hat. »Hi. Kann ich reinkommen?«

Zögerlich tritt sie über die Schwelle und sieht sich um. »Es ist komisch, wieder hier zu sein. Die Möbel sind neu.«

Ich will ihr sagen, dass Avery es auch nicht aushält. »Also ... was gibt's?«

Sie steckt sich die Hände in ihre hinteren Hosentaschen. »Du warst nicht auf der Party.«

»Avery hat mich nicht eingeladen.«

Jetzt verschränkt sie ihre Arme vor der Brust. »Bullshit.«

»Okay, na gut. Ich hatte keine Lust.«

»Wieso nicht?«

»Ich will mich nicht wieder um sie kümmern müssen, wenn sie sich besäuft.« Das stimmt nur so halb. Ihr Geburtstag war ein Desaster und es gefiel mir überhaupt nicht, sie so zu sehen, aber ich habe kein Problem damit, mich um sie zu kümmern, wenn nötig. Die Wahrheit ist, dass ich nicht der Schutzschild für eine der beiden sein will; ich will, dass sie miteinander klarkommen. Sie können sich nicht ewig aus dem Weg gehen.

»Dann kümmere dich halt nicht um sie.«

»Das könnte ich nicht, so bin ich nicht.«

»Nein, bist du nicht.« Sie entspannt sich, schmunzelt. »Mal sehen, wie es läuft. Los, zieh dich um.«

Sie möchte so dringend, dass ich zu dieser verdammten Party komme, dass sie diese selbst verlässt, um mich zu holen? Wie kann ich da Nein sagen? *Versuch's mal mit* »Wenn ich *nicht im Pyjama gehen kann, bin ich raus*«. Hach. »Gib mir zwei Minuten.« Sie regt sich nicht. »Du weißt, dass du aus dem Zimmer gehen musst, damit ich mich umziehe, oder?«

»So schüchtern?«

»Du bist echt schlimm.«

»So sagt man.«

Spaßhaft stoße ich sie mit dem Ellenbogen an und sie geht raus auf den Flur.

Sie erzählt mir noch, dass die Pep Party bei Kevin zu Hause stattfindet – sein Dad ist der zweite Coach vom Basketballteam der Jungen – und dass er am anderen Ende der Stadt wohnt; im weniger reichen Teil, kurz vor Salem. Als wir in eine Straße einbiegen, die am Gelände des Kernwood Country Clubs entlangführt, wird mir allerdings klar, dass es keinen »weniger reichen« Teil in dieser Stadt gibt.

Die Straße ist inzwischen nicht mehr befestigt und die Bäume am Rand werden immer dichter. »Du fährst mich aber nicht in den Wald, um mich umzubringen, oder?«

»Nee, ich mag dich, du darfst leben.«

Wir halten vor einem gewaltigen Backsteinhaus im Ranch-Stil. Die Kieseinfahrt quillt über vor Autos, die zum Teil schon auf den akribisch geschnittenen Rasen ausweichen mussten. Spence ist das genauso egal wie allen anderen. Sie parkt auf dem Grünzeug.

Ein paar Plätze vor Sweet Caroline steht Averys BMW. Allein beim Vorbeigehen scheinen sich alle Muskeln in Spences Körper sofort zu versteifen. Aber wieso? Sie hat sie heute doch bestimmt schon gesehen. *Für sie ist es auch hart – jedes einzelne Mal.* »Du bist viel zu angespannt. Willst du einen schmutzigen Witz hören?«

»Bitte.«

»Was haben Eis und Pussys gemeinsam?«

Sie lacht jetzt schon. »Was?«

»Man hat nach dem Lecken direkt Lust auf mehr.«

Sie schnaubt. »Das findest du schmutzig? Du solltest mal meine Brüder hören.«

»Mehr habe ich nicht. Ich hatte leider nicht das Vergnügen, Brüder zu haben.«

»Er war gut.« Sie greift nach der Türklinke und wir gehen rein.

Es ähnelt mehr oder weniger Averys Geburtstag, nur dass alle Kostüme tragen – äh, Sporttrikots – und dass Erwachsene da sind. Aber nicht die richtigen, sondern eher welche, die sich viel zu gut mit Jugendlichen verstehen und krampfhaft an ihrer eigenen verlorenen Jugend festhalten.

Spence begrüßt ein paar Sportlerinnen aus anderen Bereichen, vor allem Volleyball. Alle tragen ihre kompletten Uniformen, müssen also direkt von einem Spiel kommen. Ihre Shorts sind eher Unterwäsche. Wie können sie darin Springen oder was auch immer, ohne dass die Dinger in ihrem Hintern verschwinden? Die armen Mädchen.

Dann finden wir ihre Teamkolleginnen. Sechs von ihnen

stehen um den Billardtisch, spielen und unterhalten sich. Bisher habe ich nur mit Olivia und Spence geredet, also bin ich überfordert. Zum Glück kann ich bei Gruppentreffen ziemlich gut auf locker tun. Sie stellt mich allen vor und ich plaudere ein bisschen, lächle und lache einfach mit.

Es stimmt nicht, dass sie alle lesbisch sind. Das wird mir klar, als ich in eine Diskussion über die Hintern von Red-Sox-Spielern verwickelt werde. Die meisten sind sich einig, wer in der Baseballuniform am besten aussieht: Xander Bogaerts und Dustin Pedroia, mit oldschool Johnny Damon noch im Rennen.

»Und was meinst du?«, fragt mich ein Mädchen namens Erin.

»Bei dem Thema bin ich raus.«

Olivia schaltet sich ein: »Arsch ist Arsch, egal, an wem er ist.«

»Ähm, Big Papi?«

Das bringt mir eine Runde Gelächter ein.

»Oh, Süße, du bist wirklich *full homo*, hundert Prozent!«

»Ich meinte doch, ich bin raus bei dem Thema.«

»Hey, cooler Song«, geht Spence dazwischen. Ich muss mich anstrengen, bei dem Durcheinander an Stimmen überhaupt etwas zu hören. Es ist »What I Need« von Hayley Kiyoko.

»Oh ja.« Ich ziehe sie auf den provisorischen Dancefloor.

Sie kennt den Text und singt beim Tanzen mit – und zwar gut, sie trifft jeden Ton. So ausgelassen habe ich sie den ganzen Abend noch nicht gesehen. Es gefällt mir. Die beste Version ihrer selbst – so, wie es immer sein sollte –, ohne Stress, der sie runterzieht, ohne Trauer.

Und dann bemerke ich Avery. Liz und Amy arbeiten an der Bar, verteilen Limos und Bier an die Erwachsenen und Fruchtsaftcocktails – zweifellos mit Schuss – an die Kinder. Bei ihnen hängt sie rum.

Das Lied wechselt und ich höre so abrupt auf zu tanzen, dass es Spence völlig aus dem Takt bringt. »Was ist?«

»Ich will was trinken. Du auch?«

»Ja.« Aber sie schürzt die Lippen, als sie die Bar sieht.

Kein verdammtes umeinander Herumtänzeln mehr! »Reiß dich zusammen, Valerie!« An der Hand zerre ich sie zum Tresen.

Avery sieht uns kommen, wirft einen Blick auf Spence. Ich höre, wie sie »Ich verschwinde« zu ihren Freunden sagt, uns sehe, wie sie weggehen will.

»Reiß dich zusammen«, murmelt Spence kaum hörbar. Sie packt Averys Handgelenk, als sie an uns vorbeigeht, und hält sie fest. Avery versucht, sich loszureißen, aber Spence lässt nicht locker. Sie starren sich an. Ich sehe den Schmerz auf Spences Gesicht – nackt, unausweichlich. »Mir fehlt Reese auch, weißt du. Sie war meine beste Freundin. Und du fehlst mir.«

Avery schaut kurz zu mir. Ja, wir haben darüber geredet. Dann wandert ihr Blick wieder zu Spence und ihr Kinn klappt nach unten.

Spence ahnt, was in ihrem Kopf vorgeht, und schiebt hinterher: »Du weißt, wovon ich rede. Ich meine unsere Freundschaft, vor dem ganzen anderen Kram. Ich wünschte, wir könnten dahin zurück.«

»Das ist unmöglich!«, blafft Avery sie an. Danach, leiser: »Jedes Mal, wenn ich dich ansehe ...«

Ich weiß, dass sie nicht einfach nur wütend ist. Die Schuldgefühle und die Trauer erdrücken sie, aber dennoch kann ich nur all die Wut sehen. Und das macht mich selbst wütend. Die beiden hatten etwas Besonderes, etwas Wunderschönes, bevor das alles zerplatzt ist: eine tiefe Freundschaft.

Dieses eine Mal halte ich mich nicht zurück. Mir ist sogar

egal, dass überall um uns herum Leute stehen. »Du bist eine Idiotin, Avery!«

Ihre Augen könnten jeden Moment aus ihrem Kopf ploppen. »Bitte was?«

»Du bist eine Idiotin«, wiederhole ich etwas ruhiger und mache einen Schritt auf sie zu. »Du kannst nicht akzeptieren, dass Unfälle nun mal passieren. Außerdem bist du entweder zu blind oder zu dumm, um zu sehen, wie wichtig du Spence bist. Ich würde die gesamte Welt für eine Freundin wie sie niederbrennen. Mal ehrlich, denkst du, deiner Schwester würde es gefallen, euch beide so zu sehen? Ich glaube nicht.«

»Was weißt ...«

Ich halte meine Hände in die Luft. »Ich will es nicht hören.« Dann nehme ich Spences Arm. »Bring mich hier raus.« Sie sieht überrascht aus, führt mich aber trotzdem weg.

»Fick dich, Britton!«, ruft Avery mir hinterher.

Ich drehe mich nicht um.


Verärgerung zeige ich nicht oft, egal ob gerechtfertigt oder nicht. Zu offen und zu gefährlich. Deswegen bin ich kaputt und lehne mich an den Kofferraum von Sweet Caroline. In dem spärlichen Licht der Außenbeleuchtung ist es kaum erkennbar, aber Spences Gesicht zeigt immer noch reines Erstaunen. »Ich fasse es nicht, dass du das gesagt hast. Niemand redet so mit Avery Cahill.«

»Sie ist nicht die fucking Queen.«

»Das weiß sie jetzt. Ich glaube, das wissen jetzt alle.«

»Ich war kurz echt laut, oder?«

Zustimmendes Nicken.

»Na ja, ihr seid mir beide wichtig und ich hasse es, dass ihr nicht mal im selben Raum sein könnt, wegen etwas, wofür niemand was kann. Es gibt hier keine Schuldigen.«

»Ich weiß.«

»Und ich hasse es auch, dass ich nichts tun kann, damit es ihr besser geht.«

»Nein, das kann sie nur selbst.«

Ich seufze. Ich will ihr helfen, dahinzukommen, aber erstmal muss sie es überhaupt wollen.

»Danke, dass du auf meiner Seite warst«, sagt Spence.

»Dafür sind Freunde doch da, oder nicht?« *Oder nicht?*

Sie grinst. »Stimmt.«

## 23

Am Samstag schaffe ich es, Avery aus dem Weg zu gehen, indem ich mich in meinem Zimmer verschanze. Ich verlasse es nur ab und zu, um mir aus der Küche etwas zu Futtern zu holen. Ich komme nicht mal zum Abendessen runter – mit ihr an einem Tisch zu sitzen, ist undenkbar. Als sie nach mir sehen, sage ich Tom und Cate, dass ich mich nicht gut fühle, was genau genommen keine Lüge ist, auch wenn es eher emotionales Leiden ist. Cates Mutterinstinkt blüht sofort auf. Sie misst sogar meine Temperatur und ist erleichtert, dass auf dem Thermometer nur siebenunddreißig Grad aufleuchtet. Ich hoffe, das macht sie nicht misstrauisch. »Wahrscheinlich nur Allergien. Schimmel«, lenke ich ab. Dagegen bin ich wirklich allergisch, aber der Herbst war bisher eher mild mit wenig Regen.

Tom besorgt sofort Allergietabletten aus der Apotheke und bringt sie mit einem Glas Wasser nach oben. Er holt eine Tablette heraus, legt sie in seine Hand und hält sie mir zusammen mit dem Wasser hin. »Runter damit.« Er glaubt wirklich, dass ich ein Kind bin, das einen Vater braucht. *Bist du auch, du bemitleidenswerte Quasiwaise.*

Es ist so herzerwärmend, dass ich es kaum aushalte. Ich

mache, was mir gesagt wird, und schlucke alles.

Sobald sie wieder weg sind, lege ich eine meiner wenigen Blu-rays ein – den Sci-fi/Horror-Klassiker *Sie leben* – und schlafe ein.

---

Gegen späten Nachmittag am Sonntag halte ich es nicht mehr aus. Und Montag ist auch noch frei. Unser erster – und hoffentlich letzter – Streit muss ausgerechnet auf ein langes Wochenende fallen. Ich hätte es wissen müssen, natürlich sorgt das Schicksal dafür, dass ich besonders viel Zeit habe, darüber nachzugrübeln.

---

Avery ist schon seit einer Weile weg. Cate erzählt mir, dass sie mit Amy und Kylie in der Mall ist. Ihre Abwesenheit kommt mir zugute. Ich kann mich entspannen, mich in den Sessel fallen lassen und über den besten Weg nachdenken, wie ich diese Scheißsituation wieder gutmachen kann. Um Vergebung zu winseln, wird nicht funktionieren; das würde sie nur nerven. Eine einfache Entschuldigung reicht auch nicht. Wieso zur Hölle habe ich mir vorher keine Gedanken über die Konsequenzen gemacht?

Ich könnte weinen? *Das ist verdammt schwach.* Der einzig akzeptable Zeitpunkt für Tränen ist während einer Panikattacke, wenn mein logisch denkendes Gehirn sich verabschiedet und mein primitives Reptilienhirn übernimmt.

Ich könnte ihr einen Brief schreiben? *Willst du, dass sie dir vergibt oder dass sie dich auslacht?*

Ich könnte ihr Blumen kaufen? *Lol, was?* Nein, das ist komisch. Totaler Ehefrauen-Move.

Die Haustür geht auf und wieder zu. Ich schließe die Augen. Bitte lass es Tom sein. Als ich die Augen wieder öffne, steht Avery mit etwa fünfzehn Tüten in den Armen im Flur. Shoppen als Bewältigungsstrategie.

Ich springe auf. »Hey.«

»Hi.«

»Brauchst du Hilfe?«

Sie streckt ihre linke Hand vor. Ich greife alle Henkel zusammen und nehme ihr die Tüten ab. »Kommst du mit hoch?«, fragt sie.

Wir gehen in ihr Zimmer, sie schließt die Tür. Ich stelle die Tüten auf dem Boden ab, dann drehe ich mich um und zucke unter ihrem Blick zusammen. Die restlichen Tüten legt sie auf den Schreibtisch. »Wir müssen reden.« Sie zeigt auf ihr Bett. »Setz dich.«

*Nicht ihre Marionette. Oder ihr Hund.* Ich setze mich. Sie hat die gleiche weiche, sich dem Körper anpassende Matratze wie ich. Sie nimmt neben mir Platz. »Hör mal, ich wollte mich entschuldigen. Ich hätte nicht sagen sollen, dass du dich ficken sollst. Das war unangemessen.«

»Ich habe es verdient. Ich war auch nicht gerade die liebenswürdigste Version meiner selbst. Mir tut es auch leid.«

»Ich weiß, dass ich manchmal echt eine Bitch sein kann. Wenn es um Spence geht, immer.« Sie seufzt. »Ich hasse es, dass ich es einfach nicht unter Kontrolle habe, wenn sie in der Nähe ist. Letztes Jahr habe ich sogar meinen Sportkurs gewechselt, weil ich es nicht aushalte, fünfundvierzig Minuten im selben Raum mit ihr zu sein.«

»Ihr geht es genauso.« Das hat Spence mir zwar im Vertrauen erzählt, aber Avery muss es hören.

»Ich weiß. Ich habe ihr das Herz gebrochen.«

Dafür kann sie sich auch nicht vergeben. »Gebrochene Herzen heilen wieder. Dass ihre Anwesenheit dir wehtut, ist viel schlimmer für sie.«

Sie dreht ein paar Haarsträhnen um ihren Finger. »Ich kann es kaum erwarten, endlich mit der Schule durch zu sein.«

Der Schulabschluss. Das Einzige, worauf ich mich jemals gefreut habe: Mein erster Schritt Richtung Freiheit – selbst zu entscheiden, was das Beste für mich ist, allein zu leben, nie wieder Angst davor zu haben, angeschrien oder wieder in eine beschissene Vorratskammer gesperrt zu werden – und jetzt wünschte ich, er würde niemals kommen. Was wird aus uns, wenn wir nicht mehr gezwungen sind, Zeit miteinander zu verbringen, unter demselben Dach zu wohnen und auf dieselbe Schule zu gehen? Ich halte den Gedanken nicht aus, dass unsere Freundschaft nur vorübergehend sein könnte. Unabhängig von allem anderen, ist sie mir wichtig. Ich möchte sie in meinem Leben behalten.

»Jedenfalls ... ich habe etwas für dich.« Sie beugt sich vor, nimmt eine Papiertüte vom Schreibtisch. Sie kramt darin herum und zieht eine mittelgroße Box heraus, eingewickelt in weißes Geschenkpapier mit einer regenbogenfarbenen Schleife drum. Sie streckt sie mir entgegen.

Ich starre die Box nur an, dann sie. »Wofür ist das?« *Für die Schuldgefühle.*

»Braucht man einen Grund?« Sie zuckt mit den Schultern. »Ich habe sie gesehen und musste an dich denken. Mach schon auf.« Sie rückt ein Stück näher zu mir, ihre Wärme lässt meine Haut kribbeln.

Die Schleife löst sich sofort, als ich daran ziehe. Dann öffne ich vorsichtig das Papier, versuche, es dabei nicht zu zerreißen. Als alles ausgepackt ist, lese ich auf der Box: *Nikon D7500, 18-55 VR Kit*. Eine DSLR-Kamera – eine sehr teure. Mir bleibt die Luft weg. »Das ist zu viel. Ich kann das nicht annehmen.« Und ich kann sie nicht ansehen. Aber sie sieht mich eindringlich an, ich spüre ihren Blick wie Hände auf mir.

»Doch, kannst du. Du brauchst eine gute Kamera, nicht das Scheißteil, das Mr Warren dich benutzen lässt. Außerdem schulde ich dir noch ein Fotoshooting und das machst du ganz bestimmt nicht mit der dämlichen PowerShot.«

Ob es an diesem plötzlichen Schwall an Ehrlichkeit liegt oder der Flut an Emotionen, kann ich nicht sagen, aber ich verliere komplett meinen Scheißverstand, vergesse, wer ich bin, und küsse sie ... auf den Mund.

Als ich mich wieder von ihr löse, atmet sie aus. Ein winziges, kaum wahrnehmbares Ausatmen.

Shit, ich sterbe. »Tut mir so leid! Ich ...«

Das Bett wackelt, so sehr lacht sie. »Und du nennst mich eine Idiotin.«

»Was?«

Sie merkt, dass sie es mir am besten erklären muss wie einer Fünfjährigen. »Dass Spence zu meiner Party gekommen ist, war nicht das Schlimmste an dem Abend. Das Schlimmste war, als ich gesehen habe, wie du sie küsst. Ich wollte diejenige sein, die du küsst.«

»Oh.« Nach der Sache mit Tasha beim Mittagessen dachte ich schon, sie könnte eifersüchtig sein, aber auf mich und nicht auf Spence.

»Komm her ...« Sie legt ihre Hand in meinen Nacken, zieht mich zu sich, küsst mich noch einmal. Ihre Zunge gleitet in meinen Mund. Nein, ich lasse ihre Zunge in meinen Mund gleiten. Dann dringe ich mit meiner in ihren. Sie schmeckt süß, nach Erdbeeren. Ich will mehr.

Ich umfasse ihre Taille; sie lässt mich nicht nur, sie will es auch. Sie legt sich hin, zieht mich auf sich. Ihre Finger sind in meinem Haar. Meine Hände an ihrer Hüfte. Unsere Beine ineinander verschlungen.

Gott, ich könnte sie für immer küssen.

*Jap, du bist gerade am Rummachen mit deiner Pflegeschwester.* Scheiße! Ich drücke mich hoch, außer Atem setze mich wieder hin. »Warte, Avery, das ... das ist nicht richtig.«

Sie setzt sich auch wieder auf. »Für mich fühlt es sich richtig an.« Sie greift wieder nach mir, aber ich halte ihr Handgelenk fest.

»Nein.« Es gibt einen Unterschied zwischen richtig anfühlen und richtig sein.

Sie schmollt. Enttäuschung? Frust? Eine Mischung aus beidem. »Ich habe schon eine Schwester. Ich brauche und will keine neue. Was ich von dir will, ist das hier.«

Das zwischen uns war nie eine schwesterliche Beziehung. Das wissen wir beide, wussten es vielleicht von Anfang an. »Deine Eltern ...« Ich habe gerade angefangen, mich in dem Haus und mit ihnen wohlzufühlen. *Das kannst du jetzt vergessen.*

»Ich verstehe, dass du Angst hast, es könnte alles kaputtmachen. Mit der Wohnsituation. Aber um ehrlich zu sein, bin ich nicht mal bereit, ihnen zu sagen, dass ich auf Mädchen stehe, und erst recht nicht, dass ich dich mag. Also, wenn du mich auch magst, könnten wir es versuchen? Nur wir beide, niemand sonst muss es wissen, bis wir so weit sind.«

Wir könnten dasselbe Geheimnis bewahren, nur aus unterschiedlichen Gründen. *Was ist ihr Grund?* ›Wen interessiert schon, ob ich bi bin oder was auch immer?‹ Sie weiß, wer sie ist, aber wenn sie nicht so weit ist, dann ist sie es nicht – das ›Warum‹ ist das, was mich interessiert. Sie gibt sich immer noch die Schuld an dem, was Reese passiert ist, und glaubt, sie hätte kein Recht darauf, glücklich zu sein. Bei ihrem Grund, es geheim zu halten, geht es nicht um mich. Ihr Blick drängt mich, Ja zu sagen. Sie möchte das hier.

Aber was will ich? Ich will nicht in ständiger Angst leben, ihre Eltern könnten es herausfinden, mich hassen und mich auf die Straße setzen. *Und sie. Du willst sie.* Mein Gott, und wie. »Ich weiß es nicht.«

Sie seufzt, steht vom Bett auf, latscht rüber zur Tür und öffnet sie. »Sag Bescheid, wenn du es herausgefunden hast.«

Ich schlucke, stehe auch auf. Es gibt nichts mehr zu sagen, also gehe ich einfach. Sie schließt die Tür hinter mir.

24

Anschweigen, Tag eins – es ist nicht das erste Mal, dass ich es abbekomme. Bisher hat es nur nie etwas ausgemacht, aber bei ihr bringt es mich fast um.

Heute ist sie diejenige, die sich in ihr Zimmer zurückzieht. Sie kommt weder zum Frühstück runter noch zum Mittagessen oder sonst irgendwann. Stundenlang lungere ich unten herum, warte auf eine Chance, etwas zu ihr zu sagen, irgendetwas. Jedes Mal, wenn ich denke, gleich sind wir in einem Raum, irre ich mich. Es ist, als würde sie vor dem Betreten eines Zimmers erst mit einem kleinen Spiegel um die Ecke spitzeln, um sicherzugehen, dass ich nicht in der Nähe bin.

Als ich es nicht mehr aushalte, schreibe ich Spence. Sie ist in einem Trainingslager in Boston, deswegen kann sie nicht. Olivia ist auch dort. Hannah arbeitet an einer Hausarbeit und Macks Nummer habe ich gar nicht.

Ich mache einen Spaziergang durch den Dix Park und sehe ein paar Kindern beim Spielen zu. Das hilft auch nicht.

Ich versuche es mit dem Teich. Auf der Bank sitzend,

kreisen meine Gedanken nur um Avery. *Alles versaut mit einem Kuss.* Wie konnte ich etwas so Dämliches tun? So achtlos. Das passt überhaupt nicht zu mir. Ich war immer so vorsichtig, wenn es um die Beziehung zu anderen Menschen geht. Seit ich hier bin, habe ich mich verändert. Spence, Avery, Tom und Cate – sie haben meine Schutzblockaden überrollt. Meine Munition ist verbraucht und ich habe keine Deckung mehr. Das hier wird die Schlacht, die mich den Sieg kostet.

Vielleicht war es nur eine Frage der Zeit, aber ich glaube, es liegt an ihnen. Daran, wer sie als Menschen sind – traurig, sensibel und unperfekt, aber gleichzeitig warmherzig, fürsorglich und offen. Auf nichts davon war ich vorbereitet. Es ist beängstigend und wundervoll, und selbst wenn ich es verkackt habe, würde ich es um nichts in der Welt zurückgeben.

*Avery.* Verdammt.

Cate lässt nicht zu, dass sie das Abendessen verpasst. Wir sitzen uns gegenüber auf unseren üblichen Plätzen. Sie versucht, mich so wenig wie möglich anzusehen.

Und ich bin eine Bettlerin. Ich will ihren Blick. Ich will ihr Lächeln. Es ist mir egal, ob es nur ist, um mich als »fucking Feigling« zu bezeichnen; ich will ihre seidenweiche Stimme hören, egal, welche Worte es sind.

Und ich dachte immer, mich würde eine Kugel treffen, bevor ich ein Mädchen kennenlerne, das mich trifft wie eine. Jetzt wäre mir die Kugel glaube ich lieber. *So theatralisch.* Aber wahr.

Anschweigen, Tag zwei – sie fährt ohne mich zur Schule. Ihren Eltern hat sie erzählt, sie müsse für Hilfe bei Mathehausaufgaben früher hin. Das mag stimmen oder nicht. Ich wette, es stimmt nicht.

Tom macht es nichts aus, mich mitzunehmen. Zum ersten Mal sitze ich in seinem schwarzen BMW SUV und das ist neu genug, um mich erstmal genug abzulenken: die hellbraune Innenausstattung aus Leder, die verchromten Details am Armaturenbrett, der große eingelassene Touchscreen vorn. All die Knöpfe zum Drehen und Drücken. Ich drücke einen davon und öffne aus Versehen das Schiebedach. Tom findet es nicht schlimm. Er grinst und sagt: »Genieß das Wetter, solange es gut ist. Bald fängt es an zu schneien.«

Schnee. Schulausfall. Vierundzwanzig Stunden eingesperrt mit Avery, die mich meidet, als wäre ich der Tod höchstpersönlich. Der Winter wird schrecklich.

Ich lehne mich zurück und schließe die Augen. Es sind erst anderthalb Tage und ich weiß nicht, wie lange ich das noch aushalte.


Englisch. Seit dem ersten Tag sitzt sie neben mir. Heute wählt sie einen Platz ganz vorn. Der Junge, der sonst dort sitzt, sieht verwirrt aus. Er bittet sie, aufzustehen. Ich höre ihre Erklärung: »Sorry, ich habe meine Kontaktlinsen nicht bekommen. Ist es okay, wenn wir eine Weile tauschen?«

Der Junge ist so aufgeregt, dass Avery überhaupt mit ihm spricht, dass er gerade so ein Nicken zustande bringt. *Kenne ich, Bro.* Er schlurft zum anderen Ende des Raumes, gleitet auf den Stuhl neben mir und sagt: »Hallo.«

Ja, ja, wie auch immer. »Hi.«

Ich bin nicht sicher, ob sie mich auch nachmittags hängenlassen wird, aber Vorsorge ist immer besser. Deswegen frage ich beim Mittagessen Hannah, ob sie mich nach der Schule bei den Cahills vorbeifahren kann. Sie ist überrascht. »Avery hat einen Arzttermin.« Im Lügen bin ich echt gut – eine ziemlich beschis-

WHERE WE BEGIN    169

sene Charaktereigenschaft. Avery ist auch nicht schlecht darin. Sind vielleicht alle Menschen gute Lügner oder nur solche, die gebrochen sind?

»Klar, kein Problem«, antwortet Hannah.

»Danke.« Sie ist gut in diesem Freundschaftsding. Sind sie alle. Ich glaube, ich hätte sogar Mack fragen können und sie hätte Ja gesagt. Ich muss daran arbeiten, auch eine bessere Freundin für sie zu sein. Und für Avery. Wenn ich mir lange genug einrede, dass ich nur an Freundschaft interessiert bin, kann ich mich dann selbst davon überzeugen, dass es stimmt? *Kann man einem Fisch das Fliegen beibringen?*

Zu Hause liegt die Nikon vor meiner Zimmertür auf dem Boden. Darauf klebt ein orangefarbenes, herzförmiges Post-It: *Die hast du vergessen. –A*

*Oh, du hast so verkackt.* Ich verkacke es immer noch. Aber wie höre ich auf? Ihr das zu geben, was sie will – was ich will –, ist die dümmste Idee überhaupt. Aber wenn nicht, wird es irgendwann aufhören? *Möglicherweise nicht.* Habe ich verdient, dass es aufhört? Meine Dummheit kennt keine Grenzen.

———

Seit sechsundneunzig Stunden bin ich Persona non grata. Absurderweise haben weder Tom noch Cate etwas bemerkt. Oder doch, und sie haben nur entschieden, dass wir unsere Probleme selbst lösen sollen. Wüsste ich es nicht bereits, hätten sie dadurch sicher verraten, dass sie sechzehn Jahre lang zwei Töchter großgezogen haben. Ich bin ihnen dankbar für den Erziehungsstil. Es wäre extrem unangenehm, würden sie sich einmischen wollen. Was sollte ich ihnen schon sagen: *Ich stehe unfassbar auf eure Tochter?* Was sollte Avery ihnen sagen: *Ich will mit dem traurigen Mädchen aus dem Heim ins Bett, das ihr in unser Haus geholt habt?* Holy Shit, das ist hart.

Und wenn wir schon dabei sind, die Autofahrt zur Schule heute Morgen ... Avery hat auf mich gewartet, allerdings wäre es vielleicht besser gewesen, wenn nicht. Sie hat das Radio angestellt. Es war lauter als sonst in ihrem Auto, aber aus den falschen Gründen – kein Gelächter, kein Necken, nichts von dem, was ich so genieße.

Ich weiß nicht, wo ich anfangen soll, um es wieder hinzu-biegen. Wenn man jemanden verletzt und beschämt, kann man es nicht einfach zurücknehmen mit: »Ups, sorry, meine Schuld!« Und es ist besonders schwer, es wieder gutzumachen, wenn man jemandem wie ihr wehgetan hat. Jemandem, der mit seinen Gefühlen so vorsichtig umgeht, als wären es abscheuli-che, gefährliche Dinge. *Ach, also wie du?* Ja. Nur, dass sie mich nie verletzt hat. Im Gegenteil. Sie hat mir nichts als Wärme gezeigt.

Ich wünschte, es wäre nie passiert. Nicht nur die unange-nehme Stimmung, die ich mit meinem Zögern ausgelöst habe, sondern auch der Kuss selbst. Wie kann das gleichzeitig der beste und der schlimmste Kuss meines Lebens gewesen sein?

Die ganze Situation ist beschissen, von vorn bis hinten. Hätten wir uns unter anderen Umständen kennengelernt, würde ich mich voll auf sie einlassen. Welcher Vollidiot würde das nicht? Es ist so unfair, dass sie die Tochter der anständigs-ten, freundlichsten – nein, liebevollsten – Pflegeeltern sein muss, die ich je hatte. Vorher wusste ich nicht einmal, dass solche Eltern existieren. Sie tun alles, um mich überall einzu-binden. Sie sind für mich da. Sie möchten, dass ich mich in ihrem Zuhause wohlfühle. Mehr als das: Sie wollen, dass es auch mein Zuhause ist.

Danke dafür, Schicksal! Du hättest mir wenigstens was gönnen können, bevor du mich wieder mal fickst.

Zum ersten Mal verspüre ich Hass auf meine leiblichen Eltern. Als Kind war ich traurig darüber, sie nicht zu kennen, aber wie sollte ich Menschen hassen, die ich überhaupt nicht kannte, und vor allem die zwei Menschen, die dafür verantwortlich waren, dass ich am Leben war? Aber jetzt, in diesem Moment? Scheiß auf die egoistischen, nutzlosen Arschlöcher! Hätten sie es wenigstens versucht, egal wie halbherzig und schlecht, sähe mein Leben bestimmt ganz anders aus. Obwohl, dann hätte ich Avery vielleicht nie kennengelernt und dann hätte ich nie etwas Echtes für jemanden empfunden. Denn das, was ich jetzt fühle ... das ist echt. Ich finde kein passendes Wort dafür, aber ich spüre, dass etwas da ist, und das bedeutet einiges.

»Ey, Brit, alles gut?«, unterbricht Olivia mein stilles Nachdenken, wie ein Stein, der in einen See geworfen wird. *Eher wie ein ganzer Fels.*

»Jup.« Ich nehme mein Wasser vom Tisch und trinke einen Schluck. *Du solltest ihr dankbar sein, sensibler Trottel.*

»Kay. Yo, Spence, ich hab mir Salems Bilanz angeguckt. Diese Saison sind sie bei 9-1-0. Dazu haben sie eine der Landesbesten im Team, die Torwartin.«

Spence stößt genervt Luft aus. »Natürlich sind sie dieses Jahr gut. Ich bin ja auch Captain und sie müssen es mir schwermachen.«

»Wo ist das Problem, du gehörst genauso zu den begehrtesten Nachwuchsspielerinnen, Olivia auch«, kommentiert Mack. »Und steht ihr nicht bei 10-0?«

»Gerade so. Marblehead hat letzte Woche frühzeitig das erste Tor geschossen und uns dann noch bis zur dreiundsechzigsten Minute abgewehrt.« Sie nickt in Olivias Richtung. »Da hast du uns den Arsch gerettet, Mann, hast den Ball ins Rollen gebracht, wortwörtlich.«

Olivia grinst. »Ich tue, was ich kann, Sis.«

»Moment, ist das Spiel gegen Salem euer letztes?« Das

sollte ich wahrscheinlich wissen. *Mist, du hast dich auf jeden Fall als miserable Freundin geoutet.*

»Nein, aber es sind die stärksten Gegner und es ist ein Auswärtsspiel. Soweit ich weiß, sind sie die Einzigen, die uns für eine perfekte Saison noch im Weg stehen.« Sie reibt sich mit Daumen und Zeigefinger die Augen. »Ich hasse Salem.«

Ich verstehe diese Highschool-Rivalitäten nicht. Die sind im echten Leben so unwichtig und die Sportler tun, als wären sie weltbewegend. Ich schätze, die meisten Kinder haben in ihrem Leben nichts Größeres, worüber sie sich Sorgen machen. Muss schön sein.

»Du solltest zum Spiel kommen«, schlägt Hannah mir vor. »Wir könnten noch jemanden gebrauchen, der Spence anfeuert.«

»Lenkt dich das nicht ab, wenn Leute deinen Namen rufen?«, frage ich daraufhin Spence.

»Druck motiviert mich.«

»Okay, ich komme.« Ich zwinge mich, zu lächeln.

Dann driftet die Unterhaltung ab und ich komme nicht mehr hinterher.

*Avery. Avery. Avery.*

———

Tag fünf, später Abend. Im Flur stoßen wir beinahe zusammen, als ich aus dem Badezimmer komme. Erst sieht sie erschrocken aus, dann schlägt ihr Gesichtsausdruck in Traurigkeit um. So nah waren wir uns körperlich nicht mehr, seit …

Ich kann so nicht leben. Da werde ich lieber in eine Vorratskammer eingesperrt. »Offensichtlich funktioniert das so für uns beide nicht. Ich rufe meine Sozialarbeiterin an.«

»Nein.« Sie funkelt mich an. »Meine Eltern würden nicht verstehen, wieso du gehen willst. Sie würden denken, es wäre ihre Schuld, und dann würden sie sich für immer wie die größten Arschlöcher vorkommen.«

Daher hat sie es also. Das kommt davon, so ein großes Herz zu haben. »Ich kann ni...«

»Nicht hier.«

Stimmt. Tom und Cate sind schon ins Bett gegangen. Diese Unterhaltung direkt vor ihrer Tür zu führen, ist also nicht gerade klug. Ich will sie allerdings auch nicht in Averys Zimmer führen, gleichzeitig weiß ich, dass mein Zimmer für sie nicht infrage kommt. »Gehen wir in dein Zimmer.«

Bei dem Vorschlag zuckt sie leicht zusammen, gibt aber nach. Ich folge ihr, höre das Quietschen der Tür, die sie hinter mir schließt.

Sie setzt sich auf ihr Bett. Ich entscheide mich für den Drehstuhl und da fällt mir das Foto von dem kleinen Jungen auf der Schaukel auf, das sie über ihrem Schreibtisch an die Wand gehängt hat.

Schweigend starren wir uns an, bis es für uns beide nicht mehr auszuhalten ist.

*Rede, du Nichtsnutz.* »Es ist meine Schuld, ich weiß, und vielleicht wird es nie wieder wie vorher, aber ich vermisse es, Zeit mit dir zu verbringen ... dabei sind es erst, keine Ahnung, fünf Tage?«

»Du fehlst mir auch. Aber ich glaube nicht ...«, sie schluckt, »ich glaube nicht, dass ich mit dir allein sein kann. Es ist einfach zu schwer, wenn alles, was ich will, ist ...«

»Ich verstehe das.« Sehr, sehr gut. Sie sieht mich an, ihr Blick ist weich, sehnsüchtig. Ich wünschte, sie würde mich nicht so angucken. Ich halte es nicht aus. Dann, wie aus dem Nichts, kommt mir die brillanteste, dämlichste Idee überhaupt. »Ich habe einen Vorschlag. Aber du musst mich ganz ausreden lassen, bevor du antwortest.«

»Okay?«

»Ich will morgen zu Spences Fußballspiel. Es ist das wichtigste Match der Saison und es ist in Salem. Das sind unsere Erzfeinde oder sowas, richtig?«

»Jup. Wenn du hinwillst, geh. Du hast mich noch nie um Erlaubnis gebeten, dich mit ihr zu treffen.«

»Also, erstens bist du ziemlich schlecht darin, einfach zuzuhören. Zweitens, bitte ich dich nicht um Erlaubnis, ich will, dass du mitkommst.«

»Ernsthaft, das ist deine tolle Lösung?«

»Manchmal muss man sich zwingen, in schwierigen Situationen entspannt zu bleiben. Das wird immer noch viel weniger scheiße, als sich jedes Mal dreckig zu fühlen, wenn sie den Raum betritt.«

»Ja, aber ...«

»Hast du eigentlich eine Ahnung, was für eine Scheißüberwindung das für mich war, dich nach tagelangem Schweigen anzusprechen?«

»Das ist was anderes. Fußball ist ihr Ding, irgendwie ihr Terrain. Du solltest mit deinen Freundinnen hin.«

Olivia ist im Team. Ich könnte mit Hannah und Mack gehen. »Will ich aber nicht. Ich möchte mit dir hin. Es ist öffentlich und es werden jede Menge Leute da sein, also wirst du nicht ... auf dumme Gedanken kommen.« Ich lasse meine Augenbrauen wackeln. *Bitte lach.*

Tut sie. *Ta da!* Das beste Geschenk, das mir das Universum jemals machen könnte.

Die Anspannung zwischen uns beginnt, sich langsam zu lösen. Ich drehe das bisschen Charme, das ich besitze, auf und schenke ihr ein breites Lächeln. »Komm schon, du warst so lange bei den Cheerleadern, du musst doch hinter deiner Schule stehen. Zeigst du mir, wie das geht?«

»Ich überlege es mir, wenn ...« Sie lässt ihre Worte einen Moment in der Luft hängen.

»Wenn?«

»Wenn du mich küsst. Jetzt. Richtig, nicht irgendein dummer Kuss auf die Wange.«

Clever. Ein Deal. Nur, dass ich Dame spiele und sie Schach. Für sie ist es kein Spiel. Es ist eine Aufforderung: *Denk dran, ich bin immer noch da und warte, dass du dich zwischen deiner Angst und mir entscheidest. Ich bin bereit, dasselbe zu tun.* Ich weiß noch sehr genau, wie großartig es sich angefühlt hat, sie zu küssen. Sowas vergisst man nicht. »Das ist Erpressung, da bin ich mir ziemlich sicher.«

»Du hast doch mit dem Verhandeln angefangen, nicht ich.« Sie zuckt mit den Schultern. »Du verlangst viel von mir und das ist mein Angebot. Nimm es an oder lass es sein.«

Es *ist* viel verlangt und ich möchte sie sehr dringend küssen, aber das darf ich nicht – nicht zwei Sekunden, nachdem wir endlich Fortschritte machen. *Nie.* Aber wenn ich es nicht tue, wird nur alles wieder schrecklich zwischen uns. Scheiß drauf.

Ich rolle den Stuhl näher an sie heran und strecke meine Arme aus. Sie schließt ihre Augen, während ich ihr Gesicht zwischen meine Hände nehme. Ich drücke meine Lippen auf ihre und mein Herz dreht völlig durch. Ihre Lippen sind so warm und weich. Wieder schmeckt sie nach Erdbeeren. Ich spüre die Spitze ihrer Zunge über meine Lippen fahren. *Zu viel, die Kontrolle lässt nach.* Ich weiche zurück.

Sie öffnet ihre Augen, atmet aus. »Ich komme mit.«

## 25

Salem High School ist älter als unsere, deswegen ist das Bertram Field abgenutzter. Dafür ist ihr Stadion größer und brechend voll – Beverly-Fans auf der einen Seite, Salems Leute auf der anderen. Ein in der Mitte geteiltes Meer an Schulfarben: Orange und Schwarz neben Rot, Weiß und Schwarz. Panthers gegen Witches.

Nach kurzem Suchen finde ich Mack, Hannah und Noah auf einem der Ränge. Avery und ich gehen zu ihnen. »Hey, Leute«, begrüße ich sie, als wir uns setzen. »Ihr kennt Avery ja.«

»Hi«, sagt Avery selbst ohne jegliche Scheu.

Mack ist überrumpelt, dass sie da ist, verbirgt es aber schnell wieder. »Yo.«

»Hey«, grüßt Hannah lächelnd und winkt. So erwachsen. Wie viele Mädchen in unserem Alter würden wohl entspannt bleiben, wenn die Ex des Freundes ankommt?

Noah nimmt Hannahs Hand, wie als Vergewisserung. »Was geht, Avs.«

Ich mustere sie, halte nach einer Reaktion Ausschau. Nichts, nur ein Nicken in seine Richtung. Sie muss Spence also geliebt haben, auch wenn ich bezweifle, dass sie es mir gegenüber zugeben würde. Ich frage mich, ob sie wohl noch zusammen wären, wenn all das nie passiert wäre. Vielleicht hätte sie sich inzwischen vor ihrer Familie und ihren Freunden geoutet. Vielleicht wäre sie glücklich. Ich glaube, irgendwann wird eine Liebe einfach zu groß, um sie geheim zu halten, und man muss sie mit der Welt teilen, weil man sonst überquillt. Ein ausbrechender Vulkan.

Eifersucht schießt durch mich hindurch. Ungerechtfertigt. Sie werden nie wieder ein Paar sein und wir werden überhaupt nie zusammen sein. Mit zusammengebissenen Zähnen drücke ich sie wieder weg.

Dann ertönt die Pfeife und das Match beginnt.

---

Avery ist voll drin, brüllt und jubelt, spornt Spence sogar ab und zu an. Ihre Loyalität zur Schule übertrifft alles. Sie war unfassbar gut als Cheerleaderin, da bin ich mir sicher.

Verdammt, wieso muss sie so umwerfend sein? Und anziehend. Und lieb. Und ... *Guck dir das Scheißspiel an!*

Das Match ist hart, fast schon gewalttätig, und der völlig nutzlose Schiedsrichter geht nie dazwischen. Spence musste schon einiges einstecken. Salem ist vorbereitet – sie wissen, dass Spence eine begehrte Nachwuchsspielerin ist, und wollen sie mit allen Mitteln vom Ball fernhalten. Aber irgendwie schafft sie es, gefasst zu bleiben und ruhig auf ihre Gelegenheit zu warten, zurückzuschlagen. Jede Bewegung ist geplant, durchdacht – jeder Pass einwandfrei, selbst wenn sie quer über das ganze Feld schießt. Wie ein live-Beispiel ihrer Mathekenntnisse. Bei diesem Sport geht es nämlich viel um Geometrie und sie ist überragend.

Nach sechsundachtzig von neunzig Minuten hat noch keine Seite ein Tor geschossen. Zweimal war Beverly High kurz davor, aber Salems Torwartin ist einfach zu gut. Gerade, als ich schon denke, es könnte unentschieden ausgehen, sieht Spence ihre Chance. Sie grätscht zwischen die Beine von Salems Stürmerin, die sofort den Halt verliert. Das ist erlaubt, kein Pfiff. Dann ist sie in Ballbesitz und läuft über das Spielfeld. Rechts wird sie von Erin gedeckt, aber sie wird nicht passen. Das ist ihr Moment.

Alle spüren ihre zähe Entschlossenheit. Im Publikum stehen die Leute auf. »Auf die Zweiundzwanzig! Haltet sie auf, los!«, rufen Salems Fans, während unsere brüllen: »Ja, Spence! Komm schon!«

Salems Spielerinnen im Mittelfeld können Spence nicht einholen, sie ist wie ein Blitz. Sie schlüpft durch deren Abwehr, täuscht erfolgreich bei der Vorstopperin an. Jetzt gibt es nur noch sie und die Torwartin, ausgeglichenes Match. *Nope, nicht mal annähernd.* Spence lässt den Ball von ihrem rechten Fuß zu ihrem linken schnellen und schießt ihn wie eine Rakete direkt über den Kopf der Torwartin hinweg ins Netz. Der Schiedsrichter pfeift. Tor.

»Jaaa! Jaa!«, kreische ich, die Faust in die Luft gestreckt.

Neben mir schreit Avery: »Woooho! Spence!«, und klatscht wie verrückt.

Alle Spielerinnen der Beverly High School in Spences Nähe springen laut jubelnd auf sie. Sie klopfen ihr auf den Kopf oder die Schulter. Olivia kommt vom anderen Ende des Felds angesprintet und fällt ihr um den Hals. Spence ist die Heldin dieses Spiels.

Dann ist die Feier vorbei, die Spielerinnen gehen wieder auf ihre Positionen. Salems Torwartin schießt den Ball in die Mitte, aber ihr Team ist zu demotiviert, um noch irgendetwas rumzureißen.

Etwa eine Minute später sieht der Schiedsrichter auf seine

Uhr, nimmt die Pfeife und lässt sie dreimal ertönen. Es ist vorbei. *Ein Spiel näher an der perfekten Saison.* Und ich bin den Tränen so nahe, dass es lächerlich ist. Fühlt es sich so an, stolz auf jemanden zu sein? Ein herrliches Gefühl!

Avery liegt in meinen Armen. Ich in ihren. Wir strahlen, hüpfen auf und ab. Wäre dies ein anderer Ort und sie ein anderes Mädchen, würde ich sie jetzt küssen. *Hör auf.*

---

Das Team verlässt das Spielfeld, während wir von der Tribüne gehen, auf sie zu. Olivia treffen wir als Erstes und gratulieren: »Gutes Spiel« von Avery und ein »Du warst mega gut« von mir.

Spence hält sich ein bisschen zurück und ich drehe mich zu Avery um. Es reicht, dass sie hier ist. Ich werde sie nicht drängen, mit ihr zu reden. »Ich gehe eben zu Spence. Treffen wir uns am Auto?«

Sie schüttelt den Kopf. »Sie hat das Spiel für uns gewonnen. Ich kann mir meinen anderen Shit verkneifen und ihr kurz gratulieren.«

Sie hört auf mich? *Seltsam.*

Spence entdeckt Avery. Avery entdeckt Spence. Keine von beiden sieht aus, als würde sie gleich weinen. Ich umarme Spence ohne Zurückhaltung. »Super Spiel! Du warst unglaublich.«

»Danke.«

»Schönes Tor«, sagt Avery.

Spence lächelt, nickt. Sie weiß es zu schätzen.

Dann wird es hinter uns unruhig. Jemand ruft: »Hey, Zweiundzwanzig!« Wir drehen uns um. Die Stürmerin von Salem, die von Spence umgegrätscht wurde, kommt auf uns zugestampft. »Was war das für ein Scheißfoul?«

»Makellos war das.«

Jetzt steht sie direkt vor Spence. »Fucking Dyke.«

»Was hast du zu mir gesagt?«

Ich war noch nie in eine Prügelei verstrickt, aber ich weiß sehr gut, wie der Anfang von einer aussieht – die Sekunde, bevor einer durchdreht. Und das Mädel gerade steht direkt an der Schwelle. Sie schubst Spence. »Du hast mich schon verstanden!«

Spence lässt das nicht auf sich sitzen. *Ach, verdammt.* Ich will gerade zwischen Spence und das Mädchen gehen, da kommt Avery mir zuvor. Sie streckt ihre Arme aus, wedelt mit den Händen: »Beruhigt euch.«

»Aus dem Weg, Schlampe.« Salems Spielerin schlägt ihr ins Gesicht.

Avery ist in Schockstarre, ihr Mund steht offen, ihre Hand liegt auf ihrer Wange.

*Oho, das reicht.*

Ohne Vorwarnung knie ich auf dem Boden, die Salem-Spielerin unter mir, mit dem linken Arm drücke ich ihren Hals runter. Sie gurgelt, versucht, sich zu befreien. Sie wiegt locker zehn Kilo mehr als ich. *Aber sie wird die Kraft einer ganzen Armee brauchen!* Mit einem dumpfen, nassen Geräusch treffen meine Knöchel sie im Gesicht. Um uns herum kreischen die Leute: »Oh Gott!«, »Woah, Woah!« und »Stopp!«

Jemand packt mich am Kragen meiner Jacke, reißt mich zurück. Als ich wieder auf den Beinen bin, bemerke ich, dass es Mack war. Blaue Haarsträhnen baumeln vor ihrem Gesicht. »Los, weg hier!«, befiehlt sie und zerrt mich davon.

Als wir ein Stück entfernt sind, hilft ein Coach der Spielerin hoch. Von ihrer Lippe tropft Blut. Das hat man davon, wenn man mein Mädchen schlägt. *Mein Mädchen ...* »Wo ist Avery?«, fahre ich niemanden im Speziellen an.

»Ich bin hier.« Sie kommt zu mir, drückt ihre Hände auf meine Schultern und lehnt ihre Stirn gegen meine. Ihre Augen wirken so hell, sie glänzen von nicht geweinten Tränen. Sorge, Angst oder Schmerz? Die Ohrfeige hat einen roten Fleck auf ihrer Wange hinterlassen. Ich streiche mit dem Daumen darüber und sie zuckt zusammen.

»Alles in Ordnung?«

»Mir geht's gut.« Sie weicht wieder ein Stück zurück. »Und dir?«

»Wenn dich nochmal irgendjemand schlägt, bringe ich die Person verdammt noch mal um.« Ich erkenne die Worte aus meinem Mund wieder, aber nicht die Stimme.

»Okay.« Ihre dagegen ist sanft.

»Bring sie nach Hause«, sagt Spence angespannt. »Sofort.«

Wir eilen zum Auto, Avery legt den ganzen Weg dahin ihren Arm um meine Hüfte.


Wir sitzen nebeneinander am Küchentisch, sie hält einen Eisbeutel auf meine ramponierten, angeschwollenen Knöchel. Der Abdruck auf ihrer Wange ist kaum noch zu sehen. Ich bin sehr froh, dass Cate und Tom heute Date Night haben. »Ich weiß nicht, was mit mir los war, ich ... ich hatte einen Blackout.«

»Was los war, ist, dass diese Bitch mich geschlagen hat und du dazwischengegangen bist. Das ist alles.«

»Habe ich dir Angst gemacht?« Ich weiß selbst aus eigener Erfahrung, wie entsetzlich es sein kann, mitanzusehen, wie andere Leute plötzlich austicken. Niemals will ich einer dieser gewalttätigen Menschen sein und ich möchte auch nie, dass Avery Angst vor mir hat. Ich will sie beschützen, und das habe ich. Aber das heißt nicht, dass es in Ordnung war.

»Ich hatte keine Angst *vor* dir, ich hatte Angst *um* dich.« Sie lächelt verschmitzt. »Wer hätte gedacht, dass du so ein Badass bist?«

»Bin ich nicht.« Nur für sie. Sie beugt sich vor, küsst mich – eine Belohnung für mein überstürztes Verhalten, das sie als Tapferkeit interpretiert. Ich verdiene es nicht, aber ich gebe dennoch nach. Sie zu küssen, fühlt sich richtig an, und das mit jedem Mal mehr. *Das hier ist das letzte Mal.* Muss es sein. Ich werde zu nachgiebig.

Die Haustür geht auf, Cate ruft: »Wir sind wieder da!« Hastig steht Avery auf, nimmt den Eisbeutel und wirft ihn zurück in das Kühlfach. Dann dreht sie sich um und lehnt sich gerade mit dem Rücken gegen den Kühlschrank, als Tom mit einer Tüte mit Essensresten in der Hand in die Küche kommt. »Wie war das Spiel?«

»Gut«, antwortet sie und wirft mir einen Blick zu. »Wir haben gewonnen.«

---

Über das Wochenende verbessert sich die Stimmung zwischen uns. *Dafür musstest du nur fast jemanden umbringen.* Auch, wenn es nicht so ist wie vorher – nicht so locker –, ist es fast wie ein neues ›Normal‹, und ich muss mich wohl damit zufrieden geben, auch wenn es nicht genug ist. Das, was genug wäre, wäre nicht richtig.

Aber wenn man so für jemanden empfindet, kann es dann überhaupt wirklich falsch sein? Wir sind nicht verwandt, vor ein paar Monaten kannten wir uns noch gar nicht. Vielleicht können wir noch mal drüber nachdenken, wenn wir auf uns allein gestellt sind, nicht mehr bei ihren Eltern wohnen. Wie lang ist das noch hin, acht Monate? Das ist nichts, gemessen an einem ganzen Leben. Allerdings weiß niemand, was die Zukunft bringt. Reese dachte bestimmt auch, dass sie noch Tausende neue Tage vor sich hat. *Wenn du diesen Gedanken weiterführst, tust du dir sicher keinen Gefallen.* Nein, aber ich habe das Gefühl, Zeit damit zu verschwenden, zu versuchen, dem Unausweichlichen aus dem Weg zu gehen.

26

Olivia, Mack und Hannah lernen in der Bibliothek für ihre Chemiearbeit. Noah nutzt die Freizeit von seiner Freundin, um mit ein paar Kumpels Mittagspause zu machen. Spence und ich sind also allein.

Am Wochenende habe ich noch überlegt, ihr zu schreiben, aber sie hat eine persönliche Entschuldigung verdient. Außerdem bin ich eine Schisserin und wollte ihr Zeit geben, runterzukommen, falls sie angepisst ist.

Heute ist es ungewöhnlich warm, deswegen entscheiden wir, draußen zu essen. Wir nehmen unsere Tabletts mit auf den Schulhof. Es ist ruhig genug um uns herum, sodass wir reden können, ohne unnötig Aufmerksamkeit auf meinen brutalen Angriff zu ziehen – das Letzte, was ich möchte. Schlimm genug, dass mich heute morgen in Alltagskunde ein paar Leute darauf angesprochen haben. Ich habe Witze darüber gemacht, dass ich schon mal keine Nachhilfe in Sachen Street Fighting bräuchte. Es war nicht lustig, aber sie haben trotzdem gelacht. Das war die einzige Situation, bei der die Sache mir gegenüber erwähnt wurde. »Zu der Scheiße, die ich beim Spiel abgezogen habe«, fange ich an. »Ich habe deinen großen Moment kaputtgemacht. Es tut mir wirklich leid.«

Sie beißt von ihrem Sandwich ab, kaut und schluckt. »Du musst dich nicht entschuldigen, du hast nicht angefangen. Ich war kurz davor, mich selbst auf sie zu stürzen. Ich kann ja viel aushalten, aber ... Na ja, du hast mir einen Gefallen getan. Der Coach hätte mich bis zum Abschluss nachsitzen lassen.«

Stimmt, ich bin überrascht, dass ich keine Strafe bekommen habe. Ich habe fest damit gerechnet, direkt heute morgen suspendiert zu werden. Anscheinend hat es auch etwas Gutes, die Neue zu sein, von der kein Arsch weiß, wer sie ist. »Also ist alles gut zwischen uns?«

»Na sicher.«

In entspanntem Schweigen essen wir weiter. Dabei sieht sie mich immer wieder an, als wolle sie noch etwas sagen. Das nervt mich ziemlich schnell. »Was gibt's ...?«

»Nichts.« Sie dreht ihre Flasche grünen Tee auf, nimmt einen Schluck.

»Bullshit.«

»Seid ihr beide jetzt zusammen?«

*Alle Loser sagen* »Was?«. »Was? Wer?«

Ihre Mine regt sich nicht. »Bin ich zu blind oder zu blöd?«

»Wovon redest du?«

Sie fängt an zu flüstern: »Avery und du.«

»Ähm, ich ...«

»Ey, ich kenne sie. So wie sie nach der Prügelei zu dir war, so nah. Entweder läuft da schon was oder da wird bald was laufen.«

Ich bin geliefert. Meine Tarnung ist aufgeflogen. *Du bist so einfach zu lesen, du könntest genauso gut ein Straßenschild sein.*

»Du kannst es ruhig sagen, ich verrate nichts.«

Sie hat auch nie jemandem von der Sache zwischen Avery und ihr erzählt. Geheimnisse kann sie bewahren wie ein Tresor.

»Wir sind nicht zusammen, aber es gibt ... Neigungen? Auf beiden Seiten.«

»Oh mein Gott! So ein Schock.« Sie verdreht die Augen. »Was hält euch auf?«

»Komm schon.«

»Nein, ernsthaft.«

»Äh, also zum einen wohne ich bei ihren Eltern.«

»Ich sehe das als Bonus.«

Jetzt bin ich mit dem Augenverdrehen dran. »Ich nicht. Keine Ahnung, ist es nicht, irgendwie, inzestuös? Sie ist meine Pflegeschwester.«

»*Pflege*. Ihr seid nicht verwandt. Und es ist ja nicht so, als wärt ihr zusammen aufgewachsen. Ihr könntet genauso gut Mitbewohnerinnen sein, und wenn ich eines aus Pornos gelernt habe, dann, dass Mitbewohnerinnen ständig miteinander ficken.«

Das bringt mich zum Lachen. »Sei nicht eklig.«

»Ja, ja«, kichert sie. »Eure Situation ist vielleicht unkonventionell, aber ich finde nicht, dass irgendetwas daran falsch wäre. Man mag eben, wen man mag. Und es ist offensichtlich, dass ihr euch gegenseitig mögt.«

Aber es gibt da noch eine Sache, an die ich nicht gedacht habe. Unfassbar, dass es mir erst jetzt auffällt: Die Ex der Freundin zu daten, ist verboten. Girl Code. Selbst eine miserable Freundin wie ich weiß sowas. Was ist das lesbische Äquivalent zu Sisters before Misters – *Pals before Gals*? Ich würde es nicht ertragen, noch jemanden mit meinen dummen, irrationalen Gefühlen zu verletzen – für Spence gilt das gleich doppelt. »Hättest du ein Problem damit, wenn ich mit ihr zusammen wäre?«

»Unser Zug ist schon lange abgefahren und hat einen ziemlichen Crash hingelegt.« Dieser verträumte Blick in ihren Augen. Sie ist nicht mehr in Avery verliebt, aber sie wird immer eine gewisse Zuneigung für sie empfinden. Ich habe schon gehört, dass sowas manchmal passiert, besonders bei der ersten Freundin. »Du solltest es versuchen. Sie ist es wert.«

»Vielleicht irgendwann.«

»Warte nicht zu lange, sonst schnappt jemand anderes sie dir weg.«

Da hat sie einhundert Prozent recht. Mädchen wie Avery haben freie Wahl und ich absolut keine Ahnung, wieso sie sich für mich entscheiden sollte.

---

Wie es angefangen hat, weiß ich nicht, aber wir hocken alle versunken in unsere eigenen Projekte um den Esstisch.

Tom sitzt neben mir am Laptop und programmiert etwas. Cate geht Akten durch und vergleicht immer wieder Dinge mit dem Inhalt des aufgeschlagenen Buchs neben sich – *ABA-Leitfaden für Familienrecht*. Ich tue so, als würde ich meine Matheaufzeichnungen durchsehen, aber in Wahrheit spiele ich im Kopf immer wieder meine Unterhaltung mit Spence ab. *Du solltest es versuchen.* Das von ihr zu hören, bedeutet einiges. Es ist mehr, als Mut zuzusprechen, sie gibt mir ihren Segen. Bis jetzt war mir nicht bewusst, wie wichtig mir der ist.

Immer wieder schaue ich verstohlen zu Avery hinüber. Sie macht nichts Besonderes – spielt mit ihrem Stift, während sie über einer Gleichung grübelt –, dennoch sieht sie wunderschön aus.

Ja, sie ist wunderschön. Eine eiskalte Tatsache, wie ich entscheide. Ich möchte bis ans Ende aller Zeit in den endlosen blauen Weiten ihrer Augen schwimmen, mit ihren langen, schokoladenfarbenen Haaren spielen, ihre perfekten Lippen küssen und ihre süße Nase und die hohen Wangenknochen, ja, ja, ja.

Was mag ich an ihr?

Ich mag ... dass sie über die komischsten, unangemessensten

Dinge lacht. Ich mag es, wenn sie lächelt, denn dann erlaubt sie sich eine kurze Pause von all ihren Schuldgefühlen. Ich mag, dass sie ein weiches Herz hat, auch wenn sie versucht, es zu verstecken. Und dass sie genau das sagt, was sie denkt, gern ein bisschen zu direkt, und dass sie sonst nicht viel sagt. Ich mag, dass sie klug und lustig ist, ehrgeizig, und mich in meinen Ambitionen unterstützt. Ich mag, dass ich durch sie ein besserer Mensch sein möchte – offener und ehrlicher. Ich mag, dass ich möchte, dass sie glücklich und in Sicherheit ist.

*Woooah, girl, dich hat es echt hart erwischt.* Deswegen kann ich sie unmöglich entwischen lassen, oder? »Avery.«

»Hmm?« Sie sieht von ihrem Buch hoch.

Ich brauche zu lange, um zu antworten. Sie lässt ihren Stift fallen und starrt mich an. Ich springe hoch, als hätte jemand einen Böller unter meinem Hintern angezündet. Tom und Cate starren mich völlig entgeistert an, aber nur kurz. »Ich muss dir was zeigen.«

Sie folgt mir in den Flur. Sobald ich sicher sein kann, dass ihre Eltern uns nicht mehr sehen, nehme ich ihre Hand und ziehe sie bis nach oben in ihr Zimmer. Dann schmeiße ich die Tür hinter uns zu.

Sie hebt ihre Hände, die Handflächen zeigen zur Decke: *Was zur Hölle passiert hier gerade?*

*Na, mach schon.* Ich packe sie an der Hüfte und küsse sie. Fest. Als ich mich wieder von ihr löse, wirkt sie erleichtert. Erleichtert, dass ich sie geküsst habe, oder dass es vorbei ist? *Frag doch, Idiotin.* »Was bedeutet der Blick?«

»Ich dachte langsam, du würdest gar nicht auf mi...«

Das geht nicht. »Ich stehe so sehr auf dich. Ich kann es nicht kontrollieren und das stört mich ein bisschen.« *Stört? Beängstigt.*

Ihr Mund klappt auf. Es schockiert sie. *Schockiert dich selbst.* »Ich weiß, was du meinst.«

Ihre Eltern. Ihr Haus. Ich kann nicht länger daran denken.

Es gibt nur diese eine Person in meinem Leben, bei der es sich »richtig« anfühlt, und das ist sie. »Ich möchte das zwischen uns.«

Sie lächelt, greift den Kragen meines Hoodies und drückt ihre Lippen auf meine – einmal, zweimal, dreimal. »Hast auch lange genug gebraucht.«

Ich hatte nie eine Chance gegen sie. Jetzt bleibt nur die Frage ... »Und wie machen wir das? Ist Ninja-Dating ein Ding?« Es klingt so absurd, dass ich selbst lachen muss. Sie auch.

Aber ernsthaft. Der Gedanke, es zu verheimlichen, ist für mich komplett neu. Einer der Vorteile, wenn man keine Eltern hat – niemand der sich potenziell über die sexuelle Orientierung oder Partnerinnen aufregen kann. Bisher hatte ich bei meinen Pflegeeltern Glück, denen war es immer egal, aber ich habe schon ganz andere Horrorgeschichten gehört.

»Es kann auch Spaß machen, wenn man es wie ein Spiel sieht. Hast du schon mal Jagen gespielt?« Sie spielt an den Bändern meines Hoodies herum, zieht daran.

»Das ist eine Mischung aus Verstecken und Fangen, oder?«

»Jup. Man muss sich so unauffällig und flink wie möglich bewegen.« Sie wickelt die Bänder um ihre Finger, meine Kapuze wird enger. Sie zieht mich zu sich. Ich sehe, wie sie sich über die Lippe leckt, und kann meinen Blick nicht abwenden.

»Klingt, als würde es Spaß machen.«

Ich denke, dass sie meinen Mund küssen will, und bereite mich vor, aber sie dreht ihren Kopf in letzter Sekunde und ihre Lippen berühren meine Wange. »Siehst du, flink kann ich«, grinst sie.

»Ja, das kannst du.«

Zwei Dinge an diesem Ninja-Dating sind unausstehlich. Erstens, dass ich Avery jetzt zwar anfassen darf, aber fünfundsiebzig Prozent der Zeit – wenn wir in der Schule, mit anderen unterwegs oder ihre Eltern dabei sind –, muss ich mich zurückhalten. Und zweitens die Nervosität tief in meinem Bauch, wann immer Tom und Cate in der Nähe sind.

Es ist wieder wie ganz am Anfang, ich bin schüchtern und zurückhaltend. Unsicher, wie ich mich ihnen gegenüber verhalten soll. Und es fühlt sich nicht gerade super an, sie anzulügen. Nicht, dass sich Lügen für mich jemals toll angefühlt hätte, aber manchmal war es einfach nötig. Ich musste die Lügen aber nie so lange am Stück aufrechterhalten, daran muss ich mich noch gewöhnen.

An manchen Tagen ist das Abendessen die Hölle. Gestern war Avery so dreist, unter dem Tisch mit mir zu füßeln. Danach musste ich erst mal mit ihr reden. Beim Mittagessen ist es kein Problem, oder bei Starbucks, oder sonst irgendwo, meinte ich, aber während des Essens mit ihren Eltern kann ich das nicht. Da ist sie cool geblieben – ehrlich cool, nicht die gespielte Gleichgültigkeit, die sie inzwischen perfektioniert hat.

———

Es ist inzwischen eine Woche vergangen und mir ist langsam klar, dass sie im heimlichen Daten ein echter Pro ist. Sie ist auch erstaunlich gut darin, mich zu lesen. Als würde sie spüren, wenn es mir zu viel wird - immer, wenn es außer ihr in meiner Nähe und ihren Eltern wenig anderes gibt. In solchen Momenten deutet sie unauffällig zur Treppe und geht hoch. Ich warte dann kurz, bevor ich ihr folge. Wenn wir allein sind, nimmt sie mein Gesicht zwischen ihre Hände oder drückt ihren Zeigefinger auf meine Nasenspitze. Sie versichert mir, dass sie es versteht und die Sache zwischen uns all die Probleme wert ist, mit denen wir vom Universum beworfen werden.

Noch siebeneinhalb Monate, bis ich ausziehen kann. Dann wird alles einfacher. *Denk langfristig.* Es ist gefährlich, ich weiß, und voreilig, aber ich habe mir erlaubt, an eine gemeinsame Zukunft mit ihr zu denken. Das macht mir Angst und gleichzeitig wünsche ich es mir. Diese Widersprüchlichkeit kann ich noch nicht gut einschätzen.

———

Meine Zeit versuche ich fair zwischen Avery und Spence aufzuteilen, deswegen esse ich dreimal die Woche mittags mit Spence und ihrem Squad zusammen, die anderen beiden Tage mit Avery und der Zombie-Brigade. Als ich Avery das vorgeschlagen habe, meinte ich, dass ich keine dieser Frauen sein will, die sofort ihre Freundinnen fallenlässt, sobald sie jemanden gefunden hat.

Darauf hat sie geantwortet: »Gut, denn ich hasse solche Frauen.«

Bisher läuft alles nach Plan.

———

»Du hast es also versucht«, beginnt Spence, während wir in der Schlange stehen, um unsere Hühnchen Fajitas zu bezahlen. Es trifft sich gut, dass ich es ihr nicht extra erzählen muss; meine neue Regelung reicht schon, damit sie ahnt, was los ist.

»Jup.«

»Sehr schön.«

Sie meinte zwar, sie hätte kein Problem damit, aber das heißt noch lange nicht, dass es auch stimmt. Leute können jederzeit ihre Meinung ändern. Deswegen mustere ich sie und versuche, einen Hauch von Kränkung in ihrem Gesicht zu entdecken, aber da ist nichts. »Danke.«

»Ich muss echt sagen, es ist ziemlich cool, dass du uns nicht einfach sitzen lässt wie der Typ da.« Sie zeigt mit ihrem Daumen auf Noah, der Hannah, bei was auch immer sie sagt, an den Lippen hängt und dessen Freunde am anderen Ende der Cafeteria sitzen.

»Es gibt genug von mir für alle, das habe ich von Anfang an gesagt.«

»Wie stehst du dann zu einer Fahrstunde am Sonntag? Du wirst langsam gut, vielleicht bist du bald bereit für die Prüfung.«

Ich mache einen auf Avery und lache: »›Ja‹ zur Fahrstunde und ›willst du mich verarschen‹ zu der Prüfung.«

»Bei unserem nächsten Projekt wird sich alles um Portraits drehen«, verkündet Mr Warren.

Oh, scheiße! Ich habe es total vergessen. Ich hole die Power-Shot aus meiner Tasche und melde mich.

»Ja, Britton?«

»Sorry, die wollte ich noch zurückgeben.« Vor mir auf dem Tisch liegt meine neue Nikon in der passenden Markenhülle. Mr Warren und einige der anderen sehen erst die Kamera an, dann mich. Genau, vor ein paar Tagen habe ich eine Bank ausgeraubt und das hier sind die Früchte meiner Arbeit.

Er bedeutet mir, nach vorn zu kommen, und ich stehe auf, gehe vor und lege ihm die PowerShot auf den Tisch, bevor ich mich wieder auf meinen Platz zurückziehe. Avery hat ein breites Grinsen auf dem Gesicht.

»Ich habe mich nie richtig bei dir bedankt«, murmle ich.

»Hmm ... ich glaube, das hast du schon.«

Ihre Selbstgefälligkeit löst sofort wieder dieses Gefühl in meinem Bauch aus und auf einmal kann ich es genießen. Gefällt mir.

»Heute machen wir draußen ein paar Fotos«, fährt Mr Warren fort. »Sucht euch jeweils Partner für Probefotos.«

Ich drehe mich zu Avery: »Du und ich?« Wieso ich überhaupt fragen muss, weiß ich nicht.

»Immer.«

Als Erstes muss ich das Modell spielen. Ich sitze im Licht der untergehenden Sonne auf einer Bank.

»Guck nicht in die Kamera«, weist sie mich an.

»Wo soll ich denn sonst ...«

»Egal, irgendwo andershin.«

Stattdessen lenke ich meine Aufmerksamkeit auf die toten Bäume und werde sofort von bedrückender Stimmung überwältigt. Im wahren Leben sind sie genauso erbärmlich wie auf Averys Foto. Traurige, karge Dinger.

Ich höre, wie sie den Auslöser drückt, klick, klick, klick. »Perfekt.« Sie setzt sich neben mich und sieht auf den kleinen Bildschirm. »Du bist umwerfend.«

*Umwerfend?* »Nein, bin ich nicht.«

Sie lehnt sich näher zu mir. »Entschuldige mal, ich habe hervorragenden Geschmack.«

»Ich auch.«

Der Biss auf die Lippe. »Zusammen sind wir verdammt hot.«

Aber wir sind in der Öffentlichkeit, ich kann sie nicht küssen. Ich springe auf. »Endlich kann ich das Teil ausprobieren.« Ich öffne den Reißverschluss der Tasche, nehme die Nikon heraus und befestige das Objektiv. »Bereit für dein Fotoshooting?«

Sie fährt sich noch einmal durch die Haare. »Jap.«

. . .

Das natürliche Licht ist fantastisch. Falsch, Avery umgeben von natürlichem Licht ist fantastisch. Sie lehnt an einer jungen Eiche, hat ein Knie angewinkelt und den Fuß gegen den Stamm gestellt. Im Gras um sie herum liegen diverse orangefarbene und rote Blätter, was im starken Kontrast zu ihrem hellen Jeansrock und dem lavendelfarbenen Pullover steht. Knips, knips, zoom. Knips. Knips. Die Portraits brauchen bestimmt keine Bearbeitung mehr – nicht mal kleine Korrekturen.

Diese großen blauen Augen. Und der Blick, den sie mir zuwirft – verlockend, verführerisch. Puh, die Linse könnte jeden Moment in Flammen aufgehen. Ich höre auf, begutachte die Fotos. »Ähm, kannst du kurz herkommen?«

Sie stößt sich vom Baum ab und kommt zu mir geschlendert. Ich scrolle durch die Bilder. »Fällt dir was auf?«

»Die Farben.«

Das und ... »Du hast auf allen Bildern einen ›Fick mich‹-Blick«, murmle ich.

Sie wird rot. »Habe ich nicht!«

Ich gehe noch einmal alle Fotos durch.

Sie schaut konzentriert hin. »Mir ist nicht mal aufgefallen, dass ich das mache.«

Nicht, dass ich mich beschweren würde. »Ich glaube, ich sollte für dieses Projekt eine Freundin als Model nehmen.«

»Gute Idee«, lacht sie, dann wird sie wieder ernst. »Falls eine von denen dir auch einen ›Fick mich‹-Blick zuwirft, ist sie tot.« Ich weiß genau, wen sie mit »eine von denen« meint, und das wird sicher nicht passieren. Ich muss ihr erzählen, dass Spence von uns weiß. Das schiebe ich schon lange vor mir her. Wie gesagt, ich bin eine Schisserin. Ich nehme mir fest vor, es zu tun, sobald wir allein sind.

Bis dahin genieße ich noch, wie süß ihre Eifersucht ist, wenn auch grundlos. »Da brauchst du dir keine Sorgen zu machen.«

Kurz vergisst sie, dass wir in der Schule sind, umgeben von

Mitschülern. Ich sehe, wie sie den Impuls unterdrückt, mich zu berühren. Ein kurzes Schmollen, dann ist es wieder weg. »Ich weiß nicht, dieser Mack traue ich nicht.«

Ich krümme mich vor Kichern. »Ihre Haare sind unglaublich.«

Sie gibt mir einen Klaps auf den Arm. »Okay, das sind sie.«

Nach dem Fotoclub steigen wir in ihren BMW. Sie steckt den Schlüssel ins Zündschloss, aber ich halte sie auf, bevor sie ihn dreht. Neugierig sieht sie mich an.

*Sag schon, du feiges Stück.* Shit. Ich mache mich auf den Schwall wütender Worte gefasst, ziehe die Ärmel meines Hoodies über meine Hände und bausche die Enden in meinen Fäusten zusammen. »Spence weiß das mit uns. Ich habe es ihr nicht gesagt, sie ist von selbst drauf gekommen.«

Sie tippt auf das Lenkrad. »Dachte ich mir. Sie ist nicht dumm.«

Und sie kannten sich mal sehr gut. »Sie hat versprochen, es niemandem zu erzählen.«

»Wird sie auch nicht.«

Sie vertraut ihr noch. Selbst nach allem, was passiert ist, all dem Schmerz und der Zeit, die vergangen ist. Wird sie mir auch jemals so sehr vertrauen? *Erstmal musst du beweisen, dass du es wert bist.*

»Lass uns nach Hause fahren.« Sie lässt den Motor an.

Den ganzen Weg über erstaunen mich ihre Gelassenheit und die Aufrichtigkeit dahinter.

## 29

Diese Woche haben Cate und Tom für ihre Date Night Tickets für das Boston Symphony Orchestra. Definitiv Cates Entscheidung. Soweit ich das mitbekommen habe, sind die Foo Fighters das Anspruchsvollste, das Tom hört. Alternativer Rock aus den Neunzigern ist großartig, eines meiner Lieblingsgenre, aber meilenweit von Cates Musikgeschmack entfernt. Sie mag eher sanfte, leichte Musik, mit viel Streichern und Blechinstrumenten. Eigentlich mag ich den ganzen Kram auch.

Tom taucht in einem schicken grauen Anzug mit dunkelblauer Krawatte im Flur vor dem Wohnzimmer auf. Mein erster Gedanke ist, dass er aussieht wie ein Kind, das gezwungen wurde, sich am Sonntag für die Kirche ordentlich anzuziehen. Der Anblick ist bizarr – er ist mehr der Jeans-und-T-Shirt-Typ, ab und zu vielleicht ein Poloshirt, aber nur wenn er sich besonders nobel fühlt. Neben mir auf der Couch pfeift Avery ihm zu.

»Ich kann auch gut aussehen, was?« Er rückt seine Krawatte zurecht.

»Sehr schick«, antworte ich. »Du könntest aber mal wieder die Haare schneiden.«

Er streicht sich über seine grauwerdenden Kotletten. »Das überlasse ich lieber dem Friseur.«

*Schnaub.* Dad Joke! So flach, aber auch so liebeswert. Wer hätte das gedacht?

»Ich bin so weit.« Auch Cate kommt in den Flur. Sie trägt ein langes, fließendes Abendkleid aus Chiffon und Spitze – blassblau – und hat mehr Make-up drauf, als sie sonst trägt, aber es ist immer noch dezent; stilvoll, wie alles an ihr. Avery ist wie die perfekte Mischung aus den beiden, sie vereint das Beste der zwei. Es ist irgendwie verrückt. Ich frage mich, wie Reese wohl aussah, wie sie war. Ich wünschte, Avery würde über sie sprechen. *Frag sie.* Nein, nicht heute.

»Wow, Mom! Du siehst mega aus.«

»Sie hat recht.«

Cate lächelt uns an, während Tom ihr in den dunkelblauen Pea Coat hilft. »Danke, Schatz.« Sie gibt ihm einen Kuss auf die Wange. Uns ruft sie fröhlich zu: »Viel Spaß, ihr zwei.«

Oh, den werden wir haben. Wir haben unsere eigene Date Night geplant, inklusive Netflix. Das ›and chill‹ überlasse ich Avery. Sie soll das Tempo vorgeben. Was das Physische angeht, bin ich ziemlich offen, wenn ich mit jemandem zusammen bin. Deswegen ist es besser, wenn sie entscheidet, womit sie sich wohlfühlt, und wann sie wie weit gehen möchte.

»Bye, Mädels«, sagt nun auch Tom. Dann verschwinden sie und wir sind allein.


Diesmal bin ich dran und ich entscheide mich mit *The Happening* wieder für einen Horrorfilm. Ich suche Horrorfilme nicht nur aus, weil sie mir gefallen, sondern auch für die Jump-Scares und das An-mich-Drücken, die sie mir einbringen. Aber Avery hat bei diesen Filmen Nerven aus Stahl, deswegen geht mein Plan nicht auf. Das mag ich aber, denn wenn sie mich berührt, ist das nicht unbeabsichtigt oder vor Schreck, sondern weil sie es möchte.

Ich drücke Start und der Vorspann läuft. Sofort rückt sie näher an mich, nimmt meine Hand. Es ist schön, zusammen auf der Couch zu sitzen und Händchen zu halten. Wir können uns sonst nur in ihrem Zimmer überhaupt mal nahekommen. Sie lehnt sich zu mir rüber, gibt mir einen Kuss auf die Wange. Das ist auch schön.

Dreißig Sekunden später klettert sie auf mich und setzt sich mit gespreizten Beinen auf meinen Schoß. *Woah.* »Ähm, was ...« Sie legt einen Arm um meinen Hals, senkt ihren Kopf und fängt an, mich zu küssen. Das ist das erste Mal im Wohnzimmer. Im Wohnzimmer! Nur mit Mühe löse ich meine Lippen von ihren. »Dir ist schon klar, wo wir sind?«

»Mmhmm.« Sie drückt ihre Lippen wieder auf meine. »Meine Eltern kommen erst in ein paar Stunden zurück. Ich will das Beste daraus machen.« Ich atme tief aus. Sie sieht mich an, kneift ihre Augen zusammen, fährt sich mit der Hand durchs Haar und lässt ihre Locken dann alle auf eine Seite fallen. »Außer, dir ist nicht danach.« Sie ist kurz davor, wieder von mir runterzusteigen.

Mir ist nach dem hier und nach noch viel mehr. Ich greife nach ihrer Hüfte, halte sie fest. »Wer behauptet, mir wäre nicht danach?«

Sie wirft mir ein verschmitztes Grinsen zu, bevor sie mein Gesicht zwischen ihre Hände nimmt. Diesmal strecke ich ihr meinen Kopf entgegen und küsse sie. Ich lasse meine Zunge in ihren Mund gleiten, woraufhin ihr ein überraschtes »Mmh« entweicht. Eine angenehme Überraschung, ihre Zunge macht direkt mit.

Im Küssen ist sie die Beste überhaupt. Als hätte sie schon ihr ganzes Leben lang Mädchen geküsst. Nichts von dem ekligen Kram, den Jungs in dem Alter von Mädchen wollen. Null Gesabber und kein tiefes Graben nach den Mandeln.

Dann macht sie etwas, das sie vorher noch nie getan hat –
sie saugt an meiner Unterlippe und beißt drauf. Ein winziger,
kleiner Biss. Ein Zittern schießt durch meinen ganzen Körper,
ich stöhne in ihren Mund und packe sie noch fester an der
Hüfte. Sie weicht zurück, die Augen weit aufgerissen. »Das hat
dir gefallen?«

Aber sie wartet keine Antwort ab, fängt stattdessen an,
meinen Hals zu küssen. Ich spüre den leichten Druck, wenn sie
an meiner Haut saugt, spüre ihre Zähne. Ja, das hat mir
gefallen.

Ein bisschen zu sehr. Das hier gefällt mir auch ein bisschen
zu sehr. »Willst du, dass ich einen Knutschfleck bekomme?«

Sie hält inne, guckt mich an. »Ja. Mein Revier markieren.«
Dann widmet sie sich wieder meinem Hals.

*Woah, verdammt.* »Und wie soll ich das anderen erklären?«

»Sag einfach, dass du eine heiße Affäre mit einer sexy
jüngeren Frau hast«, flüstert sie mir ins Ohr. Noch mehr
Saugen.

Ich schiebe meine Hände unter ihr Shirt, ihre Wirbelsäule
entlang und genieße es, wie sich ihr schlanker, weicher Körper
anfühlt.

Die Haustür schlägt auf, dann wieder zu. Avery will von
mir runtersteigen, ihr Hintern landet mit einem dumpfen
Geräusch auf dem Teppich.

Tom eilt in die Küche und wieder raus, steckt aber noch
kurz den Kopf zum Wohnzimmer rein und sieht seine Tochter
fragend an: Sie hat die Beine gespreizt und dehnt sich nun, die
Hände an ihrem Knöchel. Unangenehm.

*Hot.* Ihr Hintern sollte als achtes Weltwunder gelten.
»Karten vergessen?«, fragt sie ihn.

Er nickt. »Sehr klug, hol dir bloß keine Zerrung bei dem
Film.« Er hastet wieder aus dem Haus.

Mein Herz hämmert von innen gegen meine Rippen. Ich
habe meine Hände über meinem Mund zusammengeschlagen,

als hätte ich gerade mitangesehen, wie eine Babykatze über eine Autobahn spaziert. Avery hingegen verkneift sich ihr Lachen so sehr, dass ihr Tränen über die Wangen strömen. »Das war knapp!«

»Kein Rummachen mehr auf der Couch!« Ich beuge mich runter und strecke ihr eine Hand hin, um ihr aufzuhelfen.

»Ist besser.« Sie sammelt sich wieder. »Aber Kuscheln ist okay?«

Ein Mädchen, das mir auf die Lippe beißt und im nächsten Moment kuscheln möchte. Vielseitig. Noch etwas, das ich an ihr mag. »Das können wir machen.«

Ich lege meinen Arm um sie und sie lehnt ihren Kopf an meine Schulter.

Aneinandergeschmiegt schauen wir den Rest des Films. Das ist sogar noch besser als Rummachen.


Kurz bevor wir ins Bett gehen, hält sie mich vor meinem Zimmer zurück. »Ich wünschte, wir könnten zusammen schlafen.« Mit großen Augen sieht sie mich an, ihr Hals färbt sich rot. Sie ist noch nicht so weit, und ich auch nicht. »Ich meine, ich wünschte, ich könnte in deinen Armen schlafen.«

Ihre Eltern sind noch nicht zurück. Ich könnte sie halten, bis sie einschläft, und dann wieder in mein Zimmer schleichen ... Das wäre riskant.

*Du solltest dich erstmal um die Situation in deinem Slip kümmern, gieriges Stück.* Fuck. Ich hasse Pubertätshormone! Ich drücke meine Lippen auf ihre Stirn. »Irgendwann.«

»Versprochen?« Diese Augen.

Ich schwöre es hoch und heilig. »Versprochen.«

30

Avery geht im Wohnzimmer auf und ab. Tom, Cate und ich werfen uns fragende Blicke zu. An ihren Gesichtsausdrücken wird klar, dass wir alle das Gleiche denken – sie benimmt sich seltsam. Noch nie habe ich sie hibbelig erlebt und die beiden haben sie auch lange nicht mehr so gesehen. Das bereitet mir Sorgen. Ich hoffe nur, es liegt nicht an mir, obwohl das sehr gut möglich ist. Mit Spence war sie vielleicht meisterhaft im heimlichen Daten, aber die haben auch nicht im selben Haus gewohnt. Ihre Schlafzimmer waren nicht nur durch eine läppische Rigipsplatte und etwas Wandfarbe voneinander getrennt. Gestern Abend war ... sexuell frustrierend. *Sie hätte sich auch einen runterholen sollen.*

»Schatz, was soll der Solo-Walzer?«, fragt Tom.

Lol.

Avery verschränkt ihre Arme vor der Brust. »Ich weiß nicht. Mir ist langweilig.«

»Siehst du, genau deswegen wollte ich nicht, dass du mit Cheerleading aufhörst. Alle deine Freunde sind beim Footballspiel und du weißt nicht, was du mit dir anfangen sollst.«

Uff. So sehr hat Cate noch nie die Mom raushängen lassen,

seit ich hier wohne. Hardcore-Nörgeln. Ich möchte Avery
verteidigen und Cate erklären, dass der einzige Grund, weshalb
wir nicht beim Spiel sind, der ist, dass es gerade mal vier Grad
draußen sind und es regnet. Gott, Avery wollte sogar trotzdem
hin. Ich meinte allerdings, dass sie dann in drei Tagen an einer
Lungenentzündung verrecken würde, also auf keinen Fall. Ja,
das war auch eine totale Mom-Ansage, aber wenn es von
irgendjemand anderem kommt als der eigenen Mutter, ist es
anscheinend süß. Das meinte sie jedenfalls danach zu mir. Süß.
Kann ich mit leben.

---

Okay, also: Ich will Dinge in Ordnung bringen, so bin ich eben.
*Das regelst du.* Die erste Idee, die mir kommt: *Wie wäre es mit
der Mall?* Ich hasse die Mall. So viele Menschen und so viel
Kram, außerdem ist alles unnormal grell und teuer. Und wieso
zur Hölle riecht alles so verdammt parfümiert? Bah. Eine senso-
rische Reizüberflutung. Aber Avery gefällt es. Wieso kann sie
nicht einfach auf Amazon shoppen wie alle anderen Zoomer
auch? Egal. Mit ihr würde ich sowieso alles machen, das ist
schon fast lächerlich. Wahrscheinlich würde mir auch
irgendein Weg einfallen, uns zum Mond zu bringen, würde sie
den mal besuchen wollen.

»Avery, kommst du mit in die Mall?« *Das geht aber auch
enthusiastischer.*

Ihr Grinsen könnte nicht breiter sein, wäre ich der Weih-
nachtsmann und sie ein Kleinkind. »Ich ziehe mir was an.«

»Äh, du hast doch was an?«

»Ja, Gammelklamotten.«

Sie trägt eine Yoga-Leggings und ein langärmliges Beverly-
High-Shirt. Völlig ausreichend für einen Shoppingtrip, aber na
gut. *Und dieser Hintern.* »Na schön, Freak, dann zieh dich um.
Ich warte hier.«

Sie rennt hoch in ihr Zimmer.

Tom und Cate mustern mich. Wieso? »Danke, dass du unserer kleinen Nervensäge so eine gute Freundin bist«, sagt Tom schließlich.

Schlagartig überkommt mich Scham bei dem Gedanken, dass ich vor nicht einmal zwölf Stunden beim Masturbieren an seine Tochter gedacht habe. Oh, Tom, du lieber, süßer Mann, du hast so viele Entschuldigungen verdient. »Kein Problem.«

Hellbraune kniehohe Stiefel. Ein Minikleid in Dunkelorange. Ein cremefarbener Strickcardigan. Komplettes Make-up. Sie geht all-in. Und ich? Vans. Schwarze hüfthohe Jeans mit Löchern an den Knien. Schwarzer Pink-Floyd-Hoodie. Red-Sox-Cap nach hinten gedreht. Kein Make-up – abgesehen von dem bisschen Concealer auf meinem Knutschfleck. Zumindest sind meine Haare offen, das ist schon mal etwas. *Was für ein ungleiches Paar.* Dass sie sich nicht schämt, mit mir gesehen zu werden. Ich schäme mich direkt für sie mit.

Allein das Ausmaß der Northshore Mall ist einschüchternd. Mit offenem Mund starre ich auf den Lageplan und zähle durch: hundertsiebenundvierzig Geschäfte. Overkill. Wer braucht so viele Läden? Mein Gott, zum Shoppen gehe ich in Secondhandläden, das reicht mir vollkommen.

Beim Durchschlendern kann ich nicht einmal zwischen H&M, Gap und Abercrombie & Fitch unterscheiden. Alle haben genau die gleichen Klamotten in den Schaufenstern.

Avery hat offenbar kein Problem damit – sie geht dennoch an allen vorbei. »Können wir zu Nordstrom?«

»Was immer du willst.«

»Was immer ich will? Du hast doch gefragt, ob wir … Oh.« Jetzt dämmert es ihr, aber da ist noch etwas anderes in ihrem Blick. Sie möchte mich küssen. Das wird sie aber nicht tun, nicht in der Öffentlichkeit. *Eines Tages, lass es sie versprechen.*

*Und andersherum.* »Du bist so aufmerksam«, sagt sie stattdessen.

»Ich gebe mir Mühe.«

»Gibt es echt nichts, wo du hinwillst?«

»Die Fressmeile. Aber erst, wenn du in mindestens dreißig Läden haufenweise Geld ausgegeben hast.«

Sie lacht leise. »Deal.«

Eine halbe Ewigkeit lang stöbern wir in Nordstrom – ernsthaft, ich habe bestimmt graue Haare bekommen. Und das Einzige, was sie kauft, ist eine Balenci-bla-bla-bla-Ledertasche für tausendzweihundert Dollar, die auch noch aussieht, als hätte jemand sie mit Graffiti vollgesprüht. Ich habe erst neulich online nach Wohnungen geguckt und ein paar Bruchbuden für zwölfhundert im Monat gefunden. Die gleiche Summe zahlt sie mal eben so, ohne mit der Wimper zu zucken, mit der American Express ihrer Mutter. Was zur Hölle sieht sie nur in mir? Steht sie drauf, ranzig zu leben? Denn das wird ihr ziemlich schnell ziemlich doll auf die Nerven gehen.

»Schon Hunger?«, fragt sie, als wir den Store verlassen.

»Immer.«

---

Wir stürzen uns beide auf unser chinesisches Essen vom Stand – es gibt nichts Besseres. Ich schlürfe den Rest meiner Lo-Mein-Nudeln, während sie auf dem Strohhalm in ihrer Tangerine-Limonade herumkaut und mich anstarrt. Bin ich eine dieser lauten Esserinnen? Hoffentlich nicht, die hasse ich.

»Vermisst du deine Eltern manchmal?«

*Das kommt überraschend.* Eigentlich ergibt es keinen Sinn, Menschen zu vermissen, die man nie kennengelernt hat, aber irgendwie ... »Manchmal. Es wäre schön, sie wenigstens mal zu treffen.«

Ihr Gesichtsausdruck schlägt in komplette Feindseligkeit

um. »Wer gibt eigentlich sein krankes Baby ab, what the fuck? Also, wie abgefuckt müssen die gewesen sein?«

Gut möglich, dass sie mich abgegeben haben, gerade weil ich krank war. Das werde ich mich immer fragen. »Die waren wahrscheinlich extrem durch. Vielleicht Junkies. Ich hab mal so eine Studie über meinen Herzfehler gelesen, in der stand, dass es von Kokainkonsum während der Schwangerschaft kommen kann.« Sollte das der Fall sein, ist es besser, dass sie mich aufgegeben haben. Wer weiß, wie schlimm die Vernachlässigung gewesen wäre? In meinem Kopf taucht ein Bild von mir als Baby auf, wie ich in einer vollgeschissenen Windel dasitze und mir die Seele aus dem Leib schreie. *Scheiße, ist das bitter.*

Sie reibt sich die Stirn.

Ich will das Thema wechseln und über etwas weniger Trostloses reden. Und ich will auch noch mehr über Reese wissen. Avery muss doch schöne Erinnerungen an ihre Kindheit haben. Tom und Cate sind viel zu großartig, um ihnen nicht Hunderte davon beschert zu haben. Wenn ich vorsichtig bin, ist das vielleicht meine Chance. »Ich wünschte, ich hätte Geschwister. Das stelle ich mir cool vor.« Eventuell habe ich irgendwo da draußen ja sogar welche.

Wieder ändert sich ihr Blick, von überrascht zu fröhlich. »Es ist wie eine automatische beste Freundin. Ich war auf jeden Fall nie einsam.«

»Glaube ich. Und Reese und du, ihr wart auch vom Alter her nah beieinander, oder?«

»Ja, das Timing haben meine Eltern gut hinbekommen. Aber zwei Babys auf einmal? Nein, danke.«

Oh ja. »Wie war sie so? Du meintest mal, sie war ein anderer Typ als du, aber ...«

Avery lehnt sich in ihrem Stuhl zurück. »Sie war ernst. Nachdenklich. Ständig in Gedanken versunken. Ich musste mich immer so anstrengen, um sie zum Lachen zu bringen.

Aber wenn ich es geschafft habe, war es großartig – laut und ungezwungen, direkt aus dem Bauch, weißt du?«

»Genau wie bei dir.«

»Ha! Stimmt.«

Mich rührt es, dass sie so offen über Reese spricht. Ich möchte mehr wissen. »Cheerleading wirkt aber nicht wie der beste Sport für ernste Menschen. Zu ... heiter irgendwie.«

»Sie hat angefangen, als ich auf die Middle School kam. Vorher war sie beim Basketball. Das war toll an ihr – sie wusste, dass ich es machen will, und hat mir genau den Push gegeben, den ich brauchte. Außerdem war sie extrem kompetitiv. Sie wollte in allem, was sie macht, die Beste sein.«

»War sie die Beste im Cheerleading?«

Sie kichert. »Sie konnte überhaupt nicht Tanzen. Hatte absolut kein Taktgefühl. Aber sie konnte laut rufen und hatte echt beeindruckende Muskeln, das hat es ausgeglichen.«

»Schade, dass ich sie nie kennenlernen werde«, platzt es aus mir heraus und ich muss mir verkneifen, das Gesicht zu verziehen, während ich Averys Reaktion abwarte. Aber es ist alles gut. Sie scheint froh zu sein, über Reese zu reden. Es würde mich nicht überraschen, wenn sie seit ihrem Tod weniger über sie gesprochen hat.

»Sie hätte dich gemocht.«

»Denkst du?«

»Ich mag dich, also ja.«

Hätte sie Reese von uns erzählt? Sind ihre Gefühle für mich so unerschütterlich? *Wieso sie überhaupt existieren, ist unbegreiflich.* »Ich hätte sie auch gemocht, da bin ich mir sicher.«

Sie lächelt und greift nach meinem Tablett. »Fertig?« Ich nicke. »Gut. Wir gehen nämlich noch zu Thrash. Die haben mehr Rockiges, eher dein Geschmack.«

Ich bin nicht sicher, ob ich genug Geld habe, um mir in einer High-End-Mall wie dieser hier etwas zu kaufen, aber ich

werde es schon irgendwie hinkriegen. »Hättest du mir das nicht
sagen können, bevor ich mich vollgestopft habe?« Ich tätschle
meinen Bauch. »So passe ich doch in gar nichts rein.«

»Ach, halt den Mund, Bohnenstange.«

Wenn Bohnenstange jetzt mein Spitzname ist, was ist dann
ihrer, Melone? *Sie hat schon schöne* ... Halt, Schluss damit!
»Okay, bring mich hin.«


Allein für die Bandshirts in dem Laden könnte ich all mein
Geld ausgeben. Aber ich schaffe es, mich einigermaßen zurück-
zuhalten. Den Babymetal-Hoodie für fünfzig Dollar gönne ich
mir allerdings – viel zu toll, um es nicht zu tun. An der Kasse
versucht Avery, Cates Kreditkarte durch den Schlitz zu ziehen.
Ich kann sie zum Glück noch aufhalten, indem ich ihr in die
Seite pikse, was sie direkt zum Quietschen bringt. »Sieht aus,
als wäre ich nicht die Einzige, die kitzelig ist.« Ich schiebe
meine Karte in das Lesegerät.

»Was für ein dreckiger Trick!«

»Meine Tricks sind alle dreckig.« Das klang anzüglicher als
gedacht. Es fällt ihr auch auf und sie starrt sofort auf den
Boden, spitzt ihre Lippen und wird rot. Okay. »Sei froh, wenn
du nie mitansehen musst, wie ich jemandem einen Hüft-Check
gebe.«

Das bringt sie zum Schnauben.


Auf dem Weg zurück zum Auto kann ich nicht aufhören, sie
anzuschauen. Hier in dieser Oase des Kapitalismus wird nur
noch deutlicher, wie unterschiedlich wir sind. Ich möchte nicht,
dass sie in mir bloß eine Art Ausflug auf die düstere Seite sieht,
einen Urlaub vom Wohlstand, den sie ihr ganzes Leben lang
schon genießt. Das würde aus mir nicht mehr als ein Experi-

ment machen. Ich habe echte Gefühle für sie und es würde
einfach zu sehr wehtun.

Die Rückfahrt verläuft ruhig, bis ich all meinen Mut zusam-
mennehme, um etwas zu sagen. Ich wälze die Frage schon viel
zu lange in mir herum. Wenn wir nicht darüber reden, steht es
früher oder später zwischen uns. *Sie hat auf jeden Fall deinen
Wahrheitsmodus aktiviert.* »Eine Sache frage ich mich.«

»Mh-hmm. Was?«

Durchatmen. »Wieso magst du mich?«

Ausnahmsweise lacht sie nicht. Sie wendet ihren Blick von
der Straße ab und sieht mich stirnrunzelnd an. »Meinst du das
ernst?«

»Todernst.«

Ihr Blick geht zurück auf die Straße. »Weil man wirklich
mit dir reden kann, so richtig. Außerdem bist du lustig, intelli-
gent und so süß, dass mir die Zähne wehtun. Abgesehen davon,
hast du den niedlichsten Hintern, den ich je gesehen habe.«

Wow. »Hast du die Antwort geprobt? Denn das war
unglaublich.«

»Ich hatte viel Zeit, darüber nachzudenken.« Wieder dieses
Knabbern an der Lippe. »Was würdest du sagen, wann unser
Jahrestag ist, also hypothetisch?«

Weit in der Zukunft. Sie plant auch langfristig. »Ähm.«

»Unser erster Kuss war am elften Oktober und dann ist der
ganze andere Scheiß passiert. Es ist nur ... ich will, dass jede
Sekunde zählt«, fährt sie fort.

Das ist das Romantischste, was jemals eine Person zu mir
gesagt hat. Gott sei Dank habe ich sie geküsst, ob aus Versehen
oder nicht. »Dann ist es der elfte Oktober.«

Sie lächelt.

## 31

Am Sonntagmorgen entdecke ich Avery im Badezimmer bei
offener Tür in einem pinken Sport-BH von Nike und einer
schwarzen Leggings. Danke, liebes Universum, meinen aufrich-
tigsten Dank für die Erfindung von Elastan. Ihre Figur ist
unglaublich – jahrelanges Training beim Cheerleading. Ich
dagegen bestehe nur aus Haut und Knochen. Wahrscheinlich
würde ich mir sofort die Hüfte brechen, wenn ich mich in
irgendeiner Weise sportlich betätigen würde, die über Gehen
hinausreicht. Mit Bohnenstange hat sie schon recht. *Dass du B-
Körbchen hast, ist ein reines Wunder.* Aber ihr scheint mein
Körperbau zu gefallen, also passt das.

Holy Shit, sie hat ein Tattoo! Direkt unter der Kante des
BHs, rechte Seite, römische Ziffern, geschmackvoll: XV.II.M-
MIII. Das ist mir am Abend der Party überhaupt nicht aufgefal-
len. Aber es ist nicht frisch gestochen, sie hat es schon eine
Weile. Ich rechne nach – es muss das Geburtsdatum ihrer
Schwester sein.

Sie bindet ihre Haare gerade zu einem hohen Pferdeschwanz zusammen, als sie mich im Spiegel bemerkt. »Guten
Morgen.«

»Morgen.« Ich schaue mich kurz um, vergewissere mich, dass ihre Eltern außer Hörweite sind. »Dieses Outfit. Jetzt kann ich in Frieden sterben.«

Ihr Grinsen ist teuflisch. »Ich gehe Laufen. Willst du mitkommen?«

»Meinst du mit ›Laufen‹ eher gemütliches Schlendern?«

»Auf gar keinen Fall.«

»Dann bleibe ich lieber hier. Spence holt mich sowieso bald für eine Fahrstunde ab.«

Sie schürzt kurz die Lippen, lässt dann wieder locker und zuckt mit den Schultern. »Okay.« Ich bin fast sicher, dass sie es ernst meint. »Schade, dann verpasst du ja, wie ich schwitze.«

*Keine Sorge, Hübsche, da kommen wir noch früh genug hin. Da-dum.* »Nächstes Mal.«

Spence schreibt mir um Punkt zehn Uhr, dass sie draußen wartet, genau wie abgemacht. Sie sitzt schon auf dem Beifahrersitz, das Fenster ist heruntergekurbelt. »Yo.«

»Selber Yo.« Ich schlüpfe auf den Fahrersitz und lenke Sweet Caroline die Straße runter.

Beim Stoppschild am Ende des Blocks angekommen, grüble ich darüber, warum sie immer pünktlich ist. Ich vermute, es liegt an ihrer Disziplin. Irgendwie bin ich neidisch auf sie. Ich hasse es, zu spät zu kommen. Nicht, weil ich unbedingt von Anfang an bei allem dabei sein möchte, sondern, weil ich ungern zu spät komme, alles unterbreche und dann im Mittelpunkt stehe. Was Pünktlichkeit angeht, bin ich nicht die Beste, nur bei der Schule klappt es. Das hat bestimmt auch mit meinen wundervollen Bindungsängsten zu tun – meistens bin ich nur unpünktlich, weil ich mit mir selbst darüber streite, ob ich überhaupt losgehen soll.

Ich werde nie vergessen, wie wütend Paige war, als ich zum

Essen mit ihren Eltern um halb acht statt wie versprochen um sieben da war. Sie hat mich richtig zusammengeschissen. Ihre Eltern kennenzulernen, war aber auch nicht gerade etwas, worauf ich mich gefreut habe. Ich hatte sogar überlegt, überhaupt nicht aufzutauchen, sogar noch, als ich an ihrer Haltestelle aus der Bahn gestiegen bin. Bis zu dem Moment, als ich geklingelt habe. Dass sie mich zwei Tage später dann verlassen hat, kam also nicht gerade überraschend – und besonders wehgetan hat es auch nicht. Wir waren meinem Verfallsdatum sowieso recht nah. Die meisten Mädchen, mit denen ich zusammen war, meinten, dass ich circa drei Monate Haltbarkeit habe. Ich hoffe, das gilt inzwischen nicht mehr – drei Monate mit Avery sind nicht genug.

Spence reißt mich aus meinen Gedanken: »Fahr rechts auf den Highway.«

»Den Highway?«

»Wie ein großes Mädchen, los.«

Beim Versuch, mit ihr zu diskutieren, würde ich eh verlieren, obwohl ich am Lenkrad sitze. »Okay, okay.«


Die Route 128 ist relativ leer. An einem Wochentag wäre sie überfüllt und ich völlig überfordert. Wir fahren gen Süden, raus aus Beverly und Richtung Danvers. »Hast du ein bestimmtes Ziel?«

»Nö.«

»Du musst mir schon sagen, wo wir hinfahren, sonst landen wir in Providence.«

»Willst du nach Rhode Island? Da könnten wir hin.«

Sie ist verrückt. Ich habe nicht mal einen Führerschein – das hier ist definitiv illegal –, dennoch ist sie bereit, mit mir über Staatsgrenzen und hundertdreißig Kilometer weit weg zu fahren. »Wie kannst du so gelassen bleiben und mich die ganze Zeit fahren lassen?«

»Ich weiß auch nicht. Es entspannt mich, in deiner Nähe zu sein.«

Die Wirkung hat sie auch auf mich. Erst war es seltsam, aber jetzt, wo ich mich daran gewöhnt habe, ist es schön. Wir können einfach wir selbst sein – kein Verstellen nötig.

»Ich muss einfach fragen ... Wie ist es, mit Avery zusammenzuwohnen, seitdem zwischen euch was läuft?«

»Es ist Folter!«

Sie lacht leise. »Dachte ich mir. Du hast echt größere Eier als ich. Das hätte ich nie überlebt.«

Es ist komisch, ausgerechnet mit ihr über Avery zu reden, dem einzigen anderen Mädchen, mit dem Avery etwas hatte. *Sie ist deine Freundin, denk nicht an sie als Averys Ex.* »Ja, entweder das oder ich bin völlig verrückt.«

»Oder ein bisschen von beidem.«

»Du hast wahrscheinlich recht.«

Wir landen zwar nicht in Rhode Island, aber wir bleiben auf der 128, bis sie zur Interstate 95 wird. Ich muss all meinen Mut zusammennehmen, um auf der Straße zu bleiben. Beim Wechsel vom kleinen zweispurigen Highway zur sechsspurigen dystopischen Höllenstraße auf der hundert Kilometer pro Stunde gefahren wird, mache ich mir beinahe in die Hose.

Spence redet mir die ganze Zeit gut zu: »Du schaffst das«, und: »Du machst das super.«

Dann fahren wir beim Market Street Shoppingcenter ab, um einen U-Turn zu machen, und ich denke mir: *Sie ist meine beste Freundin.* Das klingt so final und unerschütterlich, ist das genaue Gegenteil von allem, was ich kenne, und dennoch macht es mir kein bisschen Angst. Es fühlt sich natürlich an, einfach – alles, was leichtfällt, muss so vorgesehen sein. Vielleicht war es das. Ich lerne langsam, dass es nichts bringt, sich dem Schicksal zu widersetzen. Es bleibt unvermeidlich und wird am Ende so kommen.

Mein Magen knurrt. Von lebensverändernden Erkenntnissen bekomme ich immer Hunger – wie von so ziemlich allem anderen auch. »Lass uns was essen.«

»*Pff*, Dude, dein Appetit ist echt unglaublich!«, antwortet sie.

»Kein Scherz.«


Gegen eins setzt mich Spence wieder am Haus ab. Meine Hand liegt schon auf der Türklinke, als ich Avery drinnen brüllen höre: »Leg sie doch selbst in ihr Scheißzimmer!«

Beunruhigend. Sie flucht zwar gern mal, aber sie schreit ihre Eltern nicht an, so weit geht sie nie.

Ganz leise betrete ich das Haus und bin erleichtert, dass sie mich nicht sehen kann. Die Trennwand zwischen Eingangsbereich und Wohnzimmer bietet mir Schutz. Ich bleibe unbemerkt. Ich versuche gar nicht, sie zu belauschen, nur klingt das, was auch immer hier gerade los ist, ziemlich ernst – auf gar keinen Fall soll meine Anwesenheit dazwischenkommen.

»So sprichst du nicht mit deinem Vater, junge Dame«, entgegnet Cate in einem harten Ton, den ich bei ihr in der Art noch nie gehört habe. »Und ich verstehe nicht, wieso du wütend bist. Es ist doch bloß Wäsche.«

Dann höre ich Toms Stimme: »Genau. Was ist los?«

»Ich hasse das Zimmer, das ist los! Es ist nicht mehr Reeses Zimmer und das hasse ich! Ihr habt es einfach weggegeben, als ob ...«, Avery schnaubt, lässt ihre Wut los. »Ihr könnt sie nicht einfach ersetzen, okay? Egal, wie viele Pflegekinder ihr aufnehmt oder wie gut ich mich vielleicht mit denen verstehe. Keine wird jemals meine Schwester sein.«

Wie lange sie das wohl schon mit sich rumträgt? Und habe ich ihr geholfen oder es nur schlimmer gemacht, indem ich ihren Schmerz an die Oberfläche gelockt habe?

»Denkst du, dass wir das wollen? Reese ersetzen?«, hakt Cate nach.

»Nicht? In unserem Leben ist ein Loch und ...«, ihre Stimme zittert, bricht weg. Der Klang, wenn einem die Tränen überkommen. »Und ihr versucht, jemanden hineinzustopfen, aber es geht nicht. Nur Reese passt in das Loch.«

»Du hast recht, da ist ein Loch und es kann nicht gefüllt werden.« Auch Cates Stimme bebt. »Du und deine Schwester, ihr habt mein Leben vervollständigt. Ich liebe euch beide so, so sehr und sie fehlt mir jeden einzelnen Tag. Aber selbst, als sie noch da war, hatten wir genug Liebe und genug Platz im Haus für noch jemanden.«

»Avery, Schatz«, fängt Tom an. Sein Ton ist ruhig, legt sich tröstend um sie. »Wir haben doch mit Reese und dir darüber gesprochen, Pflegeeltern zu werden. Weißt du nicht mehr? Wir haben uns Monate vor ihrem Unfall beworben. Wir haben nur bis letzten Sommer nicht zugesagt. Es war auch für uns schwer. Und der einzige Grund, weshalb wir uns für Reeses Zimmer entschieden haben, ist, dass es so viel größer und schöner ist als das Büro. Wir wollten, dass, wer auch immer hier einzieht, sich wohlfühlt und einen eigenen Rückzugsort hat.«

In dem Moment entschließe ich, mich zu zeigen. Ich trete über die Schwelle zwischen Flur und Wohnzimmer. Avery starrt erschrocken zu mir. Sie weiß, dass ich alles gehört habe. Dann sinkt ihr Blick auf den Boden. Sie wischt sich mit dem Handrücken Tränen von der Wange. »Shit. Ihr habt es uns erzählt, aber dann kam so lange niemand und – du hast recht, Reeses Zimmer ist deutlich besser als das Arbeitszimmer. Tut mir leid, ich schleppe das schon die ganze Zeit mit mir herum.«

Cate sieht ihre Tochter mit so viel Mitgefühl an, dass man glauben könnte, sie würde jeden Moment platzen. »Ich wünschte, du hättest früher etwas gesagt. Du kannst mit uns über alles reden.« Ihr Blick huscht zu mir. »Das gilt auch für dich.« Nicht über alles. Nicht über das Wichtigste.

Avery atmet tief durch. »Ich will, dass die Fotos von ihr

wieder hängen. Die von uns allen zusammen. Ich vermisse es, ihr Gesicht zu sehen.«

»Oh, mein Schatz«, antwortet Cate, »die haben wir doch nur runtergenommen, weil wir dachten, dass es dich traurig macht, sie jeden Tag zu sehen.«

Avery schüttelt den Kopf. »Dass sie weg waren, hat mich traurig gemacht.«

»Okay«, schaltet Tom sich wieder ein. Er wirft die Arme in die Luft und bedeutet ihr, ihm zu folgen. »Komm, lass es uns jetzt sofort machen.«


Ich nehme eines der gerahmten Fotos von Reese von seinem neuen – alten? Erneuten – Platz auf dem Kaminsims. Es ist ein Schulfoto; erkennt man sofort am gewellten blauen Hintergrund. Sie muss etwa sechzehn sein. Ihr Haar ist dunkler als Averys, fast schwarz, und sie hat Cates grüne Augen. »Sie war echt hübsch«, sage ich zu Avery. »Sie kommt nach deiner Mom, du siehst deinem Dad ähnlicher.«

»Hmm.« Sie strahlt das Foto an. »Oh Gott, sie hat Fotos so gehasst. An dem Tag war sie echt anstrengend. Mom hat ihr am Abend vorher noch gesagt, sie solle etwas Ordentliches anziehen, und dann kam sie morgens wie immer in T-Shirt und Jogginghose runter.«

Ja, bitte rede über sie, bis dir die Luft wegbleibt! Zeig mir all deine Gefühle, die guten, die schlechten und die dazwischen. »Was meinte deine Mom dann?«

»›Oh nein, Madame! Du spazierst sofort wieder da hoch und ziehst dich um‹«, erzählt sie lachend. »Reese wollte noch diskutieren, hat aber am Ende nachgegeben. Sie wusste, dass Mom nicht lockerlassen wird.« Dann verschwindet ihr Grinsen wieder. »Du weißt aber, dass all das nichts mit dir zu tun hat, oder? Ich bin froh, dass du hier bist. Ich denke nur in letzter Zeit viel an sie, das ist alles.«

»Ja, weiß ich.« Ich berühre sie am Arm, zeige, dass ich es ernst meine. »Ich weiß.«

»Gut.« Sie sieht mich an. Irgendein Gedanke, der ihr gerade gekommen ist, macht sie nervös. »Denkst du ... ach, vergiss es.«

»Denke ich was?« Zeig mir alles, auch das Schlimmste. Ich will es, solange es echt ist.

»Kommst du nächstes Mal mit zum Friedhof? Meine Eltern halten es nie lange aus. Sie gehen immer zurück zum Auto, bevor ich bereit dafür bin, und es wäre schön, nicht allein zu sein.«

Ich schließe sie in meine Arme, ziehe sie an mich. Diesmal mache ich mir keine Gedanken darüber, ob wir erwischt werden. Dass sie mich an ihrer Seite haben möchte, wenn sie am Grab ihrer Schwester steht, ist ein riesiger Schritt. Sie vertraut mir genug, dass ich sie in ihren verletzlichsten Momenten sehen darf. »Natürlich komme ich mit«, flüstere ich.

Sie drückt mich, fest.

Aus dem Augenwinkel entdecke ich Cate, die ins Wohnzimmer kommt. Bei unserem Anblick lächelt sie. *Eine unschuldige Umarmung. Alles in Ordnung.* Nein, nichts ist in Ordnung. Ihre Tochter bedeutet mir so viel, aber auf eine andere Art, als sie denkt. Es tut mir leid, Cate. Ich wollte dagegen ankämpfen, aber es war zu stark. Ich lasse Avery los. Cate kommt zu uns herüber. »Es ist jetzt viel schöner hier.«

Avery blickt sich zu all den Bildern um, die endlich wieder an ihren richtigen Plätzen sind. »Ist es wirklich.«

Ich will gerade ins Bett gehen, greife schon nach dem Schalter meiner Schreibtischlampe, als ich ein leises Klopfen an meiner Tür höre. Die Uhr auf meinem Nachttisch zeigt kurz nach zwölf – zu spät für Cate oder Tom. Die schlafen schon längst.

Ich habe recht. Auf der anderen Seite der Tür steht Avery, barfuß, den Kopf gesenkt. Was tut sie hier, ihren Mut testen?

Ich strecke meine Hand aus und sie greift danach. Aber es reicht nicht – sie schafft es nicht allein. Zentimeter für Zentimeter führe ich sie nach drinnen. Ich will die Tür erst offenlassen, falls sie doch entscheidet, zu fliehen, aber sie möchte sie schließen.

Ich ziehe den Drehstuhl vom Schreibtisch zurück und biete ihr an, sich zu setzen. Sie bleibt lieber stehen. Sie gräbt ihre Zehen in den Teppich, regt ihr Muskelgedächtnis an. Seit mehr als zwei Jahren hat sie dieses Zimmer nicht mehr betreten, als wäre es unter einer Schneelawine begraben gewesen und das Eis erst jetzt endlich geschmolzen.

Ich beobachte sie, wie sie sich überall umschaut – die Wände, die Decke, der Teppich, die Kommode, das Bett. Ihre Augenlider flattern so schnell wie die Flügel eines Kolibris. Und dann weint sie – oder schluchzt eher –, zittert, während salziges Wasser ihr über die Wangen rinnt.

Sie liegt in meinen Armen, ich lasse ihr nichts anderes übrig. Ihr Beben dringt tief in meine Seele. Ich küsse ihre Stirn und ihre nassen Wangen. Sie stolpert aus meiner Umarmung, zieht mich zum Bett.

Wir legen uns gemeinsam hin. Ihr Kopf halb auf dem Kissen, halb auf meinem Arm. Sie drückt ihr Gesicht an meine Brust und da, wo ihre Augen sind, wird mein T-Shirt feucht. Wir halten einander so eng umschlungen, dass ich nicht sagen kann, wo mein Körper aufhört und ihrer anfängt.

Mit den Fingern fahre ich durch ihre Locken. Nach einer Weile weicht ihr Schluchzen einem sanften, regelmäßigen Atmen. Ich möchte sie nicht aufwecken. Aber ich möchte auch nicht, dass wir erwischt werden. Das hier hat sie sich gewünscht und es ist wahr geworden, wenn auch unter viel bedrückenderen Umständen. Wieso sollte ich mich dagegen wehren? Die Lösung des Rätsels ist einfach: sie die ganze Nacht festhalten und mir nicht erlauben, selbst einzuschlafen.

---

Um viertel vor sechs dringt rosa-orangefarbenes Licht durch die Jalousien und ich flüstere ihr ins Ohr: »Avery, es ist Zeit, aufzustehen.«

Sie regt sich, schnieft, wischt sich über die Augen und sieht mich an. »Du hast mich hier schlafen lassen.« Träge lächelt sie mir zu.

Ich streiche ihr den Pony aus dem Gesicht. »Na ja, du warst sehr müde und ich habe es versprochen, oder?«

Sie gibt mir einen unheimlich sanften Kuss, dann steht sie auf.

Sie öffnet die Tür einen Spalt breit, späht in den Flur. Die Luft ist rein. »Danke«, formt sie noch wortlos mit den Lippen, bevor sie sich umdreht und in ihr Zimmer zurückkehrt.

Noch eine Stunde und fünfzehn Minuten, bis ich mich für die Schule fertig machen muss. Die schlaflose Nacht war es wert, wenn sie Avery auch nur einen Funken Trost gespendet hat. Ich ziehe die Decke hoch und schließe die Augen, hoffe, dass ihre Wunden vielleicht endlich anfangen zu heilen.

## 32

Morgen ist meine Bio-Zwischenprüfung und ich drehe deswegen komplett durch. Schon normale Tests stressen mich, aber wenn sie dann noch den Großteil meiner Note ausmachen, ist es zehnmal so schlimm. Eigentlich wollte ich mir gestern noch alles reinprügeln, aber stattdessen bin ich nach der Schule nur ins Bett gefallen – die Stunde Schlaf am Morgen hat mich gerade so den Tag überstehen lassen. Trotzdem bereue ich die wache Nacht nicht. Avery wirkt seitdem verändert, fröhlicher, angekommener.

Wir lernen zusammen im Wohnzimmer. Hausaufgaben werden nur in Gemeinschaftsräumen gemacht – die Regel haben wir uns überlegt, nachdem wir beide letzte Woche einen Englischtest verkackt haben. In ihrem Zimmer kann sich keine von uns lange konzentrieren. Am Ende sind wir immer am Reden, Lachen, Rummachen – nicht gerade lernfördernd.

Ich gehe meine Notizen zu einem besonders verwirrenden Thema der Biologie durch – dominante und rezessive Gene. Meine Aufzeichnungen sehen so aus:

*BB = dunkelbraune Augen, dominant*

*bb = blaue Augen, rezessiv*
*Nachfahren mit einem BB + einem bb Elternteil können*
*BB (dunkelbraune), bb (blaue), oder Bb (grüne oder hell-*
*braune) Augen haben.*

Ein komplexes Thema stark vereinfacht.

Ein altbekannter Schmerz überkommt mich, der in letzter Zeit immer intensiver geworden ist – die Unterhaltung mit Avery in der Mall, all die schweren, komplizierten Gefühle zu Reese, über die ihre Familie endlich gesprochen hat. Meine Eltern sind nicht gerade mein Lieblingsthema, aber ich kann einfach nicht anders und frage mich, was für Augenfarben sie wohl hatten. Aus irgendeinem Grund habe ich mir meinen Vater immer mit grünen Augen vorgestellt. Ich bezweifle, dass einer von ihnen blaue Augen hat, denn meine haben so einen eigenartigen Braunton. Einer oder beide von ihnen muss blond gewesen sein, damit meine helle Haarfarbe durchkommen kann – rezessive Allele, kein Braun oder Schwarz, das sich durchgesetzt hätte.

»Du siehst aus, als wärst du ganz woanders unterwegs. Was geht da drinnen vor?« Avery streckt ihre Hand aus und tippt mir gegen die Stirn.

»Ich muss im Moment oft an meine leiblichen Eltern denken. Vielleicht versuche ich, herauszufinden, wer sie sind, jetzt wo ich volljährig bin.« Ich habe nicht mal eine Kopie meiner Geburtsurkunde. Das stört mich echt, denn die wäre immerhin der Beweis, dass ich nicht wie eine Schildkröte irgendwo einfach geschlüpft bin, alleingelassen wurde und gefälligst selbst zum Meer kriechen sollte. Der Beweis, dass ich ein Mensch bin – jemand hat mich neun Monate lang im Bauch getragen. *Und dich dann alleingelassen.*

Sie legt ihren Kopf schräg, betrachtet mich und überlegt. »Das solltest du machen.«

»Meine Sozialarbeiterin hat auch kaum Infos zu ihnen und

dürfte sie gesetzlich sowieso nicht an mich weitergeben. Ich bin ziemlich sicher, dass ich vor Gericht gehen müsste, um meine Akten einzusehen, was bedeutet, dass ich einen Anwalt bräuchte, und das Geld habe ich nicht.«

»Ach ja?« Sie sieht mich todernst an. »Hallo?! Meine Mutter ist Anwältin für Familienrecht.«

Ich stelle mich dumm: »Wieso habe ich daran überhaupt nicht gedacht?« Ich habe daran gedacht, aber egal, wie nahe ich ihnen stehe, es wäre mir immer unangenehm, Tom oder Cate um Gefallen zu bitten.

Avery lässt ihren Stift fallen, steht auf, nimmt meine Hand und zieht mich hoch. »Los, wir reden mit ihr. Sie weiß, was zu tun ist.«

Cate sitzt oben in ihrem Arbeitszimmer, die Tür steht einen Spalt breit offen. Wir hören, dass sie gerade telefoniert und genervt von der Person am anderen Ende der Leitung ist. Avery lehnt sich gegen die Wand, verschränkt ihre Arme vor der Brust und wartet ungeduldig. Typisch Avery.

Nach einer Weile ist es wieder still und sie klopft am Türrahmen.

»Ja?«, ruft Cate und wir beide schlüpfen ins Zimmer.

Ich bin zum ersten Mal hier und froh, dass sie mir Reeses Zimmer gegeben haben. Das hier ist ungefähr ein Drittel so groß und an den Wänden hängen freischwebende, halbfertige Holzregale. Es erinnert zu sehr an einen großen Vorratsschrank. Ich hätte hier keine Minute schlafen können. Hurra, ein Hoch auf PTSD – das nie endende Geschenk!

Avery erzählt ihrer Mutter von meinem Dilemma.

Cate tippt währenddessen mit ihren Fingern auf dem Schreibtisch herum. »Hmm. In Massachusetts braucht ein Richter einen guten Grund, um versiegelte Adoptionspapiere freizugeben. Allerdings ist das Gesetz hier nicht ganz eindeutig, weil du ja nie offiziell adoptiert wurdest. Wenn ich das richtig verstehe, ist deine Geburtsurkunde verloren gegangen ...« Sie schnalzt mit der Zunge. »Das Sozialamt ist manchmal so ein Albtraum. Also, wir müssen auf jeden Fall einen Geburtseintrag anfordern. Dazu werden deine Eltern benachrichtigt und sie können widersprechen ...« Noch mehr Tippen auf den Schreibtisch. »Sollte der Richter mich auf die Probe stellen, kann ich einfach mit der Notwendigkeit der Einsicht der familiären Krankengeschichte argumentieren. Dagegen können sie nichts sagen.«

Wow. »Wir« und »ich«. Sie ist schon voll drin. »Du musst echt gut in deinem Job sein.«

»Bin ich.« Sie lächelt. »Keine Sorge, ich kümmere ich darum.«

Sie ist auf jeden Fall eine großartige Anwältin, aber Mutter zu sein, ist immer noch der Job, in dem sie am allerbesten ist. Ich stolpere zu ihr, beuge mich vor und lege meine Arme um sie. »Danke, Cate.«

Sie drückt mich sanft. »Sehr gern.«


»Siehst du? Das war doch einfach«, meint Avery auf dem Weg zurück ins Wohnzimmer.

»Ja, ich bitte nur nicht gern um ...«

Sie packt mich am Ellenbogen und dreht mich zu sich. »Wir haben im Leben nur eine Chance, Britton. Man muss für die Dinge kämpfen, die man wirklich will, und dazu gehört auch, nach Hilfe zu fragen, wenn man sie braucht.«

Jetzt gerade will ich vor allem eines: sie küssen. Mitten im Flur, wo jeder uns sehen kann. Aber so dämlich bin ich nicht. »Ich arbeite daran.«

»Gut.« Sie grinst.

# 33

Meine Bio-Zwischenprüfung lief glaube ich ziemlich gut, aber bis zur Mittagspause bin ich so hinüber vom ganzen Stress, dass ich einen extra großen Kaffee brauche.

Über den Deckel meines To-go-Bechers beobachte ich einen blonden Typen, den ich noch nie gesehen habe, auf unseren Tisch zukommen. Er versucht krampfhaft, seine Nervosität zu verbergen – er sieht sich immer wieder um, unsicher, wo er hingucken soll. Seiner Teamjacke nach spielt er Baseball, heißt Mark und ist in der Elften. »Was geht, Avery?«, fängt er an und reibt sich den Nacken.

Ich nehme noch einen Schluck Kaffee. *Was geht, Avery? Igitt.*

»Hi, Mark.« Sie lässt die Pommes fallen, die sie gerade in den Mund stecken wollte, und schnippst sich Salzreste vom Finger. »Was gibt's?«

»Ich dachte, also, falls du noch kein Date für den Herbstball hast, willst du vielleicht mit mir hingehen?«

Fast spucke ich mein Getränk wieder aus. Es gelingt mir gerade so, zu schlucken, bevor mir alles aus dem Mund läuft. Stimmt, der dumme Fake-Homecoming-Ball ist bald. Es sollte mich nicht schockieren, dass jemand sie nach einem Date fragt – es weiß schließlich niemand, dass sich ihr Beziehungsstatus von »Single« zu »In einer Beziehung« geändert hat. *Höchstens zu »Es ist kompliziert«, Schwachkopf.*

Avery bleibt cool. »Wow, lieb, dass du fragst, danke«, antwortet sie mit süßlicher Stimme. Dann zeigt sie auf ihre Freunde. »Wir gehen als Gruppe, weißt du. Ich kann dir aber ganz bestimmt einen Tanz sichern.« Sie wirft ihm das natürlichste Lächeln zu, das sie sich abringen kann. Niemand außer mir erkennt, dass es Bullshit ist.

Gott, sie ist verdammt gut darin, Abfuhren zu verteilen. *Ach nee, sie ist ja auch verboten hot. Wahrscheinlich haben sie schon Hunderte Typen nach Dates gefragt.*

Er ist geknickt, versucht aber, es gelassen zu nehmen. »Oh, cool, alles gut.«

Das wäre erledigt. Er schlurft zurück zu seinen Freunden, die ihn verspotten: »Loser!«, »Sag ich doch, Idiot.«

*Sorry, not sorry, Bro.*

»Wieso hast du ihm einen Korb gegeben?«, will Kylie sofort wissen.

Tasha macht direkt mit: »Genau, ihr wärt mega zusammen.«

Avery sieht mich hilfesuchend an, ein winziger, kurzer Blick hinter die Fassade. Dann wieder zu Kylie. »Er ist nicht mein Typ.«

Ist er wirklich nicht, selbst wenn das zwischen uns nicht wäre. Sie steht eher auf große, dunkelhaarige und gutaussende Männer wie Noah. Nur auf was für Frauen sie steht, kann ich nicht einschätzen. Spence und ich sind uns in keiner Weise ähnlich. Vielleicht geht es bei Mädchen eher um die Persönlichkeit?

*Kann nicht sein, du bist doch eine Idiotin. Siehst aber ganz okay aus.* Nein, sie will mich nicht nur ins Bett kriegen – unsere Beziehung kann man nicht aufs Körperliche reduzieren. Die

Verbindung geht tiefer – es ist, als verstünden wir einander mühelos. Jetzt, wo ich das einmal erlebt habe, weiß ich gar nicht, wieso ich vorher jemals gedatet habe. Also, Paige war cool. Und Megan davor ... Ich mochte sie und es hat sich fast richtig angefühlt, aber irgendetwas hat nie ganz gepasst. Wie ein Puzzlestück, das die falsche Form hat. Ich glaube, ich habe es nur laufenlassen, weil es immer noch besser war, als allein zu sein. Nie wollte ich mich jemandem komplett öffnen, oder alles an jemandem kennenlernen. Bis Avery auftauchte.

Selbst nach Schulschluss überrascht mich noch, wie sehr mich dieser Mark gestört hat. Es ist komisch. An sich bin ich nicht besitzergreifend – ich habe ja auch überhaupt nie etwas besessen – und Avery ist auch kein Gegenstand, sie gehört mir nicht. Frauen sind nicht das Hab und Gut ihrer Partner, Eltern oder von sonst jemandem. Aber dass es politisch inkorrekt ist, macht mich nicht weniger wütend, dass jemand anderes als ich sie nach einem Date fragt. Sie hat sich allerdings für mich entschieden, fürs Erste. Ist es nicht auch in Ordnung, dass ich diese unglaubliche Unwahrscheinlichkeit einen Moment lang genießen will?

Mit etwas zu viel Schwung knalle ich meinen Spind zu. Die Tür vibriert in ihren Angeln.

»Was für eine Stimmung«, kommentiert Spence. »Was ist los?«

Ich sehe mich kurz um, vergewissere mich, dass niemand uns hören kann. »So ein Typ hat Avery heute gefragt, ob sie mit ihm zum Herbstball geht. Direkt vor mir.«

Sie reißt die Augen auf. »Was hat sie gesagt? Was hast du gesagt?«

»Sie meinte, dass sie mit ihren Freunden gehen will. Und was hätte ich denn bitte sagen sollen?«

»Hast du sie gefragt?«

Ich starre sie an, als wäre sie völlig gestört. »Bist du verrückt?«

»Du weißt schon, dass du sie jetzt fragen musst, oder? Sonst glaubt sie, du willst nicht mit ihr hin.«

Daran habe ich nicht gedacht. Ich will mit ihr hin, aber was bringt der Vorschlag? Sie würde mich nur vertrösten. »Ich kann nicht.«

»Shit. Ich habe ganz vergessen, wie scheiße dieses heimliche Daten ist.«

»Ist es, aber dass ihre Eltern herausfinden, dass ich mit ihrer Tochter rummache, ist wirklich das Letzte, was ich gerade brauche. Und was ihr Coming-out angeht, weißt du selbst, wie persönlich das ist. Sie entscheidet, wann sie so weit ist.«

»Und wenn sie das nie sein wird?«

*Was dann?* »Es macht keinen Unterschied. Du hattest recht, sie ist es wert.«

»Ich hätte auch nie gedacht, dass sie jemandem von der Sache mit ihr und mir erzählt. Ich wusste nicht mal, ob sie generell auf Frauen steht oder nur auf mich. Aber dann hat sie es dir erzählt und ihr seid zusammengekommen. Also frag sie einfach, vielleicht überrascht sie dich.«

Es ist ein Unterschied, ob man sich den Leuten outet, die man liebt, oder allen anderen. Sie ist die Königin ihrer Zombie-Brigade, also würden ihre Freundinnen sie wahrscheinlich nicht deswegen fertigmachen. »Du wirst nicht lockerlassen, oder?«

»Nope.«

»Aber wenn ich sie frage und sie Nein sagt, heule ich mich bei dir aus. Für immer.«

»Wofür hat man Freunde?«

Die Frage trifft mich wie ein Schlag. Wie kann es überhaupt sein, dass Spence nicht einen Harem an Mädchen hat, die um ihre Aufmerksamkeit buhlen? Vergiss ihr Aussehen –

wie ist so eine gute Freundin, sie muss eine tolle Partnerin sein. »Und du? Wen fragst du?«

»Ich habe mehr Spaß mit dem Squad ... und Noah«, schnaubt sie. »Aber wenn du am Ende doch mit ihr gehst, sichere mir ein paar Tänze.«

»Auf jeden Fall.«

---

»Also, dieser Herbstball«, fängt Avery an, während sie in die Sohier Road abbiegt. »Gehst du mit deinen Freunden?«

Ich bin nicht mal sicher, ob ich überhaupt hinwill. Ich war noch nie bei einem Ball und sehe keinen Grund, jetzt mit der Tradition zu brechen. *Sie ist ein guter Grund.* Das wäre der perfekte Augenblick um – »Schulbälle sind nicht gerade mein Ding. Ich denke, ich schwänze es eher.« Uuuuund verkackt. Wovor habe ich solche Angst, verdammt? Sie mag mich. Ich mag sie. Wir sind ... in einer komplizierten Beziehung. Der schwierigste Part ist schon geschafft. *Hmm, nicht mal annähernd.*

Wie auf Signal kommt ein unangemessenes Lachen von ihr. »Als ob ich das zulasse. Wenn du nicht mit denen gehst, kommst du mit meinen Leuten und mir mit.«

Technisch gesehen, gehen wir dann zusammen, aber es fühlt sich nicht an, als würde es zählen. Mir ist es trotzdem lieber, als allein in meinem Zimmer zu hocken und zu schmollen. »Okay, wenn meine Anwesenheit dir so viel bedeutet.«

Sie sieht auf die Straße und schmunzelt.

## 34

Anscheinend ist man nie zu alt, um sich auf Halloween zu freuen. Als Avery letzte Woche beim Mittagessen vorschlug, nach Salem zu fahren, waren Kylie, Liz und Tasha sofort Feuer und Flamme und selbst Amy fand die Idee gut. Sie haben sich zusammengesetzt und über Kostüme gesprochen. Letztlich haben sie sich für sexy Versionen der *Sorcerer's-Academy*-Charaktere entschieden – eklig, wenn man bedenkt, dass die eigentlich neun Jahre alt sind oder so, aber egal. Avery haben sie dazu nicht befragt, denn sie wussten, dass sie sich am Ende für etwas Düstereres, eher traditionell Gruseliges entscheidet. Insgesamt nehmen sie mehr Rücksicht auf ihre Eigenheiten, als ich anfangs dachte. Auf das, was sie von ihnen unterscheidet. Das unterstreicht nur, dass sie kein Problem damit hätten, wenn sie wüssten, dass Avery auf Frauen steht oder wir zusammen sind. Aber das Thema lasse ich lieber in Ruhe. Ich will keinen Stress zwischen uns und es wäre auch nicht fair. Ich bin nämlich nicht gerade scharf darauf, Cate und Tom von uns beiden zu erzählen.

Die Sonne geht unter und wir machen uns für die Festlichkeiten heute Abend fertig. Ich habe mich für ein einfaches

Kostüm entschieden: schwarze Hose und ein schwarzer Reiß-verschluss-Hoodie mit lebensgroßem Skelett vorn und hinten drauf, den ich schon länger habe. Dazu ziehe ich eine ziem-lich realistische Skelett-Halbmaske über, die über meinen Kiefer reicht und die ich letzte Woche gekauft habe, als Avery und ich bei *Party Planet* Zubehör für ihr Kostüm erworben haben.

Sie steht im Badezimmer vor dem Spiegel und perfektio-niert ihr Make-up, während ich am Türrahmen lehne und sie verliebt anstarre, meine Maske um den Hals hängend. In ihrem Zombie-Schulmädchen-Kostüm sieht sie großartig aus und es passt zu den Kostümen ihrer Brigade – kurzer grau-rot karierter Rock, graue Strickjacke mit V-Ausschnitt, schwarze Knie-strümpfe und flache, schwarze Mary Janes, die ihr Outfit wunderbar abrunden. Dazu hat sie sich Silikonpflaster ins Gesicht geklebt, die wie Bisswunden, aufgerissene Haut oder klaffende Wunden aussehen. Ich gehe ins Bad, schließe die Tür hinter mir und schlinge von hinten meine Arme um sie, lege meinen Kopf auf ihre Schulter.

»Vorsicht«, warnt sie mich.

»Verstanden.« Ich küsse ihren Hals und beobachte ihre Reaktion im Spiegel. Ein Lächeln.

Auf geht's. »Wäre es okay, wenn Spence heute auch dabei ist?«

»Ich hatte eigentlich gehofft, dass wir einfach ein bisschen Spaß haben können.« Sie fixiert mein Spiegelbild. »Du hast sie schon eingeladen, oder?«

*Fuck, erwischt.* Das war egoistisch, ich weiß. Mein erstes Halloween in zehn Jahren wollte ich mit ihnen beiden feiern. »Wir haben darüber geredet, aber ich meinte zu ihr, dass ich erst dich fragen muss und ihr Bescheid sage.«

»Du kannst sie nicht ausladen, das wäre fies und so bist du nicht. Und ich versuche auch, weniger scheiße zu sein, deswegen zwinge ich dich nicht dazu.«

Sie ist nicht scheiße, sie ist sensibel – riesiger Unterschied.
»Bist du sicher?«

Sie nickt. »Ich kann nicht versprechen, dass ich nur freundlich bin, aber ich versuche es.«

»Danke.«

»Ist gut. Und jetzt raus hier, damit ich das fertig machen
kann. Du lenkst mich ab.«

»Du bist sexy, wenn du bossy bist.« Ich gebe ihr noch einen
Kuss auf den ungeschminkten Teil ihres Halses und hüpfe
dann aus dem Zimmer.

Sie leiht sich den SUV von ihrem Dad und wir holen die
Brigade bei Kylie zu Hause ab – das liegt auf dem Weg nach
Salem. Wir nehmen die Landstraße, um den Verkehr auf dem
Highway zu umgehen.

Das Parken war schon an einem normalen Samstag
schlimm, aber heute ist es wirklich die Hölle. Nachdem wir
eine Viertelstunde suchend im Kreis die Hauptstraßen entlang-
gefahren sind, gibt Avery auf und entscheidet sich für die teure
Tiefgarage des Museums. Die Lage ist ideal, nur ein paar Meter
zur Fußgängerzone in der Essex Street.

Die Kopfsteinpflasterwege sind komplett überfüllt und wir
müssen uns in Pärchen aufteilen – Amy und Liz, Kylie und
Tasha, Avery und ich. Mal wieder frage ich mich, ob ihre
Freundinnen eigentlich auf irgendetwas anderes achten als auf
ihre eigenen Titten. Wir sind inzwischen ständig zusammen,
wie können sie nicht checken, dass wir ein Paar sind? Allerdings hat Spences Squad auch nichts gemerkt, abgesehen von
ihr selbst, und nur, weil sie mal in der gleichen Situation war.
Die meisten Teenager sind viel zu sehr mit ihrem eigenen Kram
beschäftigt, als dass sie sich für den anderer Leute interessieren.
Ich wäre auch gern so, aber wenn es erstmal antrainiert ist, lässt

sich die Wachsamkeit nicht mehr abschütteln. Die war für mich immer überlebenswichtig, genau wie bei einem wilden Tier.

Das Klingeln meines Handys reißt mich aus meinen Gedanken.

*Spence: Ich stehe vor Wicked Ink.*

Ich weiß noch von letztem Mal, wo das ungefähr ist. Wir sind etwa einen Block entfernt. Ich schreibe ihr zurück:

*Gleich da.*

»Spence ist da.«

»Du hängst wieder mit ihr ab?«, Tasha sieht Avery fragend an. Sie ist überrascht, aber nicht abfällig. Als Avery Teil der Drei Musketiere war, gab es da die Brigade schon? Ich weiß immer noch nicht alles von der ganzen Sache und bin nicht in der Position, zu fragen. Aber es macht sowieso keinen Unterschied. Nur, wie es weitergeht, zählt.

»Britton wollte, dass sie mitkommt. Heute ist sie also dabei.«

»Ich finde sie cool«, fügt Liz schulterzuckend hinzu. In dem Moment entscheide ich, dass ich sie von Averys Freundinnen am liebsten mag.

Sonst kommentiert es niemand, und selbst wenn sie das wollten, würden sie sich nach Averys Ansage nicht trauen. Diese Art von Einfluss auf andere Menschen zu haben ... Das ist ihre Superkraft.

Spence lehnt in einem Piratenkostüm an der Backsteinwand des Gebäudes. Ihr Haar hängt in einem langen geflochtenen Zopf über ihrer Schulter, auf dem Kopf ein Dreispitz. Dazu ein lilafarbenes Korsett, ein zerfledderter schwarzer Rock, Netzstrumpfhose und kniehohe Lederstiefel. Ich hätte nicht gedacht, sie in solch einem Girly-Outfit zu sehen. Jemals.

Ohne nachzudenken, pfeife ich ihr durch meine Maske hindurch zu. »Shit, krasses Kostüm.«

Avery wirft mir einen finsteren Blick zu, bei dem ich mir fast in die beschissene Hose mache. Viel beängstigender als das letzte Mal, als ihre Eifersucht durchkam, und trotzdem freue ich mich auf eine seltsame Weise darüber. Sie will die einzige Frau sein, die ich ansehe. Ich verstehe nur nicht, wie sie nicht wissen kann, dass sie das sowieso ist.

»Danke. Hey!«, grüßt Spence in die Runde. Dann zu Avery: »Nice Verkleidung.«

»Du auch«, antwortet sie gelassen.

»Lasst uns rumlaufen und gucken, wo was geht«, schlägt Tasha vor.

Zuerst steuern wir die Washington Street an.

Gut, dass ich meine Nikon mitgenommen habe – sie baumelt um meinen Hals, wenn ich sie nicht gerade in der Hand halte. Alle paar Sekunden sehe ich etwas Neues, das ich fotografieren muss.

Zwei Frauen gehen an uns vorbei, die sich aus durchsichtigen Regenschirmen, weißen Spitzenbändern und LED-Lichterketten leuchtende Quallenkostüme gebastelt haben. Ich fotografiere sie. Sie machen mit und posieren für die Kamera, als ich knipse.

Ein paar Minuten später treffen wir sechs Leute, die sich wie die original Power Rangers aus den Neunzigern verkleidet haben. Spence und ich – und überraschenderweise auch Kylie – sind sofort am Nerden, ich schieße ein paar Fotos von ihnen in den Angriffsstellungen und dann noch welche zusammen mit unserer Gruppe. Avery hat Spaß, mit ausgestreckten Armen und schlaffen Handgelenken tut sie so, als wolle sie nach dem Gehirn von Pink Ranger greifen, die auch sofort mitmacht und so tut, als würde sie Avery mit einem Karatekick abwehren. Die Fotos sind superlustig, die muss ich ausdrucken und einrahmen. Avery, wie sie lockerlässt und Spaß hat, ist das Beste, was ich je gesehen habe. Die Fotos von heute werde ich auf jeden Fall für das Portraitprojekt vom Fotoclub einreichen – weder Avery noch sonst jemand widerspricht.

Spence versteht sich auch ganz gut mit den anderen, besonders mit Liz, weil sie so aufgeschlossen ist. Dennoch bleibt sie die meiste Zeit bei mir. Ich achte peinlich genau darauf, meine Aufmerksamkeit gerecht zwischen Avery und ihr aufzuteilen. Nach Averys Reaktion auf meinen Kommentar zu dem Slutty-Piratin-Kostüm könnte der Abend ganz schnell ziemlich schrecklich werden. Bisher klappt es recht gut.

Die Atmosphäre um uns herum hilft dabei; alle sind so ausgelassen und fröhlich, dass Avery und Spence sich sogar immer mal wieder entspannt über die genialen Kostüme mancher Leute austauschen. Ich bleibe einen Schritt zurück und beobachte zufrieden, wie sie nebeneinander hergehen.

Lange kann ich den Anblick aber nicht genießen. Avery bemerkt, dass ich nicht mehr neben ihnen bin, und sieht über ihre Schulter zu mir. Sie streckt einen Arm hinter sich aus, wackelt mit den Fingern. Ich berühre sie mit meiner Hand und sie hält mich fest. Dann zieht sie mich zwischen Spence und sich und lässt mich wieder los.

»Ey, lasst uns zum Park gehen!«, ruft Amy uns von ganz vorn zu. »Rock 92.9 hat da eine Bühne aufgebaut.«

Avery gibt mit einem Nicken ihre Zustimmung.


Der Park ist heftig. In der Mitte steht eine riesige Bühne, daneben ein enormes Oktoberfest-Biergartenzelt. Gerade spielen Friday Night Fistfight, eine Band mit einer Frontsängerin, und bestimmt um die tausend Leute gehen dazu ab und genießen ihre Hopfengetränke. Wir drängeln uns durch die Menge näher zur Bühne. Beim vierten Song, einem Punk-Cover von »Miracle« von den Chvrches, sind wir alle voll drin. Spence steht rechts von mir, Avery links. Beide singen mit und bewegen sich zum Rhythmus. Mir wird auf einmal klar, dass die beiden Mädchen für mich die wichtigsten Menschen auf der Welt sind, und so wie sie über ihre schmerzhafte gemeinsame Vergangenheit hinwegsehen, um heute an meiner Seite zu sein, bin ich es vielleicht auch für sie. *Wie kannst du so ein verdammtes Glück haben?*

»Was soll das dämliche Grinsen?«, fragt Avery.

»Ich hab einfach gruselig viel Spaß, das ist alles.«

Ich verstehe ihren Gesichtsausdruck. Obwohl sie so sehr ihre Arme um mich legen möchte, erlaubt sie es sich nicht. Sie tut vielleicht nichts, was sie nicht tun möchte, aber sie tut eben auch nicht alles, was sie tun möchte.

Spence stupst mich mit dem Ellenbogen an und deutet auf einen großen Typen mit einem Bier in der Hand, der als Sensenmann verkleidet ist. »Für ein Bier würde ich gerade töten, du nicht?«, ruft sie mir zu.

»Ich mag Bier nicht wirklich. Immer noch besser als Hochprozentiges und ich würde eins trinken, aber ...« Ohne ein Wort verschwindet Avery Richtung Biergarten. Ich bin so perplex, dass ich laut frage: »Wo will sie denn hin?«

Spence entwischt ein Schnauben, das klingt, als wäre sie halb außer Puste. »Sie muss noch ihren gefälschten Ausweis haben.«

Ich merke, wie meine Augenbrauen immer weiter nach oben wandern. »Ihren was?« Natürlich hat sie einen gefälschten Ausweis. Wahrscheinlich hat die gesamte Brigade welche. Sie sind die coolen Mädchen und das ist ein essenzielles Coole-Mädchen-Ding.

Ein Teilchenbeschleuniger muss mich durch eine Fehlfunktion in eine alternative Dimension geschleudert haben, denn ich hätte niemals gedacht, dass ich mit einer beliebten Cheerleaderin zusammenkomme. Die daten keine Mädchen. *Nicht öffentlich.* Da ist der Haken. Und so bleibt ihr Glück unerreichbar, vergraben unter ihren Schuldgefühlen. Meins auch, gefangen in den Wänden ihres Elternhauses. Eines Tages werden wir frei sein, wir müssen nur durchhalten.

Spence grinst. »Es ist sogar eine ziemlich gute Fälschung, scanbar und alles.« Sie deutet in Averys Richtung, die inzwischen schon am breiten Türsteher vorbeigekommen ist. Ich beobachte, wie sie einem der Barkeeper ihre Bestellung durchgibt und dann bezahlt.

Danach spaziert sie voller Selbstbewusstsein und mit je einem Bier in der Hand zu uns zurück und lächelt allen zu, an denen sie vorbeigeht – inklusive zwei Polizisten. Erstaunlich, wie sie manchmal so dreist sein kann und dann wieder so schüchtern. Es ist auch erstaunlich, wie sehr ich beide Seiten an ihr mag – alle Seiten.

»Hier.« Sie reicht Spence einen der blauen Plastikbecher und nippt am anderen. Spence zieht ein Bündel Scheine oben aus ihrem Korsett. Cooler Trick. Avery guckt das Geld nur abschätzig an. »Willst du mich beleidigen?« Sie wartet kein Danke von Spence ab, sondern geht direkt zu ihren Freundinnen, die ein Stück weiter weg stehen.

Spence nimmt einen Schluck Bier. »Sie hat sich überhaupt nicht verändert.«

Hat sie. Sehr sogar. Die unbeschwerte Avery, die Spence kannte, ist tief in ihr drin weggesperrt. Hin und wieder blitzen Teile des Mädchens, das sie einmal war, in der Dunkelheit auf. Und ich werde weiter versuchen, alle davon ans Licht zu holen, egal wie lange es dauert. Sie wird wieder glücklich sein. Was sie gerade getan hat ... ist ein großer Fortschritt.

Wir sehen uns noch ein paar weitere Bands an und Avery trinkt noch ein paar mehr Bier, bevor sich alle einig sind, dass wir etwas zu essen brauchen.

Wir machen uns auf den Weg ins Zentrum. Überall sind lange Schlangen, dennoch stellen wir uns bei einem Restaurant mit dem Namen »The Village Tavern« an. Avery schwört, dass deren Essen unglaublich ist und mich das Fried Chicken umhauen wird.

Vor uns steht eine gemischte Gruppe aus Jungs und Mädchen, etwa in unserem Alter. Ein paar sind verkleidet, aber nicht alle, und eines der Mädchen dreht sich immer wieder zu mir um. Sie trägt ein aufwendiges Hexenkostüm, hat mehrere Schichten Theaterschminke drauf und ihre Gesichtszüge sind durch Special-Effects-Make-up verzerrt. Ich bin nicht sicher, ob ich sie vielleicht kenne oder ob sie mich von irgendwoher kennt. Ich nehme meine Halbmaske ab, lasse sie um meinen Hals baumeln.

»Krasse Kamera.« Sie lächelt und zeigt auf meine Nikon. Okay, sie kennt mich nicht. Wieso starrt sie mich dann so an? »Wo hast du die her?«

»Danke. Ähm, ich weiß nicht, die war ein Geschenk.«

»Chroma, in Beverly«, schaltet Avery sich ein.

»Genau, von da«, schnauze ich.

»Cool.« Sie ignoriert Avery und konzentriert sich auf mich: »Bist du aus Beverly?«

*Nope.* »Ja.« Ich sehe sie genauer an. Ihre Augen sind lilafarben, die Pupillen Schlitze wie bei einer Katze. »Heftige Kontaktlinsen.«

Sie kichert. »Findest du?«

»Schon.«

Avery steckt sich ihre Hände in die Taschen, zieht ihre Jacke nach unten und verkündet ihren Freundinnen: »Ich muss mal.«

»Ich auch«, sage ich, »und ihr?« Kollektives Kopfschütteln. Ich entdecke eine Reihe grüner Dixi-Klos, nur ein kleines Stück die Essex Street runter. Die Wartezeit scheint nicht zu lang. »Avery ...«, ich zeige in die Richtung.

Sie nickt mir zu. »Wir kommen gleich wieder.«

. . .

In der Schlange vor den Toiletten dreht sie sich mit verschränkten Armen zu mir. »Das Mädel hat mit dir geflirtet und du hast mitgemacht.«

»Was? Nein! Wir haben uns nur unterhalten.«

»Die hat dich schon die ganze Zeit, die wir da standen, so creepy angeguckt!«, fährt sie mich an. »Du siehst auch nie, wenn jemand auf dich steht.«

»Weil ich nicht verstehe, worauf jemand stehen sollte«, gestehe ich.

»Ich wünschte, du könntest dich auch nur eine Minute lang mit meinen Augen sehen, dann würde nie wieder etwas so Lächerliches aus deinem wunderschönen Mund kommen.«

Ach, scheiße. Wenn ich nicht sofort das Thema wechsle, verliere ich die Kontrolle und küsse sie auf der Stelle, vor Hunderten von Leuten. »Hey, äh, das war cool von dir, dass du Spence ein Bier geholt hast.«

»War nicht das erste Mal.«

»Wird es das letzte Mal sein?«

»Ich weiß nicht. Vielleicht nicht. Es tut langsam weniger weh.«

»Das ist gut.«

»Ja.«

Dann wird eine Kabine frei und sie bedeutet mir, als Erstes zu gehen. Gerade als ich die Tür hinter mir zuziehen will, huscht sie mit rein. Es ist eng und stinkt nach Pisse, aber das stört sie nicht. Sie packt mich am Gürtel, reißt mich an sich, presst ihre Lippen auf meine und stößt mit der Zunge in meinen Mund. Selbst meine totale Überraschung hält mich nicht davon ab, es zu genießen. Ich lege meine Hand in ihren Nacken, in ihr Haar.

Das hier ist anders als unser normales Rummachen, gehetzter und gieriger, als hätte sie sich etwas zu beweisen – ich weiß nicht, ob es am Bier liegt, an diesem Mädchen oder sogar an meinem dummen Hinterherpfeifen bei Spence vorhin. Ist es okay, dass mir der Grund komplett egal ist?

Sie weicht zurück und lächelt mich provokativ an. »Ich musste nicht aufs Klo, ich wollte nur mit dir allein sein.«

Wieder dieses Gedankenlesen! »Ich auch.«

Ihr Mund findet zurück auf meinen und sie beißt mich leicht, bevor sie den Reißverschluss an meinem Hoodie öffnet und ihre Hand unter mein Shirt schiebt, unter meinen BH. Mit ihren warmen Fingern reibt sie mich, kneift. Sie weiß verdammt gut, was mich anmacht.

Mit ihrer freien Hand nimmt sie meine rechte Faust, drückt sie innen an ihren Oberschenkel, führt sie unter dem Rock nach oben. Meine Finger bewegen sich wie von allein, schieben ihren Spitzenslip zur Seite.

Nein!

Ich reiße meine Hand zurück. »Warte.« Eigentlich ist Sex die einzige Sache, bei der ich mir erlaube, impulsiv zu sein, denn es ist unglaublich und ich weiß, dass ich gut darin bin, aber das mit ihr kann ich auf gar keinen Fall in einem fucking Dixi-Klo passieren lassen. Erst recht nicht, wenn es so viele falsche Gründe gibt, aus denen sie es wollen könnte. Sie schreckt zurück, beschämt, verletzt. Ich muss es in Ordnung bringen.

»Avery.« Ich lehne mich zu ihr hinüber, lege meine Hände auf ihre Wangen. »Du hast ein Bett verdient und Kerzen oder so, Rosenblätter. Ich will es richtig machen, wenn du dir sicher bist.«

So sanft habe ich ihre Augen noch nie gesehen. »Ich …«

Ein lautes Schlagen an der Tür zerstört den Moment. Die läppische Plastiktür vibriert unter einer wütenden Faust. »Verdammte Scheiße, nehmt euch ein Zimmer!«, brüllt eine Frau.

Wir brechen beide in Gelächter aus. Avery öffnet die Tür, nimmt meine Hand und zieht mich in das Getümmel. Die wütende Frau wirft uns noch einen bösen Blick zu. Avery ruft ihr noch ein »Verpiss dich!« hinterher und führt mich wieder Richtung Restaurant.

Meine Hand liegt immer noch in ihrer und ich bin wie benommen. Vielleicht fühlt sie sich mutig, weil das Kostüm ihr eine gewisse Anonymität verleiht, oder es liegt daran, dass so viel anderes Spektakuläres um uns herum passiert, dass sich wohl kaum jemand für zwei Händchen haltende Mädchen interessiert.

Als wir uns unseren Freunden nähern, will sie mich wieder loslassen, aber ich zögere eine Millisekunde länger, als ich sollte. Sie wirft mir einen reumütigen Blick zu: »Bald bin ich so weit.«

Ich sehe, wie ernst sie es meint. Wie sehr sie sich wünscht, jetzt schon so weit zu sein. »Ich weiß, Baby.« Baby! *Gerade hättest du sie noch fast in einem Dixi-Klo gefingert und jetzt drehst du wegen eines kitschigen Spitznamens durch?* »Ähm, ich, also, nicht ...«

»Baby ist gut. Gefällt mir.« Sie lächelt.

Ich lächle auch.


Das Essen ist super. Die Unterhaltung noch besser. Wir lachen über dämliche Sachen, hässliche Modetrends und idiotischen Scheiß, den die Leute in der Schule so abziehen – auf dem Klo beim Vapen erwischt werden, Feueralarm auslösen, um aus einem Test rauszukommen, bei der Pep Ralley nackt über das Spielfeld laufen, sowas. Für einen Moment ein Teenager wie alle anderen zu sein, ist das stinknormalste und gleichzeitig das fantastischste Gefühl überhaupt. Die sorglose, ausgelassene Phase des Lebens. Mir war überhaupt nicht bewusst, dass es eigentlich genauso sein sollte. Aber sie haben mich inspiriert: Ich werde versuchen, den Rest meiner Schulzeit so gut es geht zu genießen.

Unter dem Tisch hält Avery ununterbrochen meine Hand.

Ein guter Anfang. Ich mag es, ihre Haut an meiner zu spüren. Wie oder wo ist nebensächlich, Hauptsache wir berühren uns.

Wir besetzen den Tisch viel zu lange – anderthalb Stunden, am beliebtesten Tag des Jahres –, bis Tasha schließlich sagt: »Shit, schon halb zwölf! Meine Eltern rasten aus.«

»Die Zeit rennt«, kommentiert Spence, während sie die Bedienung herbeiwinkt.

Die Kellnerin legt die Rechnung in die Mitte des Tischs und Kylie schnappt sofort zu. Sie ist das Mathegenie der Brigade, auch wenn ich sicher bin, dass Spence noch besser ist. Ich halte mein Bargeld bereit, aber Avery zieht einen Hunderter unter dem Case ihres Handys hervor. »Geht auf mich«, sagt sie zu mir.

Ähm, nein. Ich klatsche siebzig Dollar auf den Tisch. »Heute nicht.« Sie muss mir angesehen haben, dass jegliche Diskussion zwecklos ist. In meinem Kopf war das hier ein Date, also zahle ich. Alles andere würde ich nicht zulassen.

»Du kannst echt stur sein.«

Ab und zu. Wenn es um Anstand geht, immer. Eddie, einer der netteren Erzieher in einer Gruppenunterkunft, in der ich vor ein paar Jahren war, hat allen Jungs beigebracht, was einen Gentleman ausmacht. Ich weiß noch, dass er mich hinzugeholt hat, nachdem ich mich ihm gegenüber geoutet habe. Er wusste es als erster Erwachsene und seine Reaktion war nur: »Dann musst du auch lernen, wie man eine Lady behandelt.« Schlicht, unkompliziert. Er war nett.

Kylie stopft das gesammelte Geld in das kleine Mäppchen mit der Rechnung. »Okay, gehen wir.« Und damit sind die Feierlichkeiten des Abends beendet.


Wir begleiten Spence noch zum Klop-Alley-Parkplatz. Sie verabschiedet sich zuerst von der Brigade, bevor sie sich an

Avery wendet. »Danke, dass ich heute mitkommen durfte. War ein lustiger Abend.«

»Fand ich auch.«

Spence und ich merken beide, dass Avery sie im Auge behält. Trotzdem wirft sie mir locker den Arm um die Schulter und fragt: »Sehen wir uns morgen beim Mittagessen?«

»Jup. Und schreib mir, wenn du zu Hause bist, okay?«

»Okay.« Sie steigt in Sweet Caroline.

Als der Wagen die Straße hinunter verschwindet, schaue ich zu Avery. Das entgeht ihr nicht. »Wieso siehst du mich so an?«

»Wie denn?«

»Na ... so!«

Dieses warme Gefühl in meiner Brust, in meinem Bauch, überall ... Ich will nur meine Theorie bestätigen, dass ich sie lie... *Whoa, ganz langsam! Es sind gerade mal was? Ein paar Wochen?* Nein, seit dem ersten Moment, als ich sie sah. Als sie die Stufen herunterkam und sich unsere Blicke getroffen haben. Ich habe nie an Liebe auf den ersten Blick und solchen Kram geglaubt und dann ist es mir selbst passiert, alles in der Zeit eines einzigen Herzschlags. Alles, was seitdem passiert ist, hat das Gefühl nur noch verstärkt. *Wenn du nicht willst, dass sie dich sitzenlässt, dann warte, bis sie es zuerst sagt. Wenn sie denn genauso fühlt.* »Weil du toll bist.«

Sie macht wieder ihr typisches Auf-die-Lippe-Beißen. »Du auch.«

»Kommt schon, Leute! Es ist kalt«, ruft Liz uns vom Gehweg aus zu.

Avery hakt sich bei mir unter, wie sie es auch ständig bei Tasha, Kylie oder wem auch immer macht – völlig akzeptabler Körperkontakt. »Gehen wir.«

## 35

Cates Auto steht in der Einfahrt, Toms nicht. Ungewöhnlich für einen Donnerstagnachmittag. Die letzten Tage der Woche arbeitet Tom eigentlich immer von zu Hause. Außerdem war er da, als Avery und ich heute Morgen zur Schule gefahren sind. Cate ist etwa zur gleichen Zeit los wie wir, aber wir haben nicht mehr gesehen, wie sie mit ihrem Mercedes weggefahren ist. Tom könnte sie zur Arbeit gebracht haben, auch wenn ich keine Ahnung habe, wieso er das hätte tun sollen. Avery ist genauso verwirrt wie ich. »Mom?«, ruft sie in die Küche hinein. Keine Antwort. Sie schlendert zur Treppe und brüllt nach oben: »Ey, Eltern!« Nichts. »Komisch.«

»Haben die heute irgendetwas vor?«

»Nicht, dass ich wüsste.«

Das könnte ein schlechtes Zeichen sein. Vielleicht etwas mit Averys Großeltern? »Aber bei einem Notfall hätten sie Bescheid gesagt, oder?«

»Kennst du meine Eltern nicht? Einer von ihnen hätte uns direkt von der Schule abgeholt.«

»Stimmt.« Also ist alles in Ordnung. Kein Grund, sich Sorgen zu machen. Ich öffne meine Umhängetasche, ziehe *Eine*

*Geschichte aus zwei Städten* heraus und pflanze mich damit in den Sessel.

Avery lässt ihren Rucksack neben dem Couchtisch auf den Boden fallen. »Direkt mit den Hausaufgaben anfangen. So eine fleißige Schülerin.«

»Ich muss halt gute Noten schreiben, um für die MassArt so viel Fördergeld wie möglich zu bekommen.« Ich blättere zum ersten Kapitel und fange an, zu lesen.

»Hey.« Sie legt mir ihre Hand unter das Kinn, beugt sich zu mir herunter und küsst mich – mitten im Wohnzimmer, ein gewagter Verstoß gegen unsere Regeln.

*Du hast sie trotzdem zurückgeküsst.* »Wofür war der denn?«

Sie schmeißt sich aufs Sofa. »Ich finde es gut, dass du unsere Abmachung ernst nimmst.«

»Du etwa nicht?«

Sie entschließt sich, ebenfalls das Buch rauszuholen und zu lesen. »Ich hab schon mit meiner Bewerbung angefangen. Die Frist für die frühe Zulassung ist am ersten Dezember.«

Wie bei der MassArt, und heute ist der erste November, langsam wird es eng. Zeit ist so ein absurdes Konzept. Es hat sich für mich immer willkürlich angefühlt. Manchmal zieht sie sich unendlich, ohne dass sich etwas tut, und dann, *bämm*, schmeißt das Universum alles durcheinander und es herrscht pures Chaos. »Da sollte ich mich auch dransetzen.«

»Ja, solltest du.«

»Mache ich am Wochenende. Versprochen.«


Ich bin bei der Hälfte des dritten Kapitels, als ich zu Avery hinübersehe. Sie liegt auf dem Bauch und macht mit den Füßen kleine Tritte in die Luft. Wie kann man beim Lesen so süß aussehen? Ich könnte sie mein ganzes Leben lang einfach nur beobachten. Minuten, Stunden, Tage, für immer.

*Der Herbstball. Tick, tack, bitch!* Der ist Samstag in zwei

Wochen. Mit ihr zusammen – offiziell – hätte ich nichts dagegen, hinzugehen. Averys Worte gehen mir durch den Kopf: »Man muss für die Dinge kämpfen, die man wirklich will.« Und ich will mit ihr zum Herbstball gehen. Das muss ich deutlich machen. *Stell dich nicht so an und frag sie.*

»Gehst du mit mir zum Herbstball?«, platze ich so schnell heraus, dass es wie einziges Wort klingt. *Idiotin.*

Sie legt ihr Buch offen wie ein kleines Zelt über die Lehne der Couch. »War das nicht schon abgemacht?«

»Ich meine *mit* mir, als mein Date. Wir können trotzdem mit deinen Leuten als Gruppe gehen und die ruhigen Songs auslassen.« Kleine Schritte.

»Kann ich darüber nachdenken?« *Autsch.* Besser als eine Abfuhr, aber ich kann nichts dagegen tun, dass meine Enttäuschung durchscheint. »Nein, hör mal«, sie setzt sich auf und streckt die Hand nach meiner Wange aus. Ich schmiege mich an sie. Zum zweiten Mal brechen wir heute schon unsere Regel, was das heimlichen Dating betrifft. Es ist ein sanfter, süßer Kuss. »Es ist nicht so, dass ich es nicht möchte. Ich brauche nur Zeit, um den Gedanken ... wirken zu lassen.«

»Das verstehe ich. Es ist in Ordnung, wenn dir das zu viel ist. Ich wollte dich nur fragen, das ist alles.«

»Ich lasse dich nicht hängen.«

»Okay.«


»Mädchen, wir sind wieder da!«, ruft Cate beim Öffnen der Haustür. Ich kann die Pizza schon riechen, noch bevor ich sie sehe. Cate und Tom kommen ins Wohnzimmer.

»Wo wart ihr?«, fängt Avery sofort im Erwachsenenmodus an: die Arme vor der Brust verschränkt, den fordernden Blick auf ihre Eltern gerichtet. Es ist niedlich und ein bisschen beängstigend.

Tom stellt die Box mit der Pizza auf dem Couchtisch ab

und streckt die Hände hoch, wie bei einem Überfall. »Friedens-angebot.« Er und Cate setzen sich zusammen auf das Zweiersofa.

Cate sieht zu mir. »Wir hatten einen Termin mit deiner Sozialarbeiterin.«

Einen was? Wieso? Ab und zu macht Joanne Sicherheits-checks bei den Familien, aber der letzte liegt schon Jahre und mehrere Pflegefamilien zurück. Jüngere Kinder haben E-Mail, was richtig ist – die wissen noch nicht, welche Gefahren lauern und wie sie sich schützen können.

Pizza. Manchmal gab es für das »Du musst hier ausziehen«-Gespräch besonders leckeres Essen von den Pflegeeltern, um den Schock abzumildern und ihr eigenes Gewissen zu besänfti-gen. Nein, bitte schickt mich nicht weg! Ich werde mich bessern, ich werde perfekt sein! »Habe ich was falsch gemacht?« So verdammt viel.

»Ganz und gar nicht, Kleine«, antwortet Tom.

Cate öffnet sofort den Mund: »Sei nicht albern. Du bist ein tolles Kind und wir sind froh, dass du hier bist.«

»Was ist dann los?«, verteidigt Avery. Sie sitzt an der Kante des Sofas, die Augenbrauen zusammengezogen, die Lippen geschürzt …

Zwar kam die Frage von Avery, die Antwort richtet Cate aber an mich: »Ich brauchte die Unterschrift der Sozialarbei-terin für den Antrag auf Einsicht deiner Akten. Ich wollte es nicht Faxen oder per E-Mail schicken. Wer weiß, wie lange wir dann auf Rückmeldung gewartet hätten.«

Puh. »Tut mir leid, ihr hättet euch nicht die Mühe machen müssen.«

»Quatsch.«

Tom zeigt mit dem Daumen auf seine Frau. »Sie musste mal Privatdetektive engagieren, um jemanden zu finden, der die Scheidungspapiere nicht unterschreiben wollte. Das hier war ein Kinderspiel.«

Cate nickt. »Jetzt ist es geklärt. Ich habe schon mit einem Bekannten gesprochen, der beim Standesamt arbeitet, und ihm den Papierkram geschickt. Er kann den Antrag etwas beschleunigen. Sobald alles durchgeht, haben deine Eltern fünfzehn Tage Zeit, dem Antrag zu widersprechen. In ein paar Wochen wissen wir also, ob wir vor Gericht gehen müssen.«

Sie steckt so viel Arbeit in die Sache, ohne irgendeine Gegenleistung zu erwarten. Ich weiß nicht, was ich sagen soll. Das Ausmaß meiner Dankbarkeit ist unmöglich, in Worte zu fassen. »Das ist ... wow, vielen, vielen Dank.«

»Gern geschehen. Und jetzt lasst euch die Pizza schmecken, bevor sie kalt wird.«

»Brauchen wir keine Teller?«, fragt Avery und mustert ihre Mutter.

Tom winkt ab. »Heute sind wir mal ganz verrückt.«

## 36

»Britton, stimmt irgendetwas nicht?«, fragt Cate vom Sofa aus und legt die Akte weg, in der sie gerade gelesen hat.

Mein Fehler, denn ich hatte mein Gesicht nicht unter Kontrolle, während ich über Averys *Kann ich darüber nachdenken?* von gestern gegrübelt hab. Dabei verstehe ich sie wirklich – mit mir auf den Ball zu gehen, ob nun geheim oder nicht, ist ein großes Ding. Das ändert aber nichts daran, dass es wehgetan hat. Ich will Pärchenkram mit ihr machen, selbst wenn es unter uns bleibt. Sind wir denn kein Paar? »Nein, alles gut. Mir ist nur langweilig.« Ich halte die Fernbedienung hoch. »Es läuft nichts im Fernsehen.« Auf ein Buch kann ich mich gerade nicht konzentrieren. Der Squad trifft sich heute im *99 Restaurant* zum Essen, aber ich habe keine Lust auf eine Gossip-Party oder wie zur Hölle Olivia es genannt hat. Avery ist in ihrem Zimmer. Sie meinte, dass sie Ruhe braucht, um sich auf ihr Motivationsschreiben für die Bewerbung zu konzentrieren. Das ist auch gut so, denn sie sollte definitiv nicht zugucken müssen, wie ich hier beleidigt rumhänge, denn genau das würde sie sehen, wäre sie hier. Aber sie weiß, dass ich geknickt bin. Es ist sinnlos, sich etwas anderes einzureden.

»Ich wollte gleich mit dem Abendessen anfangen. Willst du mir helfen?«

Es ist Freitag. »Gehen Tom und du nicht aus?«

»Date Night musste diese Woche auf morgen verschoben werden. Da haben wir Karten für das Spiel der Bruins. Ich habe Avery gefragt, ob ihr zwei mitkommen wollt, aber sie meinte, ihr hättet schon etwas vor.«

Ach ja? »Ah, stimmt. Hab ich kurz vergessen, sorry.«

»Und, wie sieht's aus, hilfst du mir beim Abendessen?«

Ich mag Kochen. Etwas, worin ich über die Jahre tatsächlich ganz gut geworden bin. Ich hatte viel Übung. Sich selbst Essen machen zu können, ist für Pflegekinder überlebenswichtig. Manchmal hätte ich sonst gar nichts bekommen. »Klar, wieso nicht.«


Es macht Spaß, zusammen mit Cate in der Küche zu stehen. Sie stellt das Radio laut und singt bei den Songs mit, was ich wirklich nicht erwartet hätte. Ich lasse mich ein bisschen gehen und wippe selbst zu dem einen oder anderen Lied. Dann stopfen wir kleingeschnittene italienische Wurst, Knoblauch, Käse und Brösel in den letzten Pilz und sie schiebt das Blech in den Ofen. »Gut gemacht.« Sie wischt sich ihre Hand an der Schürze ab und streckt sie mir für ein High five entgegen. Ich schlage gern ein. »Tust du mir noch einen Gefallen?«

Ich nicke.

»Sag meiner Tochter bitte Bescheid, dass es in zwanzig Minuten Essen gibt und sie ihren Hintern hier runterbewegen soll, um den Tisch zu decken.«

»Mache ich.«


Gerade will ich an Averys Tür klopfen, als ihre Stimme mich aufhält. »Aber was soll ich machen?«

Dann höre ich Spence, aber irgendwie blechern, als würden sie über FaceTime reden: »Mein Gott, ich schwöre dir, wenn du mit dem Mädchen nicht zum Ball gehst, tue ich es.«

»Auf keinen Fall!«, kreischt Avery.

»Na klar! Sorry, aber sie ist hot.«

»Ist sie. Aber darum geht's mir nicht. Sie ist so lieb.«

Ich sollte nicht bei einer privaten Unterhaltung zuhören, die sie auch noch in der Schutzzone ihres eigenen Zimmers führt. *Scheiß drauf, sie reden über dich.*

»Eben. Also, wo ist dein Problem?«

»Ich bin halt feige, Mann«, seufzt Avery. »Von Netflix und Chillen zu einer öffentlichen Liebeserklärung ist es ein großer Schritt.«

»Wer redet von einer Liebeserklärung? Ihr geht zusammen essen und wackelt mit den Ärschen ein bisschen zur Musik. Solange du sie nicht auf dem Dancefloor fingerst, bist du safe.«

Lachen von Avery.

»Aber mal ehrlich, sie sollte nicht dein schmutziges kleines Geheimnis sein. Ich war es mal und das hat am Ende nur zu Schmerz geführt. Bei dir auch. Also, wenn du sie magst – und ich glaube, das tust du sogar sehr, sonst hättest du wohl kaum mich angerufen, um darüber zu reden –, dann verkack es nicht, okay?«

*Das reicht langsam.* Klopf, klopf. »Avery?«

»Ich muss auflegen. Danke für die aufmunternden Worte.«

»Gerne. Bye.«

»Komm rein.« Ich öffne die Tür. Sie setzt sich auf, rutscht an die Bettkante. »Was gibt's?«

*Cool bleiben.* »Sorry, hast du telefoniert?« Ich setze mich neben sie.

»Ja. Sogar mit Spence. Sie hat endlich die Entschuldigung bekommen, die ich ihr schon ewig schulde.«

»Das ist schön. Ich hab gehofft, dass ihr euch wieder versteht.«

»*Neeeeein, echt?*«, grinst sie.

»Aber wie kam's dazu?«

»Deinetwegen natürlich. Ihr habt euch angefreundet und das hat sie wieder in mein Leben gezwungen. Dann hast du mich angebrüllt und mich immer weiter gedrängt. Das hat mir geholfen, einzusehen, wie unfair ich zu ihr war. Sie ist nicht daran schuld, was Reese passiert ist.«

»Jetzt musst du nur noch aufhören, dich selbst dafür verantwortlich zu machen.«

»Ich versuche es. Außerdem brauchte ich Rat in Girlfriend-Sachen, und da sonst niemand weiß, dass ich bi bin, ist sie meine einzige Option.«

*Hat sie gerade ...* »Girlfriend?«

Sie runzelt die Stirn. »Zu früh?«

Es ist nicht zu früh, mir gefällt nur der Gedanke viel zu gut. Und ich kann mich nicht erinnern, dass schon mal jemand es so direkt ausgesprochen hat. Ich bin Avery Cahills Freundin und sie ist meine. Krass! »Ich bin auf jeden Fall dein Girlfriend.«

»Bekomme ich dann einen Kuss von meiner Freundin?«

Ich drücke meine Lippen sanft auf ihre Stirn.

»Nicht die Art Kuss, die ich meinte, aber na gut. Oh, aber du wolltest doch bestimmt was?«

»Deine Mom sagt, du sollst deinen süßen Hintern nach unten bewegen und den Tisch decken. Das ›süß‹ kommt von mir.«

*Pff.* »Okay.«

»Ach so, was machen wir eigentlich morgen Nachmittag?«

»Hm?«

»Cate hat vom Spiel der Bruins erzählt und ...«

»Ich habe mir irgendetwas ausgedacht, um nicht mitzugehen. Auf ein Doppeldate mit meinen Eltern habe ich keine Lust und du wahrscheinlich auch nicht, dachte ich. War das falsch?«

Ein Doppeldate mit ... Bah. Ich habe noch gar nicht darüber nachgedacht, was unsere Beziehung für Auswirkungen auf solche Familiensachen hat. Jetzt wirkt alles in die Richtung unmöglich. Die ganze Dynamik ist kaputt, aber es ist auch zu spät, um umzukehren. Und selbst wenn nicht, würde ich es nicht tun. »War es nicht.«

»Magst du Hockey überhaupt?«

»Ich komme nie hinterher, die Pucks sind viel zu klein. Du?«

»Nein. Und Eishallen sind kalt. Zwei Stunden lang zu zittern, ist nicht gerade meine Lieblingsbeschäftigung.«

»Wir können zum Footballspiel gehen, dann können wir auch was erzählen, wenn deine Eltern nachfragen.« Sie weiß genau, wie wenig ich Football mag und dass ich nur ihretwegen mitkommen würde.

»Oder wir sehen uns an, wie unsere Frauenfußballmann-schaft das Team von der Masconomet High School zerlegt. Es ist das letzte Spiel der Saison, oder?« Okay, sie verstehen sich zwar besser, aber Avery schlägt freiwillig vor, sich länger als nötig in Spences Nähe aufzuhalten? Sie bemerkt mein Erstaunen. »Ich kann dich ganz gut lesen, Bohnenstange, weißt du?«

Ja, weiß ich. In letzter Zeit versuche ich auch nicht so oft, meine Gefühle vor ihr zu verstecken. Ich will, dass sie mich kennt. Wirklich. Ich will, dass sie sogar die weniger schönen Teile an mir liebt. »Ich würde lieber ein Team anfeuern, das auch eine Chance auf den Sieg hat.«

»Fußball also.«

»Cool. Du musst trotzdem noch den Tisch decken«, sage ich beim Aufstehen.

»Hmpf!«

»Komm schon, ich helfe dir.« Ich ziehe sie hoch und sie legt ihre Arme um meinen Hals, stupst ihre Nase an meine. Ein Nasenkuss – war nie so mein Ding, jetzt gerade überdenke ich es aber nochmal.

Mack und Hannah treffen wir schon auf dem Weg zu den Rängen, also setzen wir uns zusammen hin. Wieder quillt die Tribüne nahezu über, aber das ist normal für ein Heimspiel: Abgesehen von Volleyball und dem Lacrosse-Team der Männer ist das Frauenfußballteam das einzige Sportteam der Beverly High mit einer Siegessträhne.

In der ersten Hälfte dominieren wir, drei zu null. In der zweiten passen sich Spence, Erin und zwei Mittelfeldspielerinnen den Ball nur gegenseitig zu, statt die andere Seite anzugreifen. Es ist, als würde man dem Nationalteam der Frauen zugucken, wie es gegen eine U15-Mannschaft spielt. Obwohl sie so viel Tempo rausnehmen, schießen sie zwei weitere Tore. Erin schafft damit ein Doppelpack und in der zweiundsiebzigsten Minute gelingt Spence ein Hattrick. Ihre Freude spielt sie aus Rücksicht vor dem anderen Team jedoch runter – sie gibt Erin ein High five und das war's.

Dann der Pfiff und das Spiel ist vorbei, fünf zu null. Spence wirft sich auf die Knie und hält sich die Hände vor das Gesicht. So wie ihr Körper bebt, erkenne ich sofort, dass sie weint – diesmal Freudentränen. In den fünfundzwanzig Jahren seit es ein Beverly-High-Frauenfußballteam gibt, hat noch keins jemals eine komplette Saison ohne Niederlage geschafft oder die Meisterschaft für sich entschieden. Diese Frauen haben gerade Geschichte geschrieben und sind der Stolz der Stadt, angeführt von Spence. Olivia sprintet über das Feld, rutscht übers Gras und umarmt Spence, wirft sie dabei direkt zu Boden. Die anderen Spielerinnen stapeln sich auf ihnen und die von der Bank stoßen auch dazu. Mack und Hannah eilen die Tribüne hinunter und auf den Rasen, wollen sich mit auf den Haufen werfen. Ich bin auch bereit, loszurennen, aber erstmal mustere ich Avery. Sie steht, ist aufgeregt, wird sich aber nicht auf Spence stürzen – damit kann ich leben. Ich will, dass sie sich verstehen, aber na ja, ohne Anfassen. »Worauf wartest du?«, fragt sie mich mit einem Lachen und zeigt auf das Spielfeld.

Genau darauf. »Wir sehen uns unten.«


Es gibt eine spontane Party bei Erin, und Spence lädt uns ein. Avery meint es zwar ernst, als sie gratuliert, ist aber noch nicht so weit, als dass sie mit ihr zusammen ausgelassen feiern kann. Partys werden wahrscheinlich allgemein nie ihr Ding sein. »Danke, aber ich bin raus.« Sie zupft an meinem Ärmel. »Du solltest hingehen.«

Echt? »Bist du ...«

»Ja. Feier mit deinen Freunden.«

»Yes, Bitch!«, stimmt Olivia zu.

»Ich kann dich später nach Hause fahren«, schlägt Hannah vor, »das liegt sowieso fast auf dem Weg.«

»Ehrlich. Ich will, dass du hingehst und Spaß hast.« Averys Lächeln ist aufrichtig.

»Okay, mache ich.«

»Keine Sorge, Sis, wir passen auf sie auf«, zwinkert Olivia Avery zu, als wir sie zu ihrem BMW begleiten.

»Trink nicht zu viel«, ermahnt Avery mich mit einem Schmunzeln.

Sie weiß ganz genau, dass so etwas nicht passieren wird. Das mache ich nie. Außerdem sind Erins Eltern da, also wird es wahrscheinlich sowieso keinen Alkohol geben.

»Hahaha. Bis später«, antworte ich.

»Bye, Leute. Und Glückwunsch nochmal.«

Dann gehen wir Restlichen zu Hannahs Mitsu und ich bemerke, wie sie mich beobachtet. »Ihr steht euch inzwischen echt nahe, oder?«

Endlich fällt es jemandem auf! »Stimmt.«

»Muss schwer für sie sein, nachdem sie, na ja, ihre

Schwester verloren hat. Aber wahrscheinlich auch schön, wieder mit jemandem so eine Beziehung zu haben.«

Ihh, nein. »Das zwischen uns ist anders.« Ich sehe, wie Spence ihre Unterlippe einsaugt. Es ist ihr unangenehm, weil sie als Einzige eingeweiht ist.

»Na ja, ihr versteht euch. Das zählt doch, oder?«

»Ja.« Ich muss mich daran erinnern, dass ein Geheimnis nicht dasselbe ist wie eine Lüge.

37

Ich habe Avery versprochen, mich dieses Wochenende an meine Bewerbung fürs College zu setzen, und es ist schon Sonntagnachmittag. Ich mache es mir also an meinem Schreibtisch gemütlich und fange an. Ich war schon öfter auf der Website von der MassArt und es ist wirklich alles, was man von einer Kunsthochschule erwartet – helle Farben, große, fette Buchstaben und spektakuläre Videos auf jeder Seite. Diesmal klicke ich auf ›Jetzt bewerben‹. Studium. Und es gibt fucking zweiundfünfzig weitere Links: Bewerbertypen, Deadlines, NC, Finanzielle Unterstützung, Portfolio-Tipps. Die Deadlines kenne ich und meine Noten sind gut genug. Um die finanzielle Unterstützung kümmere ich mich später. Die Tipps zum Portfolio interessieren mich erstmal am meisten. Ich habe mich nämlich dagegen entschieden, Sara Roscoe anzuschreiben. Es hätte sich einfach falsch angefühlt, da ich mich nicht an der BU bewerben will. Wenn ich an der MassArt nicht angenommen werde, bleibe ich bei meinem ursprünglichen Plan: Community College. Zwei Jahre am North Shore oder Bunker Hill kosten ungefähr ein Fünftel von einem Semester an den meisten Unis in Boston. Ich kann mich immer noch wieder an der MassArt bewerben, nachdem ich einen Abschluss vom Community College habe.

Für das Portfolio wollen sie fünfzehn bis zwanzig Werke, die meine »Stärken und Einzigartigkeit als Künstlerin« ausdrücken. Ich soll ihnen die Welt aus meiner Sicht präsentieren. Hahaha. Wie sehe ich diesen Ort, den die Menschheit ihr Zuhause nennt? Er kann ziemlich hässlich sein – brutal, unfair und unbarmherzig, weshalb das Schöne so unerbittlich heraussticht wie Farbstriche auf einem Schwarz-Weiß-Bild. Aber was ist überhaupt schön? Freude. Traurigkeit. Beharrlichkeit. Verletzlichkeit. Güte. Freundschaft. Liebe. Avery. Ich muss Fotos von ihr mitaufnehmen. Sie hat meine Sicht auf die Welt verändert. Meine Lieblingsfarbe ich nicht mehr Grau – dank ihr habe ich zwei neue: das Topasblau ihrer Augen und das weiche Rosa, das sie umgibt, wenn sie lächelt.

Bald wird es ziemlich schwierig für mich werden, das L-Wort nicht als Erste zu sagen, auch wenn allein es zu fühlen, schon Panik in mir auslöst. Und wie sollte es auch anders sein? Die Menschen, die mich mehr als alles andere lieben sollten, haben es nie getan. Woher soll ich wissen, wie es richtig geht? Liebe ist wie ein Vulkan und die Lava zerstört alles, was sie berührt. Ich würde es nicht überstehen, wenn ich das hier versaue.

*Konzentrier dich.* Okay, Bewerbung. Klick. Los geht's.


Als ich nach dem Abendessen gerade dabei bin, mir die Zähne zu putzen, kommt Avery zu mir ins Bad. Sie sieht mir gefühlte Ewigkeiten einfach nur zu.

Ich schiebe die Zahnbürste in meine linke Wangentasche, beiße auf die Borsten. »Wasch isch?«

»Bist du fertig mit der Bewerbung?«

»Ne, musch noh Fodosch bearbeiden.«

»Okay. Und da ist noch was anderes.«

»Hmm?«

»Der Herbstball.«

Es ist drei verdammte Tage her, dass ich sie gefragt habe ... das hat mich überhaupt nicht gestresst und so. Wie hinterlistig, es genau jetzt anzusprechen. Mit dem Mund voll Zahnpasta und Speichel kann ich nicht richtig antworten. »Uh-huh?«

Sie atmet tief durch. »Wir gehen hin.«

Mir ist egal, wie sie mich sieht, eklig oder nicht. Ich nehme die Zahnbürste aus meinem Mund und spucke den Schaum ins Waschbecken. »Ach was.« Sprich es aus, erkläre es mir, als wäre ich der dümmste Mensch der Welt. Ich muss es hören, ganz eindeutig.

»Wir gehen zusammen hin.«

»Verstehe. Wie ein Date meinst du?«

»Oh mein Gott.« Sie verdreht die Augen und wischt ein bisschen Zahnpasta aus meinem Mundwinkel. »Ja, wie ein Date.« Dann schlägt ihre Stimmung abrupt um. »Wenn das für dich okay ist, nehme ich aber dein Angebot an, die langsamen Songs auszulassen«, sagt sie beschämt. Das sollte sie nicht sein. Es war doch mein Vorschlag. Mir kommt langsames Tanzen sowieso immer übertrieben liebevoll vor – etwas, das Leute auf einer Hochzeit tun, um zu zeigen, wie ernst ihre Beziehung ist. Auf dem Ball einer Highschool muss das nicht sein, in unserem Alter ist das echt unnötig.

»Ich mag langsames Tanzen sowieso nicht.« *Du hast es auch noch nie ausprobiert.* Aber werde ich. In der Zukunft. Vielleicht. Wenn sie das möchte.

»Ich hätte dich nicht so lange warten lassen sollen. Das war egoistisch. Ich habe mir eingeredet, dass ich nicht verstehe, wieso es überhaupt einen Unterschied macht, ob es offiziell ein Date ist oder nicht. Ich weiß, dass unser erster Ball etwas Besonderes ist. Es ist normal, dass du mit deiner Freundin hingehen willst. Sorry, dass ich so schlecht darin bin.«

»Bist du nicht. Du hast Kram, mit dem du dich auseinandersetzen musst. Komplexen emotionalen Kram. Es macht mir nichts aus, mich noch ein bisschen zu verstecken. Das ist nicht schlimm, solange du bei mir bist.«

»Gott, wirklich, ich ... mmmh.« Sie schlingt ihre Arme um meinen Bauch und küsst mich, fest, aber liebevoll, und da steckt noch etwas anderes in dem Kuss, etwas Namenloses. Was auch immer es ist, es gefällt mir sehr. Wie noch mehr Wärme – ein weiteres Holzscheit im Kaminfeuer, das wir gemeinsam anfachen. Danach lächelt sie.

Ich streiche ihr den Pony hinter die Ohren. »Wo du schon so gut gelaunt bist, sollte ich dir vielleicht sagen, dass ich ein paar der Fotos von dir für meine Bewerbung bei der MassArt nehmen will.«

»Die aus dem Park?« Sie wirkt nicht wütend, eher neutral. Es ist nicht aufgesetzt. Das, was sie neulich gesagt hat, stimmt nicht – keiner von uns ist besonders gut darin, den anderen zu lesen. Es sind die Mauern, die wir um uns aufgebaut haben, die Stein für Stein langsam verschwinden. Auch, wenn es noch ein paar Schichten zu durchdringen gilt.

»Ja. Wenn das okay für dich ist?«

»Helfen sie dir, angenommen zu werden?«

Selbst da war ich schon in sie verliebt – die Kamera wusste es noch vor mir und hat ohne mein Wissen die Wahrheit festgehalten. Die Echtheit der Portraits ... Sie werden der Grund meiner Annahme sein. »Ich glaube schon.«

»Dann solltest du sie nehmen.« Sie streichelt mir über die Wange.

»Wird gemacht.«

»Es ist so süß. Immer wenn Michelangelo zu sehen ist, springt
er auf und macht Karatekicks«, erzählt Olivia, während sie ihr
Sandwich isst. Ihr achtjähriger Bruder Mikey ist süchtig nach
den Teenage Mutant Ninja Turtles und sein Lieblingscharakter
ist natürlich der mit der orangefarbenen Maske, weil sie den
gleichen Namen haben. »Er singt ständig den Intro-Song und
kennt ihn auswendig. Meine Eltern drehen durch.«

»Die Zeile mit dem Halbpanzer ist aber echt komisch«,
platzt es aus mir heraus. »Als ob nur fiktionale Mutantenschild-
kröten das hätten, dabei haben echte Schildkröten auch nur
halbe Panzer. Außerdem sind es keine Turtles, sondern Tortoi-
ses – sie sind immer an Land.«

Mack geht sofort darauf ein: »*Ähm*, na ja. Sie leben in der
Kanalisation, da ist überall Wasser.«

»Noch so ein Ding! Nicht Schildkröten leben in den
Abwasserrohren von New York, sondern Ratten – nur bei
Splinter ergibt es Sinn.«

»Sollen sie sich eine Wohnung mieten, oder wie?«

Hannah hat ihren Spaß an der Diskussion und Olivia
schnaubt vor Lachen. Spence presst ihre Lippen zusammen.

»Ihr wollt bei einer Serie über riesige mutierte Reptilien, die von einer gigantischen sprechenden Ratte großgezogen wurden und Experten in Martial Arts sind, noch über Realismus reden? Seid ihr high oder so?«, kommentiert sie mit einem Kichern.

»Vielleicht habe ich heute Morgen schon einen durchgezogen«, antwortet Mack und verzieht keine Miene.

»Ach, komm. Ich will Naturfotografin werden, oder? Offensichtlich stehe ich auf Tiere und so ein Zeug.«

»Kurze Frage, Leute«, unterbricht Noah, der sein Smartphone in der Hand hält. »Der Limousinenverleih hat mir geschrieben. Sie wollen wissen, wie viele Stopps der Fahrer einplanen soll. Wir treffen uns alle vorher bei Hannah, oder?«

Der Ball ... Wir haben bisher kaum darüber gesprochen. Noch ein Grund, weshalb ich sicher bin, dass meine Freundinnen nicht wie die anderen Mädchen in der Schule sind. Die können alle über nichts anderes mehr reden, obwohl es noch anderthalb Wochen bis dahin sind.

Ich suche die Cafeteria nach Avery ab. Sie unterhält sich gerade mit Amy und Jason, aber unsere Blicke treffen sich, als würde sie spüren, dass ich nach ihr Ausschau halte. Obwohl sie dreißig Meter weit weg ist, wird mir bei ihrem Lächeln fast schwindelig.

»Bist du noch da, Brit?«, fragt Hannah.

»Was?«

Noah kratzt sich an seinem stoppeligen Kinn. »Bringst du noch ein Date mit?«

»Ich gehe mit Avery.«

Spence sieht mich aus dem Augenwinkel an.

»Und ihren Freunden. Sorry, ich hätte früher Bescheid sagen sollen. Ich beteilige mich trotzdem an der Limo.« Das wird zwar der Tod für meinen Kontostand, aber es ist das Richtige.

Er winkt ab. »Kein Stress, wir haben mit zwölf Leuten

gerechnet, aber sie haben eh nur einen Zehnsitzer, also ist alles cool.«

Er ist vielleicht nicht der Gesprächigste oder der Klügste, aber er ist nett. Ich kann verstehen, wieso Avery ihn mochte.


Die Sache mit der Unterhaltung beim Abendessen ist eigentlich sehr schön. Tom und Cate sind immer aufmerksam. Sie wollen wissen, wie unser Tag und wie der Tag des jeweils anderen war. Es hat mir echt gefehlt, als Tom die eine Woche in Japan war. Es wurde zum Glück direkt wieder normal, sobald er wieder da war, wie bei einer Familie eben.

Heute gibt es aber mehr zu besprechen als an anderen Mittwochabenden. Cates Firma hat einen neuen wichtigen Fall angenommen – irgendein bekannter Footballspieler wurde dabei erwischt, wie er seine Frau mit einem Pornostar betrügt. Das Beweisfoto zierte sofort alle Cover der Klatschzeitschriften. Clares Klientin ist die Frau, die jetzt eine Scheidung will und ihren Mann bis zum letzten Tropfen ausquetschen möchte. Wir sind einstimmig auf ihrer Seite – Betrüger sind die schlimmsten.

Außerdem kommt Toms neues Spiel *Terror in the Streets* am Black Friday raus. Ein Egoshooter mit Zombies. Bei den Spieletestern kam es gut an, besonders auf dem asiatischen und europäischen Markt, aber es gibt noch ein paar Glitches, also Fehler, die behoben werden müssen. Sein Team ist am Rotieren.

Avery und ich haben außerdem unsere Ergebnisse der Zwischenprüfungen bekommen. Ihr Durchschnitt ist auf 3,9 gestiegen und meiner wegen eines B in Tennis auf 3,75 gesunken. Als tollpatschiger Idiot, der kaum den Ball übers Netz bekommt, habe ich eigentlich noch Glück, dass es ein B geworden ist.

Avery ist schon mit ihrer Bewerbung für die Northeastern

fertig und meine für die MassArt ist auch bald so weit. Nur bei den letzten fünf Fotos für mein Portfolio kann ich mich nicht entscheiden. Gerade tendiere ich zu ein paar Bildern von den historischen Friedhöfen in Salem, die ich an Halloween gemacht habe. Die unheimliche Stimmung hebt sich schön von der Normalität der anderen Fotos ab – ein Hauch von gruseligem Reiz, um das konventionelle Verständnis von Schönheit auszugleichen. »Es ist so komisch. Dieses Jahr fühlt sich an, als würde es an einem vorbeirauschen, und gleichzeitig zieht es sich«, sage ich in die Runde.

Cate versteht mich. »Das ist oft so, wenn man vor großen Veränderungen steht. Vorfreude gemischt mit einem Funken Angst.«

»Wow, Mom, so philosophisch«, lacht Avery.

»Hey! Nächstes Wochenende ist der Herbstball, oder?«, fragt Tom.

Avery stochert mit der Gabel in ihren grünen Bohnen herum. »Jup.«

»Freust du dich?« Er stößt seine Tochter zum Spaß mit dem Ellenbogen an, so wie es Väter in Filmen immer tun.

»Ich weiß nicht, was ich anziehen soll!«, jammert Avery, was ungewöhnlich für sie ist, und es ist so ein klischeehafter Teenagerspruch.

Bei ihr ist es aber irgendwie süß.

Cate findet es auch lustig. »Das kann man leicht ändern. Du kannst meine Kreditkarte haben und ihr zwei geht am Wochenende shoppen. Nehmt doch noch ein paar Freundinnen mit, ein richtiger Mädelstag!« Dann fügt sie noch an mich gerichtet hinzu: »Ich würde ja anbieten, mitzukommen, aber es macht sie verrückt, wenn ich für Kleider schwärme.«

»Wir gehen allein. Ich will nicht, dass Leute mein Kleid schon vor dem Ball sehen.«

Schlau. Auf unserer Schule gilt Nachahmung als Kompliment und alle wollen das coolste Mädchen der Schule kopieren. Aber es ist nutzlos, niemand kommt auch nur ansatzweise an Avery ran.

Tom reißt die Augen auf, als hätte jemand ihm eine reingehauen. »Geht ihr mit Jungs? Dann muss ich die vorher kennenlernen.« Er lässt seinen rechten Bizeps spielen. »Väterliche Pflichten und so.« Er macht Spaß, aber ein Fünkchen Ernst ist auch dabei.

Es ist toll, dass jemand für mich den Vater raushängen lassen will. *Und du willst mit seiner Tochter schlafen.* Fuck ...

Averys Fassade bröckelt. Ein winziges Zusammenzucken, unbemerkbar, wenn man sie nicht gerade beobachtet. Zu ihrem Pech tue ich aber genau das. »Es werden Jungs beim Ball sein, aber keine von uns geht mit einem hin.« Sie wirft einen Blick in meine Richtung.

Bisher habe ich mich noch nicht gegenüber Tom und Cate geoutet. Das hier ist meine Gelegenheit. Aber wie soll ich es formulieren? »*Ich bin Vagitarier.*« »Ich bin Va...lesbisch!«

Cate bleibt gelassen. »Das habe ich schon vermutet. Danke, dass du es uns erzählst.«

Tom tut beleidigt: »Einem Mädchen kann ich aber keine väterliche Ansage machen.« Dann sieht er zu seiner Frau. »Das musst du also übernehmen, Schatz.«

Cate streckt ihre Hand aus und tätschelt seine über den Tisch hinweg. »Ich glaube, wir kennen ihre Freundin schon.«

Avery sieht aus, als würde ihr Geist aus ihrem Körper herausfahren, und ich bin ziemlich sicher, dass ich gerade einen Schlaganfall erleide.

»Wer ist es, wer?«, stichelt Tom seine Frau aufgeregt wie ein Schulmädchen und stupst sie dabei an.

»Valerie Spencer.«

Das wirkt wie ein Defibrillator für Averys stehengebliebenes Herz. Sie ist erleichtert, dass Cate nicht »Unsere Tochter« gesagt hat – genau wie ich –, aber auch genervt, dass sie Spence nennt.

Es ergibt Sinn. Spence ist die einzige Person, mit der Cate mich sonst gesehen hat. Wenn ich das einfach so stehenlasse, wird Avery aber alles andere als froh darüber sein. »Ich bin nicht, wir sind, sie ist ... nein. Sie ist nur eine Freundin. Eine normale Freundin.« *Hirn kaputt, Hilfe bitte!*

Cate setzt ein Schmollen auf. »Zu schade, ihr wärt ein süßes Paar.«

Oh Gott, das macht es nur noch schlimmer. Avery wird immer wütender. So ein wunder Punkt! Sie schiebt ihren Stuhl zurück und steht auf, nimmt ihren Teller. »Danke fürs Essen, Mom.«

Ich tue es ihr gleich. »Ja, danke, Cate.« Wir bedanken uns nicht ansatzweise genug bei ihr.

Dann folge ich Avery in die Küche, wobei die Schwingtüren auf- und zuschlagen.

»Das war scheiße.« Klirrend stellt sie ihr Geschirr in die Spüle.

Ich habe sie falsch eingeschätzt. Sie ist nicht wütend, sie ist genervt. Ein Hauch Gelb, aber vor allem ist es meine Offenheit und die von Spence, die ihre Eltern dazu gebracht haben, überhaupt zu denken, wir wären ein Paar.

*Du hättest die Wahrheit sagen können.* Gott, was? Wieso hätte ich das tun sollen? Ich mag es, in ihrer Nähe zu sein. Ich mag es, ein Dach über dem Kopf zu haben und Erwachsene im Leben, denen ich nicht scheißegal bin. Sie haben vielleicht kein Problem damit, dass ich gay bin, aber ihre eigene Tochter zu verführen, ist eine völlig andere Sache. Wer weiß, wie das ablaufen würde? Mal abgesehen davon, dass es ihr Vertrauen verletzt; ich bin immer noch eine arme Bettlerin mit einer ungewissen Zukunft und sie haben ein ganzes Königreich, von dem sie die einzige Erbin ist – was, wenn sie mich nicht gut genug finden?

Darüber kann ich mir jetzt keine Gedanken machen. Ich muss Avery trösten. *Lass dir lieber was Gutes einfallen.* »Ich liebe dich« wäre gut. *Nicht das!* »Du musst niemals wegen irgendwem eifersüchtig sein, das weißt du, oder? Für mich gibt es nur dich und sonst niemanden.«

»Das weiß ich.«

Sie sollte es schon seit Ewigkeiten wissen, aber sie ist eben keine Hellseherin. Ich muss Dinge öfter aussprechen. »Ich bin glücklich, so wie es ist. Ich brauche nur dich allein.«

Dieser Lippenbiss™. »Du musst nach oben. Schnell.« Sie macht einen Schritt auf mich zu, flüstert mir ins Ohr: »Ich will dich küssen.«

Ich haste aus der Küche und rase hoch zu ihrem Zimmer.

## 39

Kleider auszusuchen, steht auf Platz drei von »Zehn Dinge, um Britton zu foltern«. Mehr als eine halbe Minute in einem beengten Raum zu verbringen, ist Platz eins, gefolgt von Wurzelbehandlungen auf Platz zwei.

Auf der anderen Seite: Avery ist begeistert. Sie genießt es richtig. Wir haben eine Stunde bei Nordstrom geguckt und dann noch eine Stunde bei Neiman Marcus verbracht – da hat ihr ein Cocktailkleid von Versace gefallen, aber es hätte zweitausendsiebenhundert Dollar gekostet. Beim Anblick des Preisschildes hat sie geschnaubt und ein niedliches *Woah!* kam aus ihr heraus, bevor sie meinte: »Sicher nicht für ein Outfit, das ich nur einmal anziehe.«

Danach entschied sie, mal in den kleineren Läden zu suchen. Jessica Sereja Designs ist unsere dritte Station. Sofort, als wir den Laden betreten, schnappt sie nach Luft und steuert auf ein paillettenbesetztes Minikleid in Fuchsia mit Farbverlauf zu Roségold zu, als würde sie davon angezogen. Es ist einzigartig. Sie inspiziert es genau, dreht es auf dem Bügel, sieht auf das Preisschild und strahlt. »Das ist es.« Kleid Nummer vier für heute, obwohl sie bei den anderen nie so überzeugt war.

»Los, probier es an.« Dabei muss ich es nicht erst an ihr sehen, um zu wissen, wie es ihre blauen Augen zum Leuchten bringen wird.

Sie kommt aus der Umkleide und posiert mit einer Hand auf der Hüfte. Sie sieht aus wie ein Model. »Und? Was meinst du?«

Schon auf dem Bügel war das Kleid hübsch, aber an ihr ist es umwerfend. Es umschmeichelt ihre Kurven an genau den richtigen Stellen und der tiefe Ausschnitt gibt genug frei, dass er verboten gehört. Sie hat mindestens C-Körbchen. Arrgh. Von ihren Beinen zeigt sie auch ganz schön viel. Ich beuge mich in meinem Stuhl nach vorn. »Ich denke, das ist ein ziemlich gefährliches Kleid.«

Ein zweideutiges Grinsen. »Heißt das, du willst es mir direkt wieder ausziehen?«

Jap. Sofort, um ehrlich zu sein.

»Dein Blick!« Sie zeigt auf mich und lacht los. »Das wird definitiv mein Kleid.«

Ich trage die Hülle mit ihrem Kleid und eine Tasche, in der sich ihre glitzernden neuen Jimmy-Choo-Pumps befinden. So müssen sich Freunde in Hetero-Beziehungen fühlen – wie ein Packesel. *Ach komm, du liebst es.*

»Du hast dir noch kein einziges Kleid angeguckt und ich weiß auch, wieso«, fängt sie an.

»Ach ja?«

»Erst dachte ich, du willst nur nicht die Kreditkarte meiner Mutter benutzen, aber du bist auch einfach nicht der Typ für Kleider.«

Das trifft es genau. Alles davon. »Beides wahr.«

»Meine Mom wird sauer sein, wenn du sie nicht bezahlen lässt, also wäre das schon mal geklärt.« Sie grübelt, verzieht ihre

Lippen zur Seite, wie sie es manchmal tut, wenn sie über einer Gleichung sitzt. »Ich habe die Lösung!« Sie nimmt meine Hand, schiebt ihre Finger zwischen meine und zieht mich zum nächsten Fahrstuhl. Es ist Samstagnachmittag und wir sind mitten in einer überfüllten Mall. Merkt sie, dass sie mich festhält, oder ist es eher spontan und sie lässt sich von ihrer Begeisterung mitreißen? *Sie weiß, dass ihre Freunde nicht hier sind. Football.* Und meine hängen nicht in Malls wie der hier rum.

»Wo bringst du mich hin?« Sie könnte mich direkt ins Höllenfeuer führen, es wäre mir egal, solange sie dabei meine Hand hält.

»Das siehst du, wenn wir da sind.«

---

Wir kommen zu einem Laden namens Spruce. Viel eher mein Style. Elegante Klamotten für Frauen, die eine maskulinere Form der Abendmode bevorzugen.

Wir werden von einem freudigen »Hi! Kann ich euch beiden helfen?« einer Mitarbeiterin begrüßt. Sie mustert uns und ihr Blick hängt bedeutend lang an unseren ineinanderlegenden Händen. Hitze steigt in meiner Brust auf, während ich kurz zu Avery hinüberschaue. Sie versteht, was die Frau in uns sieht, und lässt dennoch nicht los. *Heißt das ... du gewinnst?*

Avery antwortet: »Sie braucht einen Dreiteiler, einen Blazer mit Mandarinkragen, falls ihr sowas habt, und ...«, sie sieht sich im Laden um, zeigt auf ein kragenloses Hemd, »das da.«

Die Verkäuferin und ich tauschen kurze Blicke aus. Wir sind beide sprachlos. »Wow, willst du hier arbeiten?«, fragt sie.

Ich lache leise.

»Welche Farbe wollt ihr?«

Das überlässt Avery mir, aber ich richte mich dennoch an sie. »Du willst, dass ich Weiß nehme, oder?«

Jetzt ist sie überrumpelt. »Woher wusstest du das?«

»Das passt zu Fuchsia.« Ich zwinkere ihr zu und klicke mit der Zunge.

»Ihr seid echt niedlich. Welche Größe brauchst du?«

»XS, sagen Avery und ich gleichzeitig. Ich bin überrascht, aber sie zuckt nur mit den Schultern. »Ich checke dich immerhin schon seit Monaten aus.«

Holy Shit, das hat sie laut gesagt, klar und deutlich! Alles, was ich rauskriege, ist: »Solange ich keine Krawatte tragen muss.«

»Kein Kragen, keine Krawatte«, entgegnet Avery lächelnd.

Mein Blazer, das Hemd – beides kragenlos, wie Avery es wollte – und die Hose sind elfenbeinfarben. Um etwas Farbe reinzubringen, habe ich mich für eine mintfarbene Weste aus Seide entschieden. Ich hätte auch Fuchsia nehmen können, aber ich wollte mich nicht ganz ihr anpassen – zu offensichtlich für eine Schulveranstaltung. Ich stehe vor einem bodentiefen Spiegel in der Umkleidekabine und ziehe die Jacke zurecht, begutachte mich aus allen Winkeln. *Nicht schlecht.* Was heißt, nicht schlecht! Das Ding ist wie für mich gemacht.

»Komm schon, ich will es sehen!«, ruft Avery mir durch den Vorhang zu.

Ich trete in den Wartebereich, die Hände in den Hosentaschen.

Ihr Blick ist stechend, die Pupillen geweitet, der Mund einen klitzekleinen Spalt offen. So habe ich sie schon mal gesehen – Lust. Sie ist wohl meiner Meinung. »Gefällt es dir?«

Sie nickt langsam. »Mmhmm. Sehr.«

»Das nehme ich«, sage ich laut zu der Kassiererin. Es ist mir scheißegal, wie viel es kostet – das Teil nehme ich mit, es gehört mir.

Beim Verlassen des Geschäfts greife ich nach ihrer Hand.

Ohne zu zögern, lässt sie es zu. Wir gehen Händchen haltend bis zum Auto. »Das hier überrascht mich ein bisschen ...«, ich tippe mit meinem Zeigefinger an ihre Fingerknöchel.

»Mädchen halten ständig mit Freundinnen Händchen.«

Aber solche wie wir sind selten Freundinnen – ein so mädchenhaftes wie sie und ich dagegen ... wie Olivia so treffend gesagt hat: *full homo*. Wenn wir Händchen halten, sehen wir aus wie ein lesbisches Paar. Mir ist klar, dass sie das genau weiß. »Die Frau bei Spruce war heute wahrscheinlich nicht die Einzige, die sich denken konnte, dass wir mehr als Freundinnen sind.«

»Du bist mir aber wichtiger als die Meinungen von Fremden. Das muss ich dir auch zeigen.«

»Ich l...« *Nope.* »Das mag ich. Danke.«

»Ich auch. Und gern geschehen.«

## 40

Die ganze Woche verschwimmt. Es ist schon Freitagnachmittag und ich bin dankbar, dass die Zwischenprüfungen durch sind. Wären sie diese Woche gewesen, wäre ich überall durchgefallen. Immerhin habe ich meine Bewerbung für das College noch abgeschickt. Ungefähr vor zwei Minuten, also schwirrt sie gerade durch alle möglichen Leitungen in den Posteingang der Zulassungsstelle. *So eine mutige kleine Kriegerin.* Da bleibt mir nur noch Warten. Auf große Träume! Das ist aber auch das einzige Produktive, was ich die letzten sechs Tage zustande gebracht habe. Beim Fotoclub gestern war ich völlig unbrauchbar. Wir sollten unsere Portraits vorstellen und mir ist absolut nichts zu meinen eingefallen – Fotos der Frauen im Quallenkostüm von Halloween.

Die Aufregung rund um den Herbstball beherrscht alles. Es konnte kein normaler Unterricht stattfinden, weil keine der Seniors Interesse an etwas anderem als dem Ball hatte. Gott, wie soll das erst im Mai werden, beim richtigen Prom? Dem tatsächlichen letzten Tanz für uns. Wenn ich schon wegen dieses Zwischendings so nervös bin, dann habe ich zum Prom einen Herzinfarkt.

Ich bin lächerlich nervös, es ist absurd. Dabei habe ich eine grausame Pflegefamilie überstanden, bei der ich wortwörtlich im Schrank gelebt habe, und eine andere, in der die Mutter Ohrfeigen verteilte, als wäre sie die böse Schwester der Zahnfee, die Rückhand-Fee. Eine gestörte Pflegeschwester, die einen Hund getreten hat und mich so sehr hasste, dass ich Angst hatte, mit ihr im gemeinsamen Zimmer zu schlafen. Eine Gruppenunterkunft, in der ich die Einzige ohne Vorstrafen wegen Körperverletzung war ... und doch sitze ich hier und pisse mich wegen des Balls morgen vor Angst ein. Das zeigt mir, dass es unmöglich für mich ist, normal zu sein. Ich habe mir beigebracht, dass Normalität sowieso überbewertet ist. Dass ich dank meiner alles andere als normalen Kindheit besser auf das Erwachsenenleben vorbereitet bin als die anderen. Wer hätte da gedacht, dass etwas so Normales und Erwachsenes, wie sich zu verlieben, mich derart aus der Bahn werfen würde?

Mein Problem ist, dass alles perfekt laufen soll. Obwohl ich weiß, dass es unmöglich ist. Es gibt keine Perfektion.

Moment, war da nicht irgendwas mit Blumen, was ich besorgen sollte? Eddie hat in einem seiner Vorträge davon geredet. *Korsage, Vollidiot.* Genau! Eine Korsage oder ein Armband. Korsagen sind die Dinger, die man ans Kleid steckt, oder? Nein, das hinterlässt nur Löcher in ihrem hübschen, hübschen Kleid. Also ein Armband. Shit, wo soll ich so spät noch eins auftreiben? Wieso ist mir das nicht früher eingefallen?

Ich sehe auf die Uhr – zwanzig nach vier – und fange an zu googeln. Der nächste Blumenladen ist knapp einen Kilometer entfernt, Sweet Irgendetwas. Und die schließen um fünf. *Na los, renn!*

Ich sprinte die Treppe runter und knalle unten mit Avery zusammen, weshalb sie etwas von dem Getränk in ihrer Hand verschüttet. »Verdammt, Bohnenstange! Wo brennt es?«

»Sorry!« Ihre Eltern sind nicht da, also gebe ich ihr einen

Kuss. Scheiß auf die Regeln, ich hätte sie fast umgerannt. »Ich gehe ... Joggen.« *In Jeans?*

»Ohhkayy.« Sie lässt meine Ausrede nicht auffliegen, auch wenn sie es könnte.

Ich bin verschwitzt und außer Atem. *Reiß dich zusammen, du hast etwas zu erledigen.* Ich schlüpfe aus meinem Hoodie, binde ihn mir um die Hüfte und lege meine Hände auf meinen Kopf, um wieder Luft zu bekommen. Ich muss echt mit Sport anfangen, das ist erbärmlich.

Die Automatiktüren von Sweet Irgendetwas öffnen sich. Eine blonde Frau mittleren Alters in einer blauen Schürze taucht vor mir auf, sie trägt eine große exotische Topfpflanze. »Hallo«, begrüßt sie mich, während sie die Pflanze zum Präsentieren auf einem Sockel abstellt. »Möchtest du eine Bestellung abholen?«

Ich lese ihr Namensschild: Andy. »Nein, ich will eine aufgeben, es ist kurzfristig.«

»Ich schaue mal, was ich für dich tun kann. Komm rein.« Im Laden wimmelt es von Blumen und Pflanzen. Ich komme mir vor, als hätte ich gerade einen geheimen Garten betreten. Es ist wie eine andere Welt. »Wonach suchst du?«

»Einem Blumenarmband.«

»Ah, du bist bestimmt von der Beverly High. Wir bekommen seit Wochen Bestellungen für Korsagen, Armbänder und Ansteckblumen.«

»Ja. Für mich ist der ganze Kram neu. Ich, äh, habe vergessen, meiner Freundin eins zu besorgen.« Hm. Das erste Mal, dass ich Avery gegenüber anderen Leuten als meine Freundin bezeichne.

»Oh, Schätzchen, so bist du ganz schnell wieder Single!«

Lol. »Genau das ist mein Problem.«

»Was ist ihre Lieblingsblume?«

Das weiß ich! Sie hat es irgendwann mal erwähnt. »Stargazer Lilien.«

»Und welche Farbe hat ihr Kleid?«

»Ein sehr knalliges Pink.«

Sie lacht. »Eine Stargazer wird hervorragend passen.« Sie öffnet die Tür einer gekühlten Vitrine und zupft eine große Lilie heraus, zwei kleine weiße Rosen, einen Zweig Bindegrün und eine Handvoll Schleierkraut. Dann arrangiert sie alles. »Was hältst du davon? Mit einem rosa-weißen Band drum.«

Sehr Avery. »Sie wird es lieben.«

»Wunderbar. Ich mache alles fertig, gib mir fünf Minuten.« Sie verschwindet in einem Raum hinter dem Tresen, wo eine andere Frau gerade einen großen farbenfrohen Strauß zusammenbindet.

»Bitte sehr. Lagere es am besten kühl, bis du es ihr überreichst.« Sie gibt mir die Plastikschachtel mit dem Armband drin.

Ich starre es an. *Elegant.* »Wie viel kostet es?«

»Nichts. Aber verrate es nicht meiner Frau.« Sie zwinkert mir zu und deutet zu der Frau im hinteren Raum.

Verstehe. Sie sieht eine jüngere Version ihrer selbst in mir. Ich sehe auch eine ältere Version von mir in ihr. Irgendwann werde ich auch eine blonde Frau mittleren Alters mit einer Ehefrau sein. Wow, das wird richtig verrückt. »Danke.«

»Gern geschehen. Viel Spaß auf dem Ball.«

Ich will schon gehen, halte aber inne. »Ähm, aber, kann ich vielleicht eine Tüte hierfür bekommen?«

Das muss eine seltsame Bitte sein, denn sie runzelt die Stirn. Blumen sollen gesehen werden.

*Was willst du ihr sagen?* »*Ich ficke meine Pflegeschwester, deswegen muss ich die Blumen verstecken, damit es eine Überra-*

*schung bleibt*«? Ich ficke sie nicht. Ich werde sie nie »ficken«. Das würde nämlich Sex ohne emotionale Bindung bedeuten und das wäre mit Avery unmöglich. »Also, falls ihr Tüten habt.«

Sie greift unter den Tresen und reicht mir eine neutrale braune Papiertüte. »Viel Glück.«

41

Avery und ihre Mom sind bei der Maniküre. Danach wollen sie
noch zum Friseur. Avery weigert sich, mir zu erzählen, für
welche Frisur sie sich entschieden hat. Aber ich weiß, dass sie
umwerfend aussehen wird, egal, wie sie ihr Haar trägt. Als sie
vor Wochen die Termine gemacht haben, hat Cate mich
gefragt, ob ich mitkommen möchte, aber Avery wusste meine
Antwort, noch bevor ich sie ausgesprochen habe.

Ich hätte mitgehen sollen. Im Haus rumzuhängen und
abzuwarten, macht mich verrückt. *Das wird ein langer Nachmittag.* Tom spürt es – für einen Mann kann er Frauen ziemlich
gut lesen. Wie dafür gemacht, Töchter zu haben. Er sitzt mit
dem Laptop auf dem Sofa und arbeitet. Nun zieht er seine
Kopfhörer vom Kopf und hängt sie sich um den Hals. »Hey,
Kleine, hast du Lust, mal einen Teil zu spielen, um zu testen, ob
noch Glitches drin sind? Ich starre das schon viel zu lange an.«

Das ist Bullshit, aber dafür mag ich ihn. Ich setze mich
neben ihn. »Kein Problem.«

Er nimmt die Kopfhörer ganz ab und hält sie mir hin,
schiebt mir den Laptop auf den Schoß. »Zum Laufen kannst du

die Pfeiltasten benutzen, du zielst mit dem Touchpad, und wenn du draufklickst, schießt du.«

»Cool.«

Ich bin keine Gamerin, trotzdem weiß ich die Ablenkung zu schätzen. Die Grafik ist gestochen scharf – brennende Häuser, Rauchsäulen, die in den Himmel steigen, verängstigte, fliehende Menschen und hungrige Zombies, die aus allen Richtungen auf einen zuströmen. Die ganze Szenerie saugt einen sofort ein, besonders durch den Soundtrack mit starken Bässen und schrägen Streichern. Das Gameplay läuft flüssig, für eine Neuerscheinung ziemlich gut. Keine Glitches. Vielleicht ist er ein Genie. *Damit wird er eine Tonne Geld machen.* Gut für ihn, dass er etwas machen kann, das er liebt, und es sich sogar auszahlt. Ich kann nur hoffen, auch mal so ein Glück zu haben.

Gegen vier Uhr kommen Avery und Cate zurück. Avery schafft es, mir aus dem Weg zu gehen; ich soll sie erst sehen, wenn sie sich ganz fertig gemacht hat. Vom Absatz der Treppe ruft sie mir noch zu: »Um sieben fahren wir los!«

Drei. Ganze. Stunden.

Wir treffen uns im Flur vor unseren Zimmern. Als Erstes fällt mir ihre Frisur auf – ein Haarreif in Roségold mit Diamanten und offene, lockere Wellen, die ihre Schultern und ihren Rücken umspielen – ein Wasserfall aus Karamell. Dann ihr Make-up: glitzernde hellrosa Smokey-Eyes, schwarzer Mascara, und der Eyeliner macht zum äußeren Augenwinkel hin einen dezenten Schwung nach oben. *Ihre Augen sind unglaublich.* Dazu rosa Wangen und natürlicher, glänzender Lippenstift. Um ihren Hals hängt eine zweiteilige Kette mit einer einzelnen pinken Tropfenperle, die mitten in ihrem Ausschnitt liegt. An

der kürzeren Kette hängt Reeses Ring. Und nun zum Kleid ...
»Du willst mich doch umbringen, ich rufe die Polizei.«

Sie zieht ihre Augenbrauen hoch. »Hast du dich selbst mal gesehen?«

Ich trage ein wenig Make-up. Meine Haare sind geglättet und zu einem strengen tiefen Pferdeschwanz zurückgebunden – ein nicht genderkonformer Prince Charming. So wie sie mich anstiert, weiß ich, dass es genau die richtige Entscheidung war. Sie kommt auf mich zu, spielt mit dem obersten Knopf meiner Weste. »Du bringst mich echt in Schwierigkeiten.«

»Vielleicht.« *Vergisst du nicht was?* »Oh! Warte.« Hastig gehe ich zurück in mein Zimmer und schnappe mir die Plastikschachtel aus der Tüte auf meinem Schreibtisch.

Als sie das Armband sieht, reißt sie die Augen auf. »Wann hast du ... «

»Gestern Abend, als ich ›Joggen‹ war.« Tränen schießen ihr in die Augen. »Nicht weinen, Baby, sonst ruinierst du dein Make-up.« Ich streife ihr das Armband über.

Sie riskiert einen Kuss. Ich kann nicht – nein – hör auf. »Es ist wunderschön.«

»Ich dachte mir, dass es dir gefällt.«

»Avery, Britton, es wird langsam spät!«, brüllt Cate von unten rauf.

»Fertig?«

»Ja«, antwortet sie.

»Ihr seht beide so toll aus!«, quietscht Cate, als wir unten ankommen.

Tom ist voll im Dad-Modus und schießt ein Foto nach dem anderen mit seinem Smartphone.

»Dad, hör auf.«

»Nur ein paar! Für die Nachwelt.«

Avery verdreht die Augen, macht aber mit. Wir posieren lächelnd zusammen.

»Und noch eins mit uns allen zusammen«, schlägt Tom vor.

Er stellt den automatischen Auslöser ein, positioniert das Handy auf der Kommode und eilt dann zu uns. Wir quetschen uns alle aneinander, Tom neben Avery, Cate neben mir. Dreimal blinkt das rote Licht. »Alle lächeln!« Dann der Blitz. Er läuft zurück zur Kommode und inspiziert sofort das Foto. »Sieht super aus!«, sagt er und zeigt es mir. Tut es wirklich. Wir sehen aus wie eine Familie.

»Ich wünschte, Reese wäre auch hier«, kommentiert Avery, aber nicht traurig, sondern einfach, weil sie ihre Abwesenheit spürt.

Tom drückt ihre Schulter. »Ist sie, Schatz. In unseren Herzen.«

Der Moment ist allerdings ruiniert, als Cate das Blumenarmband an Averys Handgelenk bemerkt. »Das ist hübsch.«

Grober Fehler! Ich war so aufgeregt, ihr Blumen gekauft zu haben – das habe ich noch nie für jemanden getan –, dass ich überhaupt nicht daran gedacht habe, wie das wirkt.

Avery rettet mir den Arsch. »Ich dachte, ich habe eins verdient, auch wenn ich allein gehe.« Verdammt klug. Aber es tut weh: Leute kaufen ihren Partnerinnen ständig Blumen als Zeichen ihrer Zuneigung und ich kann das nicht. Noch so ein »Vielleicht irgendwann«.

Draußen hupt jemand. Cate und Tom begleiten uns raus.

———

In der Kurve steht eine weiße Hummer-Stretchlimousine. Ich starre Avery an. »Du lässt auch nichts für Prom über, oder?«

»Das war ich nicht, das war Amy. Der letzte Herbstball für uns.«

Mir war nicht klar, wie viel dieses Quasi-Homecoming für die Sportlerinnen bedeutet. Auf einer Skala von eins bis zehn war Spences Enthusiasmus eher eine solide Sechs. Allerdings ist sie auch insgesamt gelassener als die meisten anderen. »Das verstehe ich.« Ich halte ihr die Autotür auf, scheuche sie rein und klettere hinterher.

»Viel Spaß!«, ruft Cate uns zu, während Tom winkt.


Der Innenraum der Limousine könnte genauso gut ein Club sein. An der Decke und am Boden sind Schwarzlichter befestigt und die Musik schallt in dröhnender Lautstärke. Drinnen sitzen bereits Amy und Jason, Liz, Kylie, Tasha und ihr »Bae«, dessen Namen ich mir nicht merken kann, Kevin und noch eine Cheerleaderin, Isabelle.

Die Fahrt zum Carriage House dauert circa fünfzehn Minuten, auch wenn es mir viel länger vorkommt. Ich will doch einfach nur Averys Hand halten, wie Amy mit Jason und Tasha mit ihrem »Bae«. Aber das kann ich vor ihren Freundinnen nicht bringen. Ich strahle, halte Smalltalk und lache mit, um mich abzulenken.


Carriage House ist, in einem Wort, grandios. Es ist ein großes Gebäude im Château-Stil, umgeben von einem hohen Eisenzaun. Vor dem Eingang steht ein vergoldeter Springbrunnen, vor dem sich schon einige Leute für Fotos tummeln. An jedem anderen Tag wäre ich sofort eine davon, nur habe ich meine Nikon zu Hause gelassen. Avery ist zu außerordentlich, als dass man sie die ganze Zeit durch eine Linse ansehen sollte. Ich will sie voll und ganz mit meinen eigenen Augen wahrnehmen, damit sich die Erinnerung an sie und diesen Abend in meine Erinnerung brennt.

Wir strömen in die große Eingangshalle – von der Decke hängt ein vierstöckiger Lüster, zwei geschwungene Marmortreppen führen nach oben. Ein Angestellter in einem Frack begrüßt uns: »Willkommen im Carriage House. Einmal nach oben in den Großen Saal, bitte.«

Im Großen Saal ist das Licht gedimmt und alles in den Schulfarben dekoriert – breite Stoffbänder verlaufen vom Kronleuchter in der Mitte zu allen Ecken des Raumes und es gibt vier filigran gebundene Ballonbögen an allen Seiten der quadratischen Tanzfläche. Die runden Tische zieren schwarze und orangefarbene Tischdecken, darauf noch farbenfrohe, helle Gestecke mit exotischen Blumen. Laser leuchten durch den Raum und die Musik ist aufgedreht. Ich bin überwältigt, es ist wie in einem Film.

»Alles okay?«, fragt Avery.

»Das hier ist surreal.« Ich höre das Erstaunen in meiner Stimme.

Sie reibt mir kurz den Arm und sagt dann zu allen: »Los, suchen wir unseren Tisch.«

Nach rund einer halben Stunde schlägt Avery vor, dass ich mal Spence suchen und Hallo sagen solle. Das hatte ich sowieso vor, aber ich bin froh, dass sie es vorschlägt. Die beiden kommen immer besser miteinander klar und das erleichtert mich. Ich liebe sie beide. Platonische Liebe ist noch so ein neues Konzept für mich; weniger beängstigend, aber genauso berauschend. Ich habe vorher echt was verpasst.

An einem Tisch auf der anderen Seite des Raumes entdecke ich Spence mit Mack, Olivia, Hannah und Noah. Sie trägt einen schwarzen Anzug mit einem strahlendblauen Hemd und einer schlanken schwarzen Krawatte – sehr charmant, und das weiß sie auch. »Du siehst gut aus«, begrüßt sie mich, als ich mich auf den leeren Stuhl neben sie setze.

»Danke, du siehst selbst auch nicht schlecht aus.« Dann, zu den anderen: »Ihr seht alle toll aus.«

Eine Runde »Danke« folgt.

»Und, hast du Spaß?«, hakt Spence nach.

»Jup. Du?«

»Ja.« Sie beugt sich zu mir, sodass nur ich ihr Flüstern höre: »Ich bin froh, dass du nicht heulend bei mir ankommen musstest.«

»Ich auch.«

Sie sieht sich um, findet Avery zusammen mit Amy, Jason und Tasha auf der Tanzfläche. »Du hast Glück. Mir hat sie immer direkt gesagt, dass ich mich mit meinem Quatsch verpissen kann, wenn ich etwas Datemäßiges vorgeschlagen habe. Bei dir ist sie sich sicherer als bei mir.«

»Tut mir leid, dass es bei euch nicht geklappt hat. Hmm. Obwohl, nicht *so* sehr.«

Sie kichert, legt eine Hand auf meine Schulter. »Los, tanz mit deinem Mädchen.«

»Kommst du auch später noch?«

»Auf jeden Fall.«

Wir tanzen und tanzen gefühlte Stunden lang – manchmal nur zu zweit, manchmal mit ihren Freunden und manchmal mit meinen. Jeder Song scheint noch besser und ansteckender als der letzte. Zum ersten Mal wird mir klar, dass ich echt gerne tanze. Außerdem habe ich ein paar krasse Moves drauf. Gerade vermischen sich unsere beiden Freundesgruppen auf dem Dancefloor – alle haben ihren Spaß, kein Cliquen-Scheiß kommt dazwischen. Olivia and Kylie gehen richtig ab und es ist großartig. Spence und ich tanzen uns gegenüber, Avery hinter mir. Ich wage etwas und lehne meinen Kopf nach hinten auf ihre Schulter. Sie legt ihre Hände um meine Hüften! Spence sieht zu und wackelt verheißungsvoll mit den Augenbrauen. Dann hebt sie die Hand und lässt ihren Finger kreisen, formt stumm »Dreh dich um« mit den Lippen.

Danke für den Tipp, Girl, aber ich mache das schon.

Nach einer schnellen Drehung stehe ich direkt vor Avery. Zusammen bewegen wir uns zur Musik, unsere Körper gehorchen den pulsierenden, rhythmischen Beats. Es ist, als wären wir allein auf der Tanzfläche. Mein Gott, wie sie sich bewegt – das sinnliche Schwingen der Hüfte, sie ist wie dafür geboren. Im Licht der Laser glänzt ihre Haut, eine leichte Schweißschicht. Ich bin diejenige, die in Schwierigkeiten ist; ihre Hüften, ihr Bauch, ihre Schultern, ihr Hals ... Ich will sie berühren, küssen, überall.

Abrupt verändert sich das Tempo und wirft mich aus der Bahn. Der nächste Song ist eine Ballade, Christina Perris »A Thousand Years«. Zu langsam für uns. Schade, denn der Song ist toll.

Alle Gruppen, die eben noch gemeinsam am Tanzen waren, spalten sich nun in Paare auf. Diejenigen, die allein hier sind, verziehen sich vom Dancefloor – es ist wie selbstverständlich für alle. Nur für mich nicht, aber ich mache einen Schritt in Richtung Tisch.

Avery packt mich am Ellenbogen. »Nein.«

»Das ist ein langsamer Song.«

»Das ist mir klar.« Dieses Grinsen! Verlockend. Sie schlingt ihre Arme um meinen Hals, drückt mich so nah an sich, dass ich spüre, wie sich ihre Brust beim Atmen hebt und senkt. Ich bin verloren. Ich habe keine Ahnung, was ich mit mir anfangen soll. »Das ist der Moment, in dem du deine Arme um meine Taille legst.« Das tue ich. Sie führt und ich passe mich an, ein Schritt nach dem anderen. *Sowas von ihre Marionette.* Ja, bin ich, und es ist fantastisch.

Ich kann nicht aufhören, sie anzusehen. Auch sie lässt mich nicht aus den Augen. Das ist genau das, was ich wollte, und für ein Paar in der Öffentlichkeit total akzeptabel. Wieso habe ich dann einen Knoten im Bauch, und zwar nicht auf die gute Art?

Ein kurzes Blinzeln, mehr braucht es nicht. Ich merke, dass alle im Raum – Schüler, Lehrer, Kellner – den Blick auf uns gerichtet haben. Spence, die mit Olivia und Mack an ihrem Tisch sitzt, streckt triumphierend die Faust in die Luft. Olivia scheint beeindruckt, Mack verblüfft. Hannah und Noah, die neben uns tanzen, versuchen, ihre Neugier zu verbergen, was ihnen nicht gelingt.

»Alle starren uns an.« Ich deute mit dem Kinn zu den Tischen.

Averys Aufmerksamkeit weicht keine Sekunde von mir ab. Sie flüstert mir ins Ohr: »Lass sie doch.«

Ich merke die Überraschung in meinem Blick, als ich sie wieder anschaue. Ihr Gesichtsausdruck; der gleiche, den sie an Halloween hatte, als ich mich zurückhalten musste, *so weit* zu gehen, und ihr erklären musste, wieso. Ich wünschte, ich könnte ihn beschreiben oder hätte einen Namen dafür. Mich überkommt der intensive Drang, sie zu küssen. Aber das wäre zu viel.

Langsam geht der Song zu Ende, Klänge von Piano und Violine hängen noch in der Luft. Nein, noch nicht! Ich habe Angst, dass sie ihre Entscheidung bereuen könnte. Tut sie aber nicht. Sie nimmt meine Hand und lässt ihre Finger zwischen meine gleiten. Unsere Hände passen so perfekt ineinander, als wären sie dafür gemacht – von der Natur perfektioniert. *Nicht sentimental werden.* Ach, scheiß drauf. Das hier ist keine Mall mit lauter Fremden, sondern sie zeigt der ganzen Schule, dass ich zu ihr gehöre und sie zu mir. Das ist ein riesiger Schritt. Ich werde den Moment genießen.

»Ladies und Gentlemen«, dringt die Stimme des DJs durch die Boxen, »nehmt bitte alle Platz, das Essen wird gleich serviert.«

Die Brigade schweigt, als wir uns setzen. Liz hat ihren Ellenbogen auf den Tisch gestützt und hält sich die Hand vor den Mund, was aber nicht reicht, um ihr Grinsen zu verstecken. Jason nickt mir zu, geheimer Bro-Code für »Respekt, Kumpel«. Tasha streckt währenddessen einen Arm aus und schlägt Kylie

gegen die Schulter. »Du schuldest mir zwanzig Dollar, Bitch.«
Gelächter bricht unter Averys Freunden aus. Sie wussten es die
ganze Zeit! Ein offenes Geheimnis. Schwer zu glauben, dass
niemand etwas gesagt hat bei dieser Gruppe.

Avery hebt meine Hand und gibt ihr einen sanften Kuss.
Für einen kurzen Moment ist alles auf der Welt perfekt.

## 42

Die Rückfahrt nachts in der Limousine ist großartig. Mein Arm liegt um Averys Schulter und sie kuschelt sich an mich. Ich bekomme mit, wie Tasha und Liz uns anstarren, aber auf eine Weise, die mir verrät, dass sie uns süß zusammen finden. Sie unterhalten sich leise und wirken wie selbstgefällige Eltern, die zu sehr auf ihre Kinder fokussiert sind und etwas bemerkt haben, was diese geheim halten wollten.

Gegen halb eins setzt der Hummer uns ab. Ich hüpfe als Erste aus dem Auto und helfe Avery raus. Amy ruft ihr hinterher: »Lass es dir besorgen, Girl!«

»Halt die Fresse«, fährt Avery sie an und knallt die Tür zu. Selbst im Dunkeln sehe ich, wie sie rot wird.

Ich habe keinerlei Erwartungen. »Hey ...« Ich schlinge meinen Arm um ihre Taille und gebe ihr einen Kuss auf die Stirn. »Mach dir keinen Druck.«

»Ich weiß.«

Im Haus brennt nur das Nachtlicht oben an der Treppe. Um uns herum ist alles still und in Schatten gehüllt. Avery schlüpft aus ihren High Heels, stellt sie auf das Schuhregal im

Eingangsbereich. Ich ziehe meine flachen weißen Schuhe aus und lege sie neben ihre.

Wir schleichen die Treppe hoch. »Danke für den Abend«, murmle ich, als wir an meinem Zimmer ankommen. »Ich habe jede Minute genossen.«

»Danke dir.«

Ich gebe ihr einen Kuss. »Gute Nacht.«

Sie atmet aus, tief, ungläubig. »Echt, mehr bekomme ich nicht?«

»Wie viel willst du?«

»Alles.« Im Halbdunkeln streckt sie ihre Hand aus und zieht mich am Blazer zu sich. Ich schließe sie in meine Arme. Ihr Mund liegt auf meinem, unsere Zungen tanzen miteinander.

Nicht in meinem – Reeses – Zimmer. *Du hättest ein Hotel buchen sollen.* Vermessen. Ich schiebe sie von meiner Tür weg und wir stolpern küssend zu ihrem Zimmer.

Sie schließt die Tür hinter sich, drückt ihren Rücken dagegen.

Wenn wir das hier machen, dann will ich sie dabei sehen. Jeden. Zentimeter. Ich schalte die Nachttischlampe ein. Dieser lustvolle Blick ist wieder da. *Na gut.* Ich locke sie mit dem Finger zu mir.

Sie liegt wieder in meinen Armen. Ihre Lippen sind gierig, hungrig nach meinen. Selbst wenn ich wollte, könnte ich sie nicht zurückhalten.

Sie knöpft meine Weste auf, mein Hemd, zieht mir beides aus, bevor sie meinen BH öffnet und auch den zur Seite wirft. Sie betrachtet mich, bleibt an der langen, feinen Narbe über meinem Herzen hängen. Sie möchte mit dem Finger darüberfahren, aber ich halte sie am Handgelenk fest. »Nicht ...«

Sie ist überrascht, zögert aber nicht. »Du bist perfekt, hörst du?«

Ich küsse sie so heftig, dass es uns beiden den Atem raubt.

Dann werfe ich den Rest meiner Klamotten ab und ziehe sie an mich, öffne den Reißverschluss hinten an ihrem Kleid; es fällt zu ihren Füßen auf den Boden und sie tritt es zur Seite. Ich starre sie an. Straffe Brüste, trainierter Bauch. »Du bist wunderschön.«

Sie lächelt, dann küsst sie mich wieder.

Rückwärts führe ich sie zum Bett. Wir fallen beide darauf. Ich liege auf ihr, genieße das Gefühl ihrer Lippen und fühle ihre Brüste, ihren Bauch mit meinen Händen. Ich schiebe meine Finger unter den elastischen Bund ihres Slips. Sie versteift sich.

»Vielleicht sollten wir aufhören.« Ich möchte mich aufrichten, aber sie lässt mich nicht.

»Ich will nicht aufhören.«

Ich mustere sie. Sie meint es ernst, auch wenn da etwas anderes ist ... »Oh, Süße, du bist nervös.« Ich küsse ihre Wange.

»Ich bin völlig unerfahren und du bist das so ... nicht.«

Ja, ich habe meine Erfahrungen gemacht, aber nie hat es sich so bedeutungsvoll angefühlt wie das hier. Es ist, als wäre das alles nur Übung gewesen und endlich ist es wirklich so weit. »Wir müssen uns einfach gegenseitig zeigen, was sich gut anfühlt, okay?«

Sie nickt und hebt ihre Hüften – gibt mir Erlaubnis, sie ganz auszuziehen.

Ich küsse sie auf den Mund, auf die Wange, knabbere an ihrem Ohrläppchen. Sie schnappt nach Luft. Ich lecke über ihren Hals, wandere über ihr Schlüsselbein, streiche mit der Zunge über ihre Nippel, ihre Rippen, ihren makellosen Bauch.

Sie atmet jetzt schon schwer.

Ich rutsche weiter runter und schiebe ihre Beine auseinander. Sanft küsse ich ihre Oberschenkel, beiße sie leicht. Komme immer näher. Ich schmecke sie. Sie ist bereit.

Mit der Zunge suche ich nach genau dem richtigen Punkt. Erst lasse ich sie etwas zappeln, gebe ihr Zeit, sich daran zu gewöhnen. Ihre Muskeln spannen sich an. Mehr Druck. Ihre Muskeln werden fester und fester. Ich fange an, zu saugen.

»Mehr«, murmelt sie. Ich gehorche, sauge fester. Sie greift nach meinem Hinterkopf, drückt mich runter. Genauso, Süße, zeig mir, wie du es magst.

Sie wiegt sich unter mir. Ihr leises Stöhnen wird immer regelmäßiger. »Nicht aufhören, bitte, Britton.«

Mein Name ... ihre flehende Stimme. Ich höre nicht auf; ich werde verdammt sichergehen, dass sie kommt.

Ich schiebe meine Finger in sie hinein, lasse sie innen im Rhythmus meiner Zunge arbeiten. Ich spüre, wie sie pulsiert. *Fast da.* »Oh Gott. Oh mein Gott.« Ihre Beine zittern. Sie zieht an meinen Haaren. Greift zu. *So nah.* Ich werde schneller. *Komm schon, Baby.* Sie drückt ihre Hüften nach oben, streckt ihren Rücken durch. »Aaahh!«. *Das ist es.*

Sie fällt wieder zurück und zittert am ganzen Körper. Ich krabble zu ihr hoch, lasse mich neben sie auf den Rücken fallen – streiche ihr den verschwitzten Pony aus der Stirn, dann bei mir die schweißnassen Strähnen.

Langsam normalisiert sich ihr Atmen wieder.

Ich grinse. »Das war der beste Orgasmus meines Lebens und es war nicht mal mein eigener.« Ihr entwischt ein Lachen, aber ich halte ihr schnell die Hand vor den Mund. »Schhh. Deine Eltern!«, sage ich, selbst kichernd.

Sie wird leise, zieht meine Hand zurück. Dann küsst sie mich und wischt mir Spuren von sich selbst von den Lippen. »Es gibt noch etwas, das ich gern ausprobieren möchte.«

»Und was?«

Sie flüstert es mir ins Ohr, als könnten uns die Wände sonst hören.

Ich bin beeindruckt. »Das ist fortgeschritten.«

»Ich habe es mal in einem Porno gesehen. Das hat mich so angemacht ...« Sie wird rot.

Dafür gibt es keinen Grund mehr. »Dann machen wir's.«

»Echt?« Vorfreude blitzt in ihren Augen auf. Sie rutscht auf dem Bett nach oben und schiebt sich ein Kissen unter den Kopf.

Ich hocke mich hin, die Knie über ihren Schultern, und halte mich am eisernen Kopfteil ihres Bettes fest. Ich sehe zu ihr runter. »Bist du sicher?«

Sie starrt zwischen meine Beine, beißt sich auf die Lippe. »Oh ja, und wie.« Dann schlingt sie ihre Arme um meine Oberschenkel und drückt ihren Kopf hoch, vergräbt ihr Gesicht in mir.

Mein Körper wartet gar nicht erst auf die Befehle meines Gehirns, sondern fängt wie von allein an, sich vor und zurück zu wiegen. Sie lässt meine Beine los, greift stattdessen nach meinen Brüsten und massiert sie. Kneift zu. *Gott!*

Ihre Zunge lässt sie direkt um diesen perfekten Punkt kreisen. »Genau da.« Ich will gerade sagen »etwas schneller«, als sie von allein Tempo aufnimmt – nur einen Hauch. Es ist, als hätten wir das schon tausendmal gemacht, als wüsste sie schon genau, was mich kommen lässt. »Ja, genau so!«

Sie bringt mich zum Stöhnen. Ich umklammere die Stange am Kopfende so fest, dass meine Knöchel weiß werden. Lange halte ich das nicht mehr aus. Die Spannung in mir steigt und steigt. Meine Muskeln fühlen sich an, als würden sie jeden Moment zerbersten. Mein Körper beginnt, zu beben. Hitze fließt in jeden Winkel. *Oh, shit, ich ...* »Fuck, Avery!«

Das war's. Ich bin fertig. Ausgelaugt. Ich lass mich neben sie zur Seite fallen.

Sie dreht sich zu mir, leckt sich die Lippen. Dann legt sie mir einen Arm um den Bauch und zieht mich an sich. »Das war intensiv.«

»Oh ja.«

»Bist du wirklich geko...«

»Ja!«

Sie sieht so stolz aus. Das kann sie auch sein. Ich küsse ihre Schulter.

Danach sind wir beide lange still, liegen einfach ineinander verschlungen da. Ich spiele mit ihrem Haar, wickle Strähnchen davon um meine Finger. Ich bin so glücklich. Sex ist anders – besser –, wenn man verliebt ist. Ich kann mir nicht vorstellen, jemals genug von ihr zu haben. »Bereit für Runde zwei?«

Sie reißt die Augen auf. »Ru–runde zwei?«

»Außer, dir fehlt das Durchhaltevermögen.« *Herausforderung gestellt.*

Sie stützt sich hoch auf ihre Ellenbogen, sieht mich mit zusammengekniffenen Augen an. »Oh, du musst noch viel über mich lernen.«

*Herausforderung angenommen!* Ich küsse sie, flüstere: »Zeig's mir.«

## 43

Ich schrecke hoch. Mir ist heiß, obwohl ich komplett nackt bin. Gestern Nacht ... zweimal. *Und du liegst immer noch in ihrem Bett.* Scheiße! Wir sind eingeschlafen! Ich werfe die Decke von mir, will aufstehen, aber sie hält mich am Arm fest.

»Keine Panik, es ist noch früh.« Sie zeigt zu ihrem Nachttisch, wo auf dem digitalen Wecker »6:19« leuchtet. »Guten Morgen.« Sie beugt sich vor und küsst mich. Es ist ein sehr guter Morgen. Sie streicht durch mein zerzaustes Haar. »Du bist süß, wenn du schläfst. So zusammengerollt zu einem kleinen Ball.«

Das bringt mich zum Lächeln. »Bist du schon lange wach?«

»Nicht sehr.« Sie saugt an ihrer Unterlippe.

»Wie ... geht's dir?« *Bereust du es?* Gestern wollte sie es zwar, aber ...

»Mir geht es sehr gut. Ich dachte ... Können wir kuscheln? Nur eine Weile.«

Es ist Sonntagmorgen. Wir haben mindestens eine Stunde, bevor Cate und Tom aufstehen. Ich drehe mich auf den Rücken und breite die Arme aus. Sie wirft sich auf mich, ich halte sie fest. Sie vergräbt ihre Nase an meinem Hals und ich spüre ihren Atem und sanfte, süße Küsse auf meiner Haut. Das hier könnte ich, *möchte ich*, jeden Morgen tun. Für den Rest meines Lebens.

»Weißt du, was mir als Erstes aufgefallen ist, als meine Eltern mit dir nach Hause gekommen sind?«

»Mein süßer Hintern?«

Sie kichert. »Das erst als zweites. Zuerst deine Augen. Dieses helle Braun, golden, wie Honig. Ich fand sie da schon wunderschön. Und traurig.« Sie hebt ihren Kopf, legt eine Hand auf meine Wange und bringt mich dazu, sie anzusehen. »Jetzt ist es besser. Ich will nie wieder diesen Blick darin sehen, weil ich …« Sie zögert, aber nur einen Augenblick. »Ich liebe dich.«

Ohne Vorwarnung kommen mir die Tränen, laufen mir übers Gesicht, bevor ich sie wegblinzeln kann. Noch nie hat das jemand zu mir gesagt. Mir war überhaupt nicht bewusst, wie sehr ich mich nach diesen Worten gesehnt habe, bis jetzt; vorher war ich unvollständig und jetzt bin ich ganz. »Sag es nochmal.«

»Ich liebe dich.«

»Einmal noch.«

Sie wischt mir die Tränen weg. »Ich. Liebe. Dich.«

Ich küsse sie so fest ich kann. Es geht nicht anders.

Dann öffnet sich rauschend die Tür und Cate ruft freudig: »Klopf, klopf! Wie war der …«

## 44

Fuck! *Stimmt, die Zimmertüren lassen sich nicht abschließen.*
Schneller, als ich mich jemals bewegt habe, löse ich mich von
Avery. Mir bleibt so schlagartig der Atem weg, dass ich kurz
sicher bin, hier auf diesem Bett zu verrecken, so nackt wie am
Tag meiner Geburt.

»Mom!« Avery reißt die Bettdecke hoch und krallt sich so
daran fest, dass ihre Fäuste rot anlaufen.

Cates Gesichtsausdruck ... Schock und Verwirrung. Kein
Ekel, aber das ist ein schwacher Trost. »Wohnzimmer, ihr beide.
In fünf Minuten.« Damit verschwindet sie.

Avery springt auf, greift sich ein T-Shirt von ihrem Schreibtisch, auf dem ein Stapel gewaschener und gefalteter Wäsche
liegt. In ihrem Blick kann ich absolut nichts lesen. »Das ist
gerade nicht passiert. Ich wurde nicht schon wieder erwischt.«

Inzwischen stehe ich neben ihr. »Tut mir so leid. Ich hätte
direkt nach dem Aufwachen zurück in mein Zimmer gehen
sollen.«

»Ich wollte, dass du bleibst.« Sie berührt mein Gesicht,
dann gibt sie mir ein neongrünes Oberteil und kurze, weiße
Shorts. »Los, bringen wir es hinter uns.«

»Alles wird gut.« Bitte, Gott oder Zeus oder Jupiter oder wer auch immer, es muss alles gut werden!

Cate und Tom sitzen nebeneinander auf der Couch. Avery und ich nehmen auf dem Zweiersofa Platz. Tom ist das Ganze unangenehm, er mustert mich in den Klamotten seiner Tochter. Cate versucht hingegen, so gut es geht, unlesbar zu bleiben. Es funktioniert. Sie beugt sich vor, faltet ihre Hände zusammen und deutet mit beiden Zeigefingern auf uns. »Wo bin ich da eben reingeplatzt?«

*Als ob sie das nicht wüsste.* Natürlich tut sie das; sie will unsere Bestätigung. *Sie will Ehrlichkeit.*

Avery beißt neben mir die Zähne zusammen. Ich kann kaum in Cates und Toms Richtung sehen, geschweige denn mit ihnen sprechen. Außerdem sollte ich es Avery überlassen, was sie ihnen sagen will, ob Lüge oder Wahrheit. Wir sind nicht in der Schule, umgeben von Mitschülern, deren Meinung sie vielleicht ärgern, aber nicht wirklich schädigen könnte. Ihre Eltern dagegen sind die wichtigsten Menschen in ihrem Leben; sie braucht und liebt sie.

Und ihre Eltern brauchen und lieben sie – Avery ist ihr einziges lebendes Kind und sie werden sich so entscheiden, wie sie denken, dass es am besten für sie ist. Das kann ich mit ziemlicher Sicherheit sagen.

Der hässliche Schlund des Schweigens verschlingt den ganzen Raum – ein langsamer, schmerzhafter Tod. Welche Lüge könnte erklären, dass wir nackt zusammen im Bett liegen und ich sie küsse?

»Na schön«, beginnt Cate schließlich, »ich erzähle einfach, was ich denke, und ihr korrigiert mich, falls ich falsch liege.« *Einspruch, Irreführung!* »Ich glaube, dass ihr beide gestern Nacht Sex hattet und ich eben in den Morgen danach geplatzt bin. Stimmt das?«

Tom zappelt unruhig hin und her.

Avery atmet laut ein. Ich sehe ihr an, wie sie all ihren Mut zusammennimmt. Sie schließt die Augen, öffnet sie wieder, atmet aus. »Ja.«

»Wie lange geht das schon?«

»Wir sind seit über einem Monat zusammen, aber gestern war die erste Nacht, die wir *zusammen* verbracht haben.«

*Pfpffpff.* Tom bläst Luft zwischen seinen halb geschlossenen Lippen hindurch.

Avery reibt sich die Stirn und die Wahrheit sprudelt aus ihr heraus, als könne sie sie nicht aufhalten: »Ich liebe sie. Denn sie sieht mich, wie ich wirklich bin, und ich sehe sie. Ich weiß, dass ihr beide nicht damit gerechnet habt und es nicht das ist, was ihr euch gewünscht habt, aber ich kann nicht anders. Alles andere wäre unmöglich.«

Cate nickt und nickt und nickt. »Britton, hast du dazu etwas zu sagen?«

Avery und ich tauschen Blicke aus. Sie hat Tränen in den Augen. Ich werde sie nicht verlieren. Auch Tom und Cate möchte ich nicht verlieren. Wenn ich mich aber entscheiden müsste, dann für Avery – keine Frage. Ich habe so lange ohne Eltern gelebt, ohne ein Zuhause, und es war okay. Nur ohne *sie* wäre es nicht okay. Ich nehme ihre Hand und drücke sie. »Ich liebe dich.« Die Worte wirken unzureichend, blass im Vergleich zu der leuchtenden Farbe, die sie in mein Leben gebracht hat, aber ich kenne keine bessere Beschreibung. Zu Cate und Tom sage ich: »Ihr sollt wissen, dass ich sie nicht aufgeben werde. Wenn das heißt, dass ich nicht mehr hier wohnen kann, verstehe ich das. Wo ich nachts schlafe, spielt keine Rolle. Sie schon. Das ... das ist alles.«

Tom runzelt die Stirn, während er meine kurze Rede verarbeitet. Dann lächelt er mich an. Es ist das übertriebenste Lächeln, das ich jemals bekommen habe. »Freut mich, dass ihr das Gleiche füreinander empfindet, und ich wünsche mir, dass

ihr beide glücklich seid.« Er hält inne, sieht zu seiner Frau.
»Wir müssen ein paar neue Regeln aufstellen.«


Das sind Cates und Toms neue Regeln, für die Cate in wahrer
Anwaltsmanier ein Dokument angefertigt hat: 1) Wenn eine
von uns im Zimmer der anderen ist, während die Eltern zu
Hause sind, muss die Tür offenbleiben. 2) Übernachtungen im
Zimmer der anderen sind nicht erlaubt, so wie sie auch nicht
erlaubt wären, wenn eine oder beide von uns Jungs wären.
Zusatz nach Averys Einwand: Übernachtungen auf der Couch
sind gestattet, solange es keine »Dummheiten« gibt. Vollständig
bekleidetes Kuscheln gilt nicht als »Dummheit« und ist damit
erlaubt. 3) Die Eltern wollen nicht wissen, was wir tun, solange
sie nicht im Haus sind. 4) Wenn die Zimmertüren geschlossen
sind, wird vor dem Eintreten angeklopft und auf eine Antwort
gewartet. 5) Sollte die erste Regel in vollem Bewusstsein der
Anwesenheit gebrochen werden oder die zweite unter jeglichen
Umständen, wird die Hölle los sein.

Mir kommen alle Regeln fair und akzeptabel vor. Rausgeschmissen zu werden, wäre für mich auch fair und akzeptabel
gewesen, deswegen ist das hier fast schon ein Wunder.

Avery hat auch nichts einzuwenden: »Noch was?«

»Ja. Es wird nicht mehr gelogen«, antwortet Cate. »Du solltest inzwischen wissen, wie überflüssig das ist. Nichts von dem,
was du erzählen könntest, würde etwas an unserer Liebe zu dir
ändern. Zu *euch*.«

Sie ... lieben mich. Schluck. *Heul, wenn es sein muss.*

Avery schüttelt den Kopf. »Keine Lügen mehr.«

Tom klatscht sich auf die Knie. »Na gut, ich brauche ein
Glas Wein.«

»Es ist acht Uhr morgens, Liebling.«

»Irish Coffee dann.« Er springt auf. »Noch jemand?«

Cate, Avery und ich heben die Hände.

»Drinks für alle.« Er zeigt auf Avery. »Deine Autoschlüssel bleiben heute am Haken.«

»Das ist okay.«

Ich liebe diese Familie. Tue ich wirklich. Eines Tages werde ich auch den Mut haben, es ihnen zu sagen.

## 45

Am Montag in der Schule reden alle über uns. Das weiß ich, weil es jedes Mal schlagartig still wird, wenn ich einen Raum betrete. Es war superlustig, als wir heute Morgen Händchen haltend in den Englischraum spaziert sind; ein paar Jungs ist fast die Hose geplatzt. *Notgeile Idioten.* Als würden sie zum ersten Mal im echten Leben zwei Frauen zusammen sehen – was nicht stimmt, denn es gibt andere lesbische Paare an der Schule – und sie ihren Pornofantasien freien Lauf lassen. Niemandem schockiert die Homosexualität. Sie schockiert, dass es Avery ist, und wahrscheinlich auch, dass sie mit mir zusammen ist. Das verstehe ich. Wir sind sehr unterschiedlich, äußerlich jedenfalls. Die Leute sehen nicht, wie viel wir eigentlich gemeinsam haben.

Ich hatte auch noch keine Gelegenheit, mit meinen Freunden darüber zu reden. In der Cafeteria ignoriere ich alle neugierigen Blicke der anderen und erzähle es beim Mittagessen: »Ich sage es jetzt einfach. Hat jemand ein Problem mit meiner Freundin?« Ich liebe es, das Wort laut auszusprechen. Und vor Publikum! Es ist magisch, ein sofortiger Stimmungsaufheller.

»Offen gesagt, ist mir das gleichgültig«, entgegnet Mack und schiebt sich eine Stange Sellerie in den Mund.

Ich schnaube. »Wie lange wartest du schon, den zu bringen?«

»Girl, fucking Ewigkeiten.«

Olivia meint: »Damit habe ich echt nicht gerechnet. Aber du siehst glücklich aus, Sis, also freue ich mich für dich.«

Hannah: »Ich dachte mir schon, dass da irgendetwas läuft. Ihr seid süß zusammen.«

»Sie hat mir gar nicht erzählt, dass sie auch auf Frauen steht«, meldet sich Noah schulterzuckend zu Wort. »Ich will ja nicht eklig klingen oder so, aber ihr seid verdammt hot.«

»So ein Hinterwäldler.« Mack funkelt ihn an.

Hannah lacht. »Da hat sie wohl recht.«

Spence lächelt mir zu. Sie wird ihnen niemals verraten, dass zwischen Avery und ihr mal etwas lief. Es tat zu sehr weh, als dass sie alles nochmal durchgehen und sich den Fragen stellen wollen würde. Außerdem ist sie ein Mensch, der lieber nach vorne sieht als nach hinten. Ich wünsche ihr, dass sie eines Tages jemanden findet, der sie unfassbar glücklich macht. Sie hat es verdient.

Meine Freunde sind mega. Selbst Noah, der Hinterwäldler.


Nach dem letzten Läuten kommt Avery mit einem belustigten Grinsen zu meinem Spind geschlendert. Ich werfe mir meine Tasche über die Schulter und drehe mich zu ihr um. »Was gibt's?«

»Wir haben einen Spitznamen. Einer aus der Elften hat uns vorhin so genannt, ich hab es beim Lernen mitbekommen.«

Pff. Ich hasse sowas, das ist so dämlich. Also, für berühmte Leute ist es vielleicht okay, aber das sind wir nicht. *Deine Freundin irgendwie schon, zumindest hier, also du jetzt auch.* Ich seufze: »Na los, sag schon.«

»BrAvery – wie Mut.«

Okay, das ist tatsächlich ziemlich cool. »Weißt du was? Der gefällt mir.«

»Mir auch.« Sie zieht mich für einen Kuss an sich – jetzt hindert sie nichts mehr daran, nicht mal die Gruppe jüngerer Mädchen, die uns unverhohlen anglotzen. »Scheiß drauf«, sagt sie, als wir an ihnen vorbeigehen, »wir sind hot und ihr seid nur neidisch.«

*Sie ist die Beste.* Ja, das ist sie.


Als wir vom Parkplatz fahren, schweigt sie. Ich kann sehen, dass sie in Gedanken vertieft ist. Sollte sie nicht sein; alles ist gut und sie konzentriert sich nur aufs Fahren. »Woran denkst du?«

»Ich besuche normalerweise meine Schwester, wenn sich etwas Großes in meinem Leben verändert. Ich habe das Gefühl, dass ich es ihr schulde, weil ich ihr nicht immer alles erzählt habe, als sie noch da war. Dieses Wochenende war ... etwas sehr Großes.« Sie stößt einen langen Seufzer aus.

»Willst du jetzt hinfahren?«

»Können wir?«

»Ja. Lass und auf dem Weg noch Blumen holen.«

Sie nimmt eine Hand vom Lenkrad und greift damit nach meiner. »Danke, dass du so süß bist.«


Der Friedhof ist riesig; der Rasen gut gepflegt, grün und kurz geschnitten. Wir gehen durch eine Reihe mit verwitterten Grabsteinen, bis wir zu dem ihrer Schwester gelangen – unberührt und glänzend. Ein Obsidian mit einem weißen Engel, der für alle Ewigkeit oben auf der glatten Kante sitzt.

*Reese Cahill. Geliebte Tochter und Schwester.*
*15. Juli 2003 - 8. August 2020*

Avery hockt sich hin und stellt den Strauß weißer Nelken in die Vase, die aus dem Boden ragt, dann berührt sie den Grabstein. »Hallo, Große.«

Große. Gleich muss ich weinen.

Sie steht wieder auf, sieht zu mir. »Ich, äh, also, ich rede mit ihr. Das ist vielleicht merkwürdig.«

»Das ist überhaupt nicht merkwürdig. Tu einfach, was du sonst auch tust.«

Sie dreht sich wieder zu Reese. Atmet durch. »Ich war lange nicht mehr hier. Es ist viel passiert, seit ich dich zum letzten Mal besucht habe. Ich habe mich geoutet, vor allen – meinen Freunden, allen in der Schule, Mom und Dad. Die haben mich mit meiner Freundin erwischt, das war schrecklich! Sie heißt Britton und ich bin total verrückt nach ihr. Du wirst nicht glauben, wie wir uns kennengelernt haben ...«

<hr>

»Ich werde meinen Eltern erzählen, was an dem Abend von Reeses Tod passiert ist«, sagt sie auf dem Weg zurück zum Auto. »Ich hasse mich schon viel zu lange für das alles. Es macht mich fertig. Ich will mich endlich besser fühlen und ich weiß, dass es unmöglich ist, solange ich nicht die Wahrheit sage. Selbst, wenn sie mich dafür verantwortlich machen.«

»Auf keinen Fall werden sie das, glaub mir.«

»Bist du dabei, wenn ich mit ihnen rede? Ich brauche ein bisschen von deiner Kraft.«

»Du hast auch allein genug Kraft, aber ja, ich bin da.« Solange sie das möchte, werde ich nie wieder *nicht* da sein.

Wir geben Tom und Cate noch einen Moment, nachdem sie von der Arbeit zurückkommen, dann setzen wir uns alle zusammen ins Wohnzimmer. Avery weint die ganze Zeit, während sie die ganze Geschichte erzählt. Cate fängt an zu weinen, als ihr bewusst wird, wie viel Schuldgefühle Avery die letzten zwei Jahre in sich getragen hat. »Mein Schatz, solche Dinge passieren einfach«, sagt sie.

»Vielleicht wäre es nicht passiert, wenn ...«

»Mit solchen Gedanken hörst du sofort auf.« Tom greift nach den Händen seiner Tochter; in seinen riesigen Pranken sehen sie so klein aus. »Weißt du eigentlich, wie oft Onkel Jimmy und ich uns als Teenager fast geprügelt hätten? Wie oft ich ins Auto steigen und wegfahren musste, damit ich ihn nicht zusammenschlage? Es ist ein Wunder, dass ich nie einen Unfall gebaut habe. Was deiner Schwester passiert ist, war ein Unfall, Avery. Niemand ist schuld. Sprich mir nach: Es war ein Unfall.«

Avery atmet aus. »Es war ein Unfall.«

Danach ist es einen Moment lang still, das schwere Thema fühlt sich langsam etwas leichter an. Dann bricht Cate das Schweigen: »Ich habe mich immer gefragt, wieso Spence nicht mehr herkommt. Es muss hart für sie gewesen sein, euch beide zu verlieren.«

»War es, ich weiß.« Avery nickt, schaut dann zu mir. »Wir arbeiten daran, wieder Freunde zu werden.«

»Das ist gut. Ihr könnt euch gegenseitig helfen, all die schönen Erinnerungen an Reese am Leben zu halten, die nur ihr zwei teilt.«

Averys Gesicht leuchtet auf. So hat sie es noch überhaupt nicht gesehen. »Das stimmt. Da gibt es jede Menge.« Sie erzählt von einem Mal, als die drei hinter der Mall eine große verästelte Eiche entdeckt haben. Reese hat einen Blick darauf geworfen, dann auf Spence und gemeint: »Wer als Erstes oben ist!«. Sie hatte einen Vorsprung, aber Spence hat sie eingeholt. Reese war schon ein Stück weiter oben im Baum, als sie ein paar Äste runtergerutscht ist. Am Ende hat Spence gewonnen – Klettern war schon immer ihr Ding. »Du hast geschummelt!«, hat Reese

ihr oben im Baum zugerufen, woraufhin Spence sofort zurück-
gebrüllt hat: »Ich? Du bist schon losgerannt, bevor das Wett-
rennen überhaupt angefangen hat!«

»Ja, das klingt ganz nach den beiden«, antwortet Cate. Sie
muss lachen und steckt erst Tom an, und schließlich stimmen
auch Avery und ich mit ein.

Ich glaube, alles wird gut für Avery.

## 46

Jedes Jahr essen die Cahills am Abend vor Thanksgiving bei
Fantasy Island. Da ich chinesisches Essen liebe, ist es in meinen
Augen die beste Tradition überhaupt. Cate biegt mit ihrem
Mercedes auf den Parkplatz des Restaurants ein und stellt die
Innenbeleuchtung an. Sie kramt in ihrer Handtasche herum,
verrenkt sich dann in ihrem Sitz nach hinten. »Frohes Thanks-
giving.« Sie hält mir einen versiegelten gelben Din-A4-
Umschlag hin. Er ist vom Standesamt.

»Das ging schnell.« Anscheinend haben meine leiblichen
Eltern keinen Einspruch erhoben.

»Wenn wir jetzt die Namen deiner Eltern kennen und
wissen, in welchem Krankenhaus du geboren bist, sollte es
leicht sein, sie zu finden.«

Inzwischen ist es mir egal, ob ich sie kenne oder nicht.
Ihnen habe ich vielleicht meine DNA zu verdanken, aber Tom
und Cate sind die ersten Menschen in meinem Leben, die wie
Eltern für mich sind. Und sie sind mehr als das – sie sind alles,
was ich mir jemals gewünscht habe. Sie geben mir so viel Liebe
und Verständnis. Das Loch ist gefüllt, für immer.

Alle haben ihre Blicke auf mich gerichtet. Avery nimmt meine Hand. »Willst du ihn öffnen?«

Ich zucke mit den Schultern, lege den Umschlag auf den Platz neben mir. »Irgendwann bestimmt. Jetzt freue ich mich erstmal auf das Essen.«

Alle müssen lachen. Tom ist meiner Meinung: »Ich auch!«

Er und Cate wollen gerade aus dem Auto steigen, als ich eine Hand ausstrecke, um sie aufzuhalten. »Wartet kurz ...«

Sie drehen sich wieder zu mir.

»Ich liebe euch.«

Cate kommen sofort die Tränen, während Tom nach hinten greift und mir durchs Haar wuschelt. »Wir dich auch, Kleine.«

Als wir vom Essen zurück sind, nehme ich mir vor, meine Bewerbung für das *Bay State Rainbow Coalition*-Stipendium abzuschließen. Wie der Name schon sagt, ist es eine Förderung für angehende Studierende aus der LGBTQI-Community. Meine Chancen stehen vielleicht nicht so toll – ich habe kein besonders ausgefallenes Resümee –, aber egal welche Uni es wird, ich werde finanzielle Hilfe brauchen. Also versuche ich es einfach, kann nicht schaden.

Der Essay zu einem frei wählbaren Thema macht mich verrückt. Mein Kopf ist genauso leer wie das verdammte Word-Dokument. Der blinkende Mauszeiger verspottet mich. »Fick dich doch, dumme kleine Linie.«

Ich kann mich nicht konzentrieren. Immer wieder wandern meine Gedanken zu dem Umschlag, den ich ungeöffnet auf mein Bett geworfen habe. *Brings einfach hinter dich!* Ich schnappe mir das Ding von der Tagesdecke und reiße es auf. Das Papier darin ist dicker als normales Papier; der Sachbearbeiter hat sich die Mühe gemacht, das Dokument originalgetreu nachzustellen. Ich ziehe es heraus. Oben steht groß: *Geburtsurkunde*. Darunter *Brigham and Women's Hospital, Boston, MA*.

Unten links ist der offizielle Stempel vom Amt. Darüber noch zwei Zeilen: *Name des Vaters: Christopher Walsh. Name der Mutter: Melissa Britton.* Britton Walsh ... sie haben sich nicht einmal die Mühe gemacht, sich einen richtigen Namen für mich auszudenken.

Hahaha! Ach, scheiß auf die. Ich habe Wichtigeres zu tun, als mich mit denen aufzuhalten – zum Beispiel das Leben zu leben, das sie mir gegeben haben. Das ist alles, was ich von ihnen brauche. Aus dem Rest kann ich machen, was ich möchte, und ich kann die Menschen lieben, die auch mich lieben möchten.

Ich bin Britton Walsh und ich bin verdammt einzigartig.

»Hey, Bohnenstange.« Avery linst durch den offenen Spalt der Tür. Seitdem das Zimmer letztes Wochenende neu gestrichen wurde, fällt es ihr leichter, hier drinnen zu sein. Jetzt haben die Wände ein dezentes Blau, die Farbe hieß Aqua Mist und es ist die, die der Farbe von Averys Augen am nächsten kam. Tom und Cate wollten auch den Teppich austauschen lassen, aber ich war dagegen. Ich wollte einen Teil von Reese erhalten.

»Ja, Baby?« Ich werfe die Geburtsurkunde in eine Schublade. Die werde ich brauchen, wenn ich meinen Führerschein mache, meinen Pass oder jegliche Form von Ausweis beantrage.

Sie kommt ins Zimmer gehüpft, wirft ihre Arme um meinen Hals und gibt mir einen Kuss auf die Wange. »Hast du kurz Zeit?«

»Für dich? Immer.«

»Kommst du mit runter?«

»Klar.«

Tom und Cate sitzen im Wohnzimmer und trinken die Flasche Mijiu, die sie im Restaurant gekauft haben. *Okay, ein Familientreffen.*

»Hallo, ihr zwei.« Toms Stimme klingt ernst. Sein Blick – Averys Augen – wirkt eindringlich und ehrlich. »Britton, wir drei haben uns unterhalten.«

»Das haben wir!« *Cate ist beschwipst.*

»... und wir haben entschieden, dass egal, was in der Zukunft passiert, auch zwischen dir und Avery, ähm – wir möchten, dass du weißt, dass du bei uns immer einen Platz haben wirst. Du bist Teil unserer Familie und wenn du damit einverstanden bist, würden wir dich gern adoptieren.«

Wieder starren mich alle erwartungsvoll an. Diese drei wundervollen Menschen sind meine Familie. Endlich habe ich es gefunden – ein Zuhause. »Das wäre schön.«

# EPILOG

Ich bin gerade fertig bei meinem Nebenjob an der Uni – meine Idee, ich wollte Tom und Cate nicht alle Kosten übernehmen lassen, die trotz der Förderungen noch anfallen – und warte im Forsyth Park auf Avery. Der perfekte Treffpunkt, genau zwischen MassArt und Northeastern, und nur vier Blocks von der kleinen Wohnung in Fenway-Kenmore entfernt, in der wir wohnen. Ich war bereit, allein ins Studentenwohnheim zu ziehen, aber laut Cate ist abseits des Campus besser für uns. »Dann habt ihr eure Privatsphäre«, hat sie gesagt. Was sie damit meinte: »Ihr wollt bestimmt nicht, dass eure Mitbewohner rein-platzen, wenn ihr es treibt.« Tom hat ihr zugestimmt und noch hinzugefügt: »Außerdem müsst ihr euch dann keine Sorgen um die ganzen Krankheiten machen, die in Wohnheimen grassie-ren.« Also weg vom Campus. Und sie haben recht, wieso sollten wir nicht zusammenwohnen? Das tun wir sowieso schon von Anfang an.

Avery kommt den Gehweg entlang auf mich zu und sieht kaputt aus. Ihre Arme sind vollgestopft mit Büchern, die nicht mehr in ihre Tasche gepasst haben, obwohl die schon lächerlich groß ist. »Hi.« Sie beugt sich vor, begrüßt mich mit einem Kuss auf die Wange.

Ich muss nichts weiter als meine Nikon tragen, die um meine Schulter baumelt. »Gib mir ein paar davon.« Ich nehme ihr drei Bücher ab: *Geschichte Europas: Von der Antike bis zur Renaissance*, *Akademisches Schreiben* und *Einführung in die queere Forschung*.

»Danke«, sagt sie mit einem müden Lächeln. »Gott, ich bin so froh über das lange Wochenende. Ich brauche die vier Tage frei.«

»Ich auch.«

»Shit, wann ist Spences Spiel nochmal?«

»Ernsthaft, Baby? Sie tritt gegen deine Uni an.« Sie schnaubt und verdreht die Augen. »Samstag«, erinnere ich sie.

Spence hat ein Fußballstipendium an der UConn bekommen – keine Überraschung, dass sie von einer der Schulen mit dem besten Sportprogramm entdeckt wurde. Dieses Wochenende sind die Connecticut Huskies für ihr Spiel gegen die Northeastern Huskies in der Stadt. Wir sollen auch das Mädchen kennenlernen, mit dem Spence zusammen ist – Kaylen, eine aus ihrem Team, die sie sehr mag. Mir ist egal, dass sie gegen Averys Uni spielen, ich hoffe trotzdem, dass UConn gewinnt.

»Okay.«

Aber das ist nicht alles, dieses Wochenende. Montag steht noch etwas Wichtiges an. Ich sehe zu ihr, frage mich, ob sie es noch weiß. In letzter Zeit ist sie komplett im Lernen versunken; nicht mal an ihrem Geburtstag wollte sie etwas machen. Ich wäre nicht böse, wenn sie es vergessen hat.

»Was?« Sie spürt meinen Blick, wie etwas Physisches. Das liebe ich, aber manchmal hasse ich es auch, jetzt gerade zum Beispiel. Sie dreht sich mit einem Gesichtsausdruck zu mir, der sagt: *Raus damit.*

»Wegen Montag.«

Dann schmollt sie. »Du denkst, ich hätte unseren Jahrestag vergessen? Ernsthaft? Unseren ersten Jahrestag.«

Ich merke, wie meine Wangen heiß werden. »Na ja …«

»Ich wollte dich eigentlich überraschen, aber ich kann es auch verraten, wenn du unbedingt willst.«

»Du weißt, wie ich zu Überraschungen stehe.«

Ein übertrieben genervtes Stöhnen. »Okay, das ist der Plan: Nachdem wir uns den Tag über mit Sex ausgepowert haben, gibt es Abendessen bei Sorellina. Der Tisch ist für sieben Uhr reserviert.«

Ohja zum Sex. Aber Sorellina? Es ist das krasseste, teuerste Luxusrestaurant in Boston. Das Essen soll legendär sein und ich will es schon lange ausprobieren, aber … »Du bist verrückt.«

»Ja. Nach dir, Bohnenstange.«

Unglaublich, dass es tatsächlich schon ein Jahr her ist. Oder, dass es *erst* ein Jahr her ist. Mit einer Sache habe ich nicht gerechnet, wenn es um Liebe geht – die Zeit mit Avery geht rasend schnell um und fühlt sich gleichzeitig unendlich an. Ich weiß so viel über sie: Wenn sie ihre Schlüssel nicht sofort nach dem Betreten der Wohnung an den Haken hängt, wird sie diese verlieren. Sie wechselt zweimal täglich die Socken, weil sie es hasst, wenn sie auch nur minimal schweißig sind. Sie ist einer dieser armen Menschen, für die Koriander nach Seife schmeckt. Dennoch überrascht sie mich jeden Tag – die Dinge, die sie zum Lachen bringen, obwohl niemand sonst sie lustig findet, oder wie sie mich mit einem Kuss unterbricht, wenn sie der Meinung ist, dass ich etwas Süßes gesagt habe … »Können wir uns eine Katze holen?« Ich habe keine Ahnung, wieso ich das genau jetzt anspreche, aber es fühlt sich richtig an. Ich weiß, dass es zwischen uns ernst ist. Wir können einem Fellbaby ein sicheres Zuhause voller Liebe bieten.

»Eine Katze?«

»Mmhmm. Ich will unbedingt ein Haustier. Seit wir in die

Wohnung gezogen sind, denke ich darüber nach. Laut Mietvertrag ist es erlaubt.«

»Ich wollte immer schon eine Katze. Früher konnten wir nie eine haben, weil Reese super allergisch war. Sie hat sich deswegen sogar schlecht gefühlt, die Dumpfbacke.«

»Ist das ein Ja?«

Sie nickt. »Lass uns morgen ins Tierheim fahren und gucken, ob wir uns in eine niedliche kleine Fellnase verlieben. Am besten eine ältere oder eine, der ein Auge fehlt oder sowas – so viele Katzen mit Beeinträchtigungen suchen ein Zuhause.«

Ihr Herz ist so groß und wunderschön.

Eins steht fest, irgendwann werde ich dieses Mädchen heiraten. *Ja, wahrscheinlich schon.* Ich halte sie am Ellenbogen zurück und küsse sie ein bisschen zu heftig. »Ich liebe dich.«

Sie lächelt, stupst mir mit dem Finger gegen die Nasenspitze. »Ich liebe dich auch.«

# MEHR VON BOOKOUTURE
## DEUTSCHLAND

Für mehr Infos rund um Bookouture Deutschland und unsere
Bücher melde dich für unseren Newsletter an:

*www.bookouture.com/bookouture-deutschland-sign-up*

Oder folge uns auf Social Media:

facebook.com/bookouturedeutschland

twitter.com/bookouturede

instagram.com/bookouturedeutschland

# EIN BRIEF VON KRISTEN

Vielen Dank, dass ihr *Where We Begin* gelesen habt. Ich hoffe, euch hat Brittons Geschichte genauso viel Spaß gemacht wie mir. Meldet euch gern unter folgendem Link an, wenn ihr informiert werden wollt, sobald ein neues Buch von mir erscheint:

*www.bookouture.com/bookouture-deutschland-sign-up*

Für regelmäßige Updates oder wenn ihr einfach mal Hallo sagen wollt, folgt mir auf Facebook oder Twitter.

Wenn euch die Geschichte gefallen hat, freue ich mich über eine Rezension. Feedback von meinen Leserinnen und Lesern ist mir unheimlich wichtig und es bringt neue Leserinnen und Leser dazu, ein Buch von mir in die Hand zu nehmen!

Danke nochmal!

Kristen

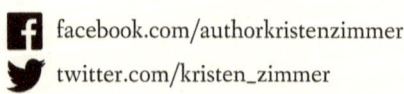

facebook.com/authorkristenzimmer

twitter.com/kristen_zimmer

# DANKSAGUNG

Mein Dank geht an Mark Falkin für seine harte Arbeit und dafür, dass er für mein Buch das perfekte Zuhause gefunden hat. Danke an meine Lektorinnen Jessie Botterill und Natasha Hodgson für ihr unglaubliches Verständnis und dafür, dass sie die ganze Veröffentlichung zu einem so wunderbaren Prozess gemacht haben. Und vielen Dank an die gesamte Bookouture-Familie – euer Einsatz, um schöne Bücher in diese Welt zu bringen, ist wirklich inspirierend.